USTALIK GEREKTİREN KAFAYA TAKMAMA SANATI

İyi Bir Yaşam Sürmek İçin
Sezgilere Aykırı Bir Yaklaşım

Eserin Orijinal İsmi
"THE SUBTLE ART OF NOT GIVING A FUCK"
olup, eser bire bir olarak çevrilmiştir.

Yayıncı Sertifika No: 12162

Editör: Birol Gündoğdu
İngilizce aslından Türkçe'ye Çeviren: Pınar Savaş

Dizgi, Mizanpaj:
Mineral Görsel İletişim Hizmetleri
Tel: 0212 289 30 10
www.mineraltasarim.com

Baskı, Cilt
Yıldız Matbaa Mücellit
Maltepe Mah. Gümüşsuyu Cad. Dalgıç İş Merkezi No: 3 Kat: 2
Topkapı - Zeytinburnu
Tel: 0212 613 17 33
Matbaa Sertifika No: 33837

BUTİK YAYINCILIK VE KİŞİSEL GELİŞİM HİZ. TİC. A.Ş.
Davutpaşa Cad. Emintaş Kazım Dinçol San. Sit. No: 81/257
Topkapı - İstanbul Tel: 0212 612 05 00 Faks: 0212 612 05 80
www.butikyayincilik.com • info@butikyayincilik.com

İçindekiler

1. **Bölüm: Çabalama** 5
Cehennemden Geri Bildirim Döngüsü 9
Ustalık Gerektiren Kafaya Takmama Sanatı 17
Peki Mark, Bu Kitabın Söylemek İstediği Nedir Neticede? 23

2. **Bölüm: Mutluluk Bir Sorundur** 25
Hayalleri Yıkan Pandanın Talihsizlikleri 28
Mutluluk Sorun Çözmekten Gelir 31
Duygulara Aşırı Değer Biçilir 34
Mücadelenizi Seçin 37

3. **Bölüm: Özel Değilsiniz** 43
Her şey Dağılıyor 48
İstisna Olmanın Zorbalığı 58
Am-a-a-a Özel ya da İstisna Olmayacaksam Anlamı Ne? 61

4. **Bölüm: Istırap Çekmenin Değeri** 65
Öz-farkındalık Soğanı 71
Rock Yıldızı Sorunları 76
Boktan Değerler 81
İyi ve Kötü Değer Yargıları 85

5. **Bölüm: Seçim Sizindir** 89
Seçim 90
Sorumluluk / Suçluluk Yanıltmacası 93
Trajediye Tepki Göstermek 100
Genetik ve Bize Dağıtılan El 102
Şık Kurbanlar 106
"Nasıl" Diye Bir Şey Yoktur 109

6. Bölüm: Her Konuda Yanılırsınız (Ben de Yanılırım) **111**
Kendi İnançlarımızın Mimarlarıyız 115
Neye İnandığınız Konusunda Dikkatli Olun 118
Son Derece Emin Olmanın Tehlikeleri 123
Manson'un Kaçınma Yasası 129
Kendinizi Öldürün 131
Nasıl Kendinizden Biraz Daha Az Emin Olabilirsiniz? 133

7. Bölüm: Başarısızlık İlerlemektir **139**
Başarısızlık / Başarı İkilemi 141
Acı Sürecin Parçasıdır 144
"Bir şeyler yap" Prensibi 149

8. Bölüm: Hayır Demenin Önemi **155**
Geri Çevrilmek Hayatınızı İyileştirir 160
Sınırlar 162
Güven Nasıl İnşa Edilir? 170
Bağlanarak Özgürlük 174

9. Bölüm: ... Ve Ölürsünüz **179**
Benimizin Ötesinde Bir Şey 183
Ölümün Aydınlık Tarafı 188

Teşekkürler **199**

1 Bölüm

Çabalama

Charles Bukowski alkolik, kadın düşkünü, kronik kumarbaz, zorba, cimri ve en kötü günlerinde de şairdi. Muhtemelen tavsiye isteyeceğiniz ya da bir kişisel-gelişim kitabında bulmayı umduğunuz en son adamdır.

İşte bu yüzden başlamak için çok doğru bir isimdir.

Bukowski yazar olmak istiyordu. Ama yıllarca her dergi, gazete, yayınevi, ajans onu reddetti. Yazılarının iğrenç, ham, korkunç, ahlâksız olduklarını söylediler. Red mektupları biriktikçe, Bukowski de alkolün tetiklediği, ömrünün büyük bölümünde yakasını bırakmayan derin bir depresyonun içine düştü.

Bukowski geçimini sağlamak için postanede mektupları tanzim ediyordu. Aldığı maaş berbattı ve çoğunu içkiye harcıyordu. Kalanını da yarışlara yatırıyordu. Geceleri tek başına içiyor ve bazen eski daktilosunda şiirler döktürüyordu. Çoğunlukla düşüp sızdığı yerde uyanıyordu.

Otuz yıl bu anlamsız alkol, uyuşturucu, kumar ve fahişe

bulanıklığının içinde yaşadı. Elli yaşına geldiğinde, tüm yaşamını başarısızlıklar içinde kendine lanet okuyarak geçirdikten sonra, küçük, bağımsız bir yayınevinin editörü ona tuhaf bir ilgi duydu. Bu editör Bukowski'ye fazla para ya da satış garantisi veremiyordu. Ama bu ayyaşa tuhaf bir sevgi duyuyordu ve şansını denemeye karar verdi. Bukowski'nin eline geçen ilk fırsattı ve kendisinin de farkında olduğu gibi, muhtemelen de tek fırsat olacaktı. Bukowski editöre şöyle yazdı: "İki şansım var, ya bu postanede kalacağım ve delireceğim... ya da istifa edeceğim, yazarı oynayacağım ve açlıktan öleceğim. Açlıktan ölmeye karar verdim."

Kontratı imzaladıktan sonra, ilk romanını üç haftada yazdı. Adı "Postane" idi, ithaf bölümünde de "kimseye ithaf edilmemiştir" yazılıydı.

Bukowski yazar ve şair olarak başarı kazanacaktı. İşine devam edecek, altı roman ve yüzlerce şiir yazacak, kitapları iki milyondan fazla satacaktı. Popülerliği herkesin, özellikle de kendisinin beklentilerini aştı.

Bukowski'ninki gibi başarılar kültürel anlatı tarihimizin ekmeğidir. Bukowski'nin hikâyesi Amerikan Rüyası'nın vücut bulmuş şeklidir: İstediğini gerçekleştirmek için mücadele eden, asla vazgeçmeyen ve sonunda en çılgın hayallerinde bile aklına gelmeyen başarılara kavuşan insan. Bu başlamak üzere olan bir filmdir aslında. Hepimiz Bukowski'ninki gibi hikâyeler arar ve şöyle deriz: "Gördün mü, asla vazgeçmemiş. Denemeyi hiç bırakmamış. Kendine inancını hiç yitirmemiş. Tüm tersliklere rağmen inat etmiş ve sonunda kendinden bir şey yaratmış!"

O zaman Bukowski'nin mezar taşında "Çabalama" yazması tuhaf değil mi?

Demek ki kitap satışlarına ve ününe rağmen Bukowski mutlu değildi ve bunu biliyordu. Başarısının kaynağı da kazanmak konusundaki azmi değil, mutsuz biri olduğunu *bilmesi*, bunu kabul etmesi ve dürüstçe bunun hakkında yazmasıydı. Asla olduğundan başka biri olmaya uğraşmadı. Bukowski'nin çalışmalarındaki deha inanılmaz zorlukları yenmesinde ve kendini edebiyatın parlak yıldızlarından birine dönüştürmesinde değildi. Tam tersine, tümüyle, çekinmeksizin, kendine karşı, özellikle de kendisinin en kötü yanlarına karşı dürüst olmasında ve başarısızlıklarını bocalamadan, kuşkuya düşmeden paylaşabilmesindeydi.

Bukowski'nin başarısının gerçek hikâyesi buydu: Mutsuz biri olarak kendi kabuğunda rahat olması. Bukowski'nin başarıya aldırdığı falan yoktu. Ün kazandıktan sonra bile, şiir okumalarında dinleyicilerinin üstüne gider, onlara sözel şiddet uygulardı. Hâlâ kendini başkalarının önünde sergiler, bulabildiği her kadınla yatmaya çalışırdı. Ün ve başarı onu daha iyi biri yapmadı. Ne de daha iyi birine dönüştüğü için ün ve başarı kazandı.

Kişisel-gelişim ve başarı genellikle birlikte meydana gelirler. Ama bu illa da aynı şey oldukları anlamına gelmez.

Bugün içinde yaşadığımız kültür takıntılı biçimde gerçek dışı pozitif beklentilere odaklanmıştır: Daha mutlu ol. Daha sağlıklı ol. En iyisi ol, başkalarından daha iyi ol. Daha zeki, zengin, seksi, popüler, üretken ol, imrenilen ve hayranlık duyulan biri ol. Kusursuz ol, yataktan-selfi-çekmeye-hazır-çıkan karına ve kusursuz çocuklarına her sabah veda öpücüğü vermeden önce on iki karatlık pırlanta tanelerinin içine sıç, sonra helikopterinle seni son derece tatmin eden işine uç ve günlerini bir gün gezegeni kurtaracak olan son derece anlamlı işler yaparak geçir.

Ancak durup da gerçekten düşününce görürüz ki, tüm pozitif ve mutlu kişisel-gelişim kitaplarında, konuşmalarında sürekli okuyup dinlediğimiz gibi, geleneksel hayat tavsiyesi aslında *sahip olmadığımızı* tamir etmeye, ikâme etmeye uğraşmaktır. *Neleri kişisel yetersizlikleriniz, başarısızlıklarınız olarak algılıyorsanız* onlara ışık tutar ve onları sizin için vurgularlar. Para kazanmanın en iyi yöntemlerini öğrenirsiniz *çünkü* yeterince paranız olmadığını düşünürsünüz. Aynanın önünde durup güzel olduğunuzu olumlarsınız *çünkü* kendinizi güzel hissetmezsiniz. Biriyle çıkma ve ilişki tavsiyeleri alırsınız *çünkü* kendinizi sevilecek biri gibi görmezsiniz. Daha başarılı olmak konusunda saçma sapan görselleştirme alıştırmaları yaparsınız *çünkü* kendinizi yeterince başarılı bulmazsınız.

İroniktir ama, pozitife, daha iyi olana, en iyiye olan bu takıntı bize sadece durmadan ne olmadığımızı, neye sahip olmadığımızı, ne olabilecekken olmayı başaramadığımızı hatırlatır. Gerçekten mutlu biri aynanın karşısına dikilip de kendine ne kadar mutlu olduğunu söyleyip durmak ihtiyacı duymaz, değil mi? O sadece *mutludur.*

Teksas'da şöyle bir deyiş vardır: "En yüksek sesle havlayan en küçük köpektir." Kendine güven duyan biri kendine güven duyduğunu kanıtlama ihtiyacı hissetmez. Zengin bir kadın kimseyi zengin olduğuna ikna etme ihtiyacı içinde değildir. İnsan ya zengindir, kendine güvenlidir ya da değildir. Durmadan bir şeyin hayalini kurarsanız, durmadan aynı bilinçdışı gerçeği güçlendirirsiniz: Hayalini kurduğunuz şey *değilsiniz* ya da ona *sahip değilsiniz.*

TV reklamları ve herkes daha iyi bir yaşamın anahtarının

daha iyi bir iş, daha güçlü bir araba, daha güzel bir sevgili, çocuklar için şişme havuzu olan bir jakuzi olduğuna inanmanızı istiyor. Dünya size durmadan daha iyi bir yaşama kavuşmanın yolunun fazlası, fazlası, fazlası olduğunu söylüyor; daha fazla satın al, daha fazlasına sahip ol, daha fazla yap, daha fazla seviş, daha fazla *ol*. Sürekli her şeyi kafanıza takmanızı, durmadan çabalamanızı söyleyen mesajların bombardımanı altındasınız. Yeni TV'yi kafana tak. Mesai arkadaşlarından daha iyi bir tatil geçirmeye çabala. Yeni bahçe süsleri al. En iyi selfi sopasına sen sahip ol.

Neden? Bana kalırsa ne kadar çok şeyi kafanıza takarsanız, satışlar da o kadar artar da ondan.

İşlerinizin iyi gitmesinde yanlış bir şey yok elbette, sorun her şeyi bu kadar kafaya takmanın akıl sağlığınıza iyi gelmeyecek olmasıdır. Yüzeysel ve sahte olana fazlaca bağlanmanıza neden olur, böylece yaşamınızı mutluluk ve tatmin serabının peşinde koşarak harcarsınız. Daha iyi bir yaşamın anahtarı daha fazlasına sahip olmaya çabalamak değildir; daha aza önem vermektir, gerçekten doğru ve o anda önemli olana aldırmaktır.

Cehennemden Geri Bildirim Döngüsü

Beyninizin sinsi bir numarası vardır ve eğer izin verirseniz sizi kesinlikle deli eder. Bakalım bu söylediğim size aşina gelecek mi: Biriyle sürtüşme ihtimali size kaygı verir. Bu kaygı elinizi ayağınızı keser ve neden bu kadar kaygılı olduğunuzu merak etmeye başlarsınız. Artık *duyduğunuz kaygı nedeniyle de kaygılısınızdır*. Ah, hayır! Çifte kaygılı! Kaygınız nedeniyle kaygı duymak *daha fazla* kaygı duymanıza neden olur. Çabuk, içkim nerede?

Diyelim ki öfke probleminiz var. Çok aptal, çok budalaca şeyler bile sizi öfkelendiriyor ve nedeni hakkında hiçbir fikriniz yok. Bu kadar kolayca öfkelenebilmeniz sizi daha da fazla öfkelendiriyor. Sonra, öfkeliyken, sürekli öfkeli olmanın sizi sığ, bayağı bir insan haline getirdiğini fark ediyorsunuz ve bundan nefret ediyorsunuz; o kadar çok nefret ediyorsunuz ki, kendinize öfkeleniyorsunuz. Şimdi dönüp kendinize bakın: Çabuk öfkelenme konusunda kendinize öfkeli olduğunuz için kızgınsınız. Allah seni kahretsin! Al sana bir yumruk!

Ya da sürekli doğru davranmak konusunda o kadar endişelisiniz ki, ne kadar endişelendiğiniz konusunda endişe duymaya başlıyorsunuz. Veya yaptığınız her hata nedeniyle o kadar suçluluk duyuyorsunuz ki, bu kadar suçluluk duyduğunuz için suçluluk duymaya başlıyorsunuz. Ya da sık sık hüzünleniyorsunuz ve yalnız kalıyorsunuz, bu size daha fazla hüzün veriyor ve bunun hakkında düşündükçe kendinizi daha da yalnız hissediyorsunuz.

Cehennemden Geri Bildirim Döngüsü'ne hoş geldiniz. Bununla birkaç kez karşılaştınız değil mi? Belki de şu anda bile içine düştünüz: "Tanrım, sürekli bu geri bildirim döngüsünü tekrarlıyorum, bunu yaptığım için başarısızlığa, mutsuzluğa mahkûmum. Durmam gerek. Ah Tanrım! kendimi başarısız biri olarak gördüğüm için başarısız hissediyorum. Kendime başarısız demekten vazgeçmeliyim. Allah kahretsin! Yine aynı şeyi yapıyorum! Gördünüz mü, başaramıyorum işte!

Sakin ol arkadaşım. İster inan ister inanma, bu insan olmanın güzelliklerinden biridir. Hayvanların ikna edici düşünceleri olduğu söylenemez, ama biz insanlar düşüncelerimiz *hak-*

kında düşünce sahibi olma lüksüne de sahibiz. YouTube'de Miley Cyrus videolarını izlerken, aniden YouTube'de Miley Cyrus videosu izlemeyi isteyecek kadar kaçık olduğumu düşünmeye başlayabilirim! Ah, bilinçli olmanın mucizeleri!

Sorun şudur: Çağdaş toplumumuz, tüketici kültürü ve hey-bak-benim-karım-seninkinden-daha-havalı sosyal medyasıyla, bir nesil insanı kaygı, korku, suçluluk gibi negatif deneyimlere sahip olmanın kesinlikle doğru olmadığına inandırdı. Demek istediğim şu, Facebook sayfalarına bakarsanız herkesin çok eğlendiğini göreceksiniz! TV'den on altı yaşında bir çocuğa doğum gününde Ferrari armağan edildiğini öğreneceksiniz. Başka bir velet de tuvalet kâğıdınız bitince size otomatik olarak tuvalet kâğıdı gönderen bir uygulama yazıp iki milyar dolar kazanmış olacak!

Bu arada siz evde oturup kedinizin dişlerini temizliyorsunuz ve elinizde olmadan hayatınızın sandığınızdan da berbat olduğunu düşünüyorsunuz.

Cehennemden Geri Bildirim Döngüsü sinir bozucu bir salgına dönüştü, bizleri fazla stresli, fazla nörotik yapıyor kendimizi gereğinden fazla lanetlememize neden oluyor.

Dedemin zamanına dönersek, kendini bok gibi hissettiğinde şöyle düşünürdü, "Hey, bugün berbat bir günümdeyim. N'apalım hayat böyle, ben samanları havalandırmaya devam etmeliyim."

Ama ya şimdi? Şimdi beş dakikalığına bile kendinizi bok gibi hissetseniz *son derece mutlu ve harika hayatları olan* insanların 350 fotoğrafıyla bombardıman ediliyorsunuz, bu durumda hatanın sizde olduğunu hissetmemeniz imkânsız kuşkusuz.

Başımızı belaya sokan da bu son bölüm. Kendimizi kötü hissettiğimiz için kötü hissediyoruz. Suçluluk duyduğumuz için suçluluk duyuyoruz. Kızgın olduğumuz için kendimize öfkeleniyoruz. Kaygılı olmaktan kaygılıyız. *Benim neyim var?*

Bu nedenle kafaya takmamak çok önemlidir. Bu nedenle dünyayı kurtaracak. Dünyanın berbat halde olduğunu ve bunun da olağan olduğunu kabul ederek kurtaracak çünkü her zaman böyleydi ve her zaman da böyle olacak.

Kendinizi kötü hissediyor olmanızı kafaya takmazsanız, Cehennemden Geri Bildirim Döngüsü'ne kısa devre yaptırırsınız. Kendinize, "Kendimi bok gibi hissediyorum, ama umurumda mı?" dersiniz ve birden, bir Kafaya Takmama Perisi üzerinize peri tozu serpmişcesine, kendinizi kötü hissettiğiniz için kendinizden nefret etmez olursunuz.

George Orwell insanın burnunun ucundakini görmesinin sürekli mücadele gerektirdiğini söylemiştir. Stres ve kaygımızın çözümü de burnumuzun ucundadır, ama porno izlemekle, mide kaslarını geliştirmek için işe yaramaz spor aletleri reklamlarına bakmakla ve neden muhteşem mide kaslarımızla ateşli bir kadını elde edemediğimizi düşünmekle o kadar meşgulüz ki, bir türlü göremeyiz.

İnternet'te "birinci dünya sorunları" hakkında dalga geçeriz, ama gerçekten de kendi başarımızın kurbanı olduk. Herkesin düz ekran televizyonu olmasına ve market alışverişi kapısına getirilmesine karşın stres nedenli sağlık sorunları, anksiyete bozuklukları, depresyon geçtiğimiz otuz yılda zirveye ulaştı. İçinde bulunduğumuz kriz artık maddi değil, varoluşsal, spiritüel. O kadar fazla öteberimiz, karşımızda o kadar çok fırsat var ki, artık neyin önemli olduğunu bile bilmiyoruz.

Görüp bildiğimiz sonsuz sayıda uyaran ve nesne olduğu için

ölçüyü tutturamadığımızı, yeterince iyi olmadığımızı, işlerin olabileceği kadar iyi gitmediğini keşfedebileceğimiz sonsuz yol var. İşte bizi yiyip bitiren de budur.

Geçtiğimiz yıllarda Facebook'ta sekiz milyon kere paylaşılan "Nasıl Mutlu Olunur" saçmalıklarında yanlış olan şey şudur, tüm bu saçmalıklar hakkında kimsenin fark etmediği şudur:

> **Daha pozitif bir deneyimi arzu etmenin kendisi negatif bir deneyimdir. Ve paradoksal olarak, insanın negatif deneyimini kabul etmesinin kendisi pozitif bir deneyimdir.**

Son derece akıl karıştırıcı. Biraz kafanızı boşaltmanız ve belki yeniden okumanız gerekebileceği için size bir dakika vereceğim: *Daha pozitif bir deneyimi arzu etmenin kendisi negatif bir deneyimdir. Ve paradoksal olarak, insanın negatif deneyimini kabul etmesinin kendisi pozitif bir deneyimdir.* Bu felsefeci Alan Watts'ın "tersine yasa" adını verdiği şeydir; kendinizi daha iyi hissetmeye çalıştıkça daha az tatmin olacaksınız, zaten bir şeyi elde etmek için bunca çabalamak ona sahip olmadığınız düşüncesini güçlendirmekten başka bir işe yaramayacaktır. Umutsuzca zengin olmayı arzularsanız, ne kadar para kazanırsanız kazanın kendinizi daha yoksul ve değersiz hissedersiniz. Seksi olmayı ve arzulanmayı umutsuzca istedikçe, fiziksel görünümünüz ne olursa olsun kendinizi giderek daha çirkin hissedersiniz. Mutlu olmayı ve sevilmeyi umutsuzca arzuladıkça, çevrenizde kim olursa olsun kendinizi yalnız hisseder ve korkarsınız. Spiritüel aydınlanma peşinde koştukça, oraya ulaşmayı denedikçe daha sığ ve ben merkezci olursunuz.

Bir keresinde asit almıştım ve eve doğru yaklaştıkça, sanki ev benden uzaklaşıyordu. Ve evet, asit halüsinasyonlarımı mutluluk hakkında felsefi bir noktayı vurgulamak için kullandım. Umurumda değil.

Varoluşçu bir felsefeci olan Albert Camus (bunu söylerken asit etkisinde olmadığına eminim) şöyle demiştir: "Mutluluğun nedenini aramaya devam ederseniz asla mutlu olamazsınız. Yaşamın anlamını ararsanız asla yaşayamazsınız."

Ya da daha basitçe:

Çabalamayın.

Ne söylediğinizi duyar gibiyim: "Mark, bu söylediğin beni heyecanlandırıyor, ama ya şu almak için para biriktirdiğim Chevrolet Camaro? Uğruna aç kaldığım harika vücut? Mide kaslarını geliştiren o alete servet döktüm ben! Tüm bunlara aldırmamaya başlarsam *hiçbir şeyi* başaramam, *hiçbir şeyim* olmaz. Böyle olmasını da istemem, öyle değil mi?"

Sorduğunuza çok sevindim.

Bir şeye daha az önem verdiğinizde onu daha iyi yaptığınızı fark ettiniz mi? Bir şeyi başarmayı en az kafaya takan kişi genellikle onu başaran kişi olur. Hiç aldırmamaya başladığınızda her şeyin yerli yerine oturduğu olmadı mı?

Bunun nedeni nedir?

Tersine yasanın ilginç yanı bir nedeni olduğu için ona "tersine" denmiş olmasıdır: Kafaya takmamak tersine işler. Pozitifin peşinden koşmak negatifse, negatifin peşinde koşmak da pozitifi yaratır. Spor salonunda çekilen acı daha sağlıklı ve enerjik olmayla sonuçlanır. İşteki başarısızlıklar başarılı olmak için neyin gerekli olduğunu daha iyi kavramayı sağlar. Güvensizlikleriniz hakkında açık olmak paradoksal şekilde sizi başkalarının gözünde daha güvenli ve karizmatik kılar.

Gerçeği dürüstçe dile getirmenin zorluğu ilişkilerinize en büyük hakikati ve saygıyı sağlar. Korkularınız ve kaygılarınız nedeniyle ıstırap çekmek cesaretinizi geliştirmenizle ve dayanıklılığınızı artırmanızla sonuçlanır.

Böyle devam edebilirim, ama ana noktayı kavradınız. *Yaşamda bir değeri olan her şey ona bağlı negatif deneyimin üstesinden gelmekle kazanılır.* Negatiften kaçmaya çalışmak, onu bastırmak, sesini kısmak sadece geri püskürmesine neden olur. Istıraptan kaçınmaya çalışmak da ıstırap çekmenin bir formudur. Mücadeleden kaçınmaya çalışmak da mücadeledir. Başarısızlığı inkâr etmenin kendisi başarısızlıktır. Utanç verici olandan saklanmanın kendisi utancın bir formudur.

Istırap yaşamın dokusundaki sökülmez ipliktir ve onu söküp atmaya çalışmak sadece olanaksız değil, aynı zamanda yıkıcıdır da: Onu söküp atmaya çalışırken tüm kumaşı yırtarsınız. Istıraptan kaçınmaya çalışmak ıstıraba çok fazla önem vermektir. Tersine, ıstıraba kafayı takmamayı becerebilirseniz kimse sizi durduramaz.

Hayatımda birçok şeye kafamı taktım. Birçok şeye de aldırmadım. Ve tıpkı gidilmeyen yol gibi farkı yaratan aldırmadıklarımdı.

Muhtemelen fazla kafasına takmayan birinin olağanüstü işler becerdiğine tanık olmuşsunuzdur. Belki kendi yaşamınızda da fazla kafaya takmadığınız ve inanılmaz seviyelere ulaştığınız bir dönem oldu. Benim açımdan finans çevrelerindeki işimden sadece altı hafta sonra ayrılıp bir internet işine başlamak kendi "takma kafana" sıralamamda epeyce yüksekte yer aldı. Öteberimin çoğunu satarak Güney Amerika'ya taşınmak da öyle. Kafama taktım mı? Hiç. Sadece gittim ve yaptım.

Bu takmadığımız anlar yaşamımızı en çok biçimlendiren

anlardır: Kariyerimizdeki büyük değişiklikler; aniden okulu bırakarak bir rock grubuna katılma kararı; birkaç kez evde sizin külotunuzla yakaladığınız işe yaramaz erkek arkadaşı nihayet terk etme kararı.

Kafaya takmadan yaşamın en zor ve korkutucu meydan okumalarına bakabilmek ve yine de eyleme geçebilmek.

Kafaya takmamak yüzeyde son derece basit görünse de, torpido gözünde hiç yemediğiniz sandviçler var demektir. Bu cümlenin ne anlama geldiğini bile bilmiyorum, ama aldırmıyorum. Torpido gözündeki sandviçler kulağıma çok iyi geldi, bununla devam edelim.

Çoğumuz yaşamımız süresince kafaya takmayı hak etmeyen durumları fazlasıyla kafaya takarız. Benzinlikte paramızın üstünü bozukluk olarak veren kaba servis elemanını fazla kafamıza takarız. Sevdiğimiz bir diziyi TV'de yayınlamaktan vazgeçtiklerinde çok üzülürüz. Mesai arkadaşlarımız şahane geçen hafta sonumuz hakkında tek bir soru bile sormadıklarında gereğinden fazla mesele yaparız.

Bu arada kredi kartımız limitini aşar, köpeğimiz bizden nefret eder, oğlumuz banyoda mastürbasyon yapar, ama bizim derdimiz bozuk paralar ve seyrettiğimiz dizilerdir.

Bakın bu iş nasıl olur? Bir gün öleceksiniz. Bunu herkesin bildiğini biliyorum, ama unuttuysanız diye hatırlatmak istedim. Siz ve tanıdığınız herkes yakında ölmüş olacak. Ve orasıyla burası arasındaki bu kısa zaman diliminde belli sayıda şeyi kafanıza takabilirsiniz. Aslında çok az şeyi. Her şeye ve çevrenizdeki bilinci ya da düşünme yeteneği olan her canlıya aldırırsanız boku yediniz demektir.

Ustalık gerektiren bir kafaya takmama sanatı vardır. Bu kavram kulağa gülünç gelse ve ben de serserinin biri gibi görünsem de, burada sözünü ettiğim, aslında, düşüncelerinize nasıl odaklanacağınızı ve verimli olarak öncelik sırasına koyacağınızı öğrenmektir. Yani kıymet verdiğiniz ve üzerinde kafa yorduğunuz kişisel değerlerinize göre sizin için önemli olanla olmayanı ayırt etmekten ve seçmekten söz ediyorum. Bu akıl almaz derecede zordur. Ömür boyu pratiğini yapmak ve becerebilmek için son derece disiplinli olmak gerekir. Sık sık başarısızlığa uğrarsınız. Ama muhtemelen bir insanın hayatındaki en değerli mücadeledir. Belki de *tek* mücadeledir.

Çok fazla kafaya takarsanız, herkesi ve her şeyi kafaya takarsanız, sürekli rahat ve mutlu olmaya hak kazandığınızı düşünürsünüz, her şey *tam da sizin istediğiniz gibi* olacaktır. İşte bu düşünce hastalıklıdır ve kanınızı emer. Her tersliği haksızlık, her mücadeleyi başarısızlık, her tutarsızlığı kişisel bir eksiklik, her anlaşmazlığı ihanet olarak görmeye başlarsınız. Kafatasınızın boyutlarındaki küçük cehenneminize kısılırsınız, her şeyi kendinize hak görerek durmadan yaygara kopartırsınız, kendi Cehennemden Geri Bildirim Döngünüzün içinde daireler çizip durursunuz, sürekli hareket halindesinizdir, ama hiçbir yere varamazsınız.

Ustalık Gerektiren Kafaya Takmama Sanatı

Çoğu insan kafaya takmamayı hayal ettiği zaman aklına her şeye karşı dingin bir kayıtsızlık gelir, tüm fırtınalara baskın çıkan bir sükûneti düşünür. Hiçbir şeyin sarsamadığı bir insan olmayı hayal eder ve umar ve kimse olamaz.

Hiçbir şeyde anlam bulamayan, hiçbir şeyin duygularını harekete geçirmediği insan için bir isim vardır: psikopat. Neden bir psikopat gibi davranmak isteyesiniz, hiçbir fikrim yok.

O zaman kafaya takmamak ne anlama gelir? Bu meseleyi aydınlığa kavuşturmak için konunun ustalık gerektiren üç yönüne bakalım.

1. Ustalık: Kafaya takmamak kayıtsız olmak anlamına gelmez; kayıtsız olmanın sizi rahatsız etmemesi anlamına gelir. Açıkçası kayıtsızlıkta imrenilecek ya da güven verecek hiçbir şey yoktur. Kayıtsız insanlar uyuşuk ve korkmuşlardır. Onlar koltuklarından kalkmazlar ve internet'ten ayrılmazlar. Aslında kayıtsız insanlar her şeyi kafalarına taktıkları için kayıtsızmış gibi davranırlar. Herkesin saçları hakkında ne düşündüğüne o kadar aldırırlar ki, ne yıkarlar ne de tararlar. Herkesin onların fikirlerine o kadar çok önem verdiğini sanarlar ki, alaycılığın arkasına saklanırlar. Birinin onlara sokulmasından o kadar korkarlar ki, kendilerini özel, biricik bir kar tanesi sanarlar ve kimsenin asla anlayamayacağı sorunları olduğunu düşünürler.

Kayıtsız kişiler dünyadan ve seçimlerinin neticelerinden korkarlar, bu nedenle de hiçbir anlamlı seçim yapmazlar. Kendi kazdıkları gri, duygusuz bir kuyuda saklanırlar, içine kapalıdırlar, kendilerine acırlar, zamanlarını ve adı yaşam olan enerjilerini emen bu şeyin içinde debelenirler.

Çünkü hayat hakkında şöyle bir hakikat vardır. Kafaya takmamak diye bir şey yoktur. *Bir şeyi kafaya takmanız gerekir.* Biyolojimizin bir parçası her zaman bir şeyi önemsemek ve bu nedenle de her zaman kafaya takmaktır.

Asıl soru *neyi* kafaya takacağımızdır. Neye aldırmayı *seçiyoruz*? Ve aslında önemsiz bir şeyi kafaya takmamayı nasıl becereceğiz?

Annem son zamanlarda yakın bir arkadaşı yüzünden epeyce para kaybetti. Aldırmadım mı? Omuzlarımı silkip kahvemden bir yudum daha alıp dizi seyretmeye devam mı ettim?

Hayır, çok öfkelendim. Çok sinirlendim. "Hayır anne, gidip bir avukat bulacağız ve o serseriye dava açacağız. Neden mi? Çünkü bu işi kafaya taktım ve gerekirse o serserinin hayatını zindan edeceğim!" dedim.

Bu durum kafaya takmama sanatının ilk ustalığını resimler. "Allah kahretsin, Mark Manson kafaya takmaz," dediğimizde, Mark Manson *hiçbir şeye* aldırmaz demek istemiyoruz, tam tersine, Mark Manson amaçlarına ulaşmaya çalışırken karşısına çıkan tersliklere aldırmaz diyoruz, ama doğru, önemli ve onurlu olduğuna inandığı bir şeyi yaparken de birilerinin canını sıkmayı kafasına takmaz. Mark Manson kendisi hakkında üçüncü tekil şahsı kullanarak yazı yazabilen biridir diyoruz çünkü bunun doğru olduğuna inanıyor. Ve kafasına takmıyor.

Bu nedenle bu kadar hayranlık uyandırıcı. Hayır, hayranlık uyandıran ben değilim şapşal, terslikleri aşmak, sürünün dışında, bir öncü, farklı olma arzusu ve tüm bunları sadece kendi özdeğerleri için yapmak. Başarısızlığın yüzüne bakabilmek ve ona bir el işareti yapabilmek önemlidir. Tersliklere, başarısızlığa, kendilerini utandırmaya ya da birkaç kez yatağı ıslatmaya aldırmayan insanlar iyidir. Gülüp geçip kendi inandıklarını yapabilen insanlar. Çünkü bunun doğru olduğunu bilirler. Bunun kendilerinden, kendi duygularından, gururlarından ve egolarından daha önemli olduğunu bilirler. Hayattaki her şeye değil, ama kendileri için *önemi olmayan* her şeye "boşver" diyebilirler. Gerçekten önemli olan şeylere aldırırlar. Aile, arkadaşlar, amaçlar. Arada bir açmaları gereken bir-iki dava.

Bunu yaptıkları için de, sadece kendileri için önemi olan büyük şeylere aldırdıkları için de, insanlar da onlara önem verir.

Çünkü yaşam hakkında başka bir sinsi, küçük gerçek daha vardır. Bazıları için önemsiz ve bir utanç kaynağı olmadan bazıları için önemli ve hayatını değiştirebilecek biri olamazsınız. Olamazsınız işte. Çünkü zıtlığın namevcudiyeti diye bir şey yoktur. Nereye giderseniz gidin kendinizi de götürürsünüz. Aynısı zıtlık ve başarısızlık için de geçerlidir. Nereye giderseniz gidin, sizi bekleyen bir sorun yumağı vardır. Bunda bir sorun da yoktur. Mesele bu yığından kaçmak değil, mesele uğraşmaktan hoşlanacağınız yumağı bulmaktır.

2. Ustalık: Zıtlıkları kafaya takmamak için o zıtlıklardan daha önemli bir şeyi kafanıza takmanız gereklidir.

Markette olduğunuzu düşünün, yaşlı bir kadın kasiyere bağırıp çağırıyor, otuz kuruşluk indirim kuponunu kabul etmediği için canına okuyor olsun. Kadın neden bunu mesele yapmış ki, sadece otuz kuruş.

Size söyleyeyim: Muhtemelen o kadının evinde oturup o kuponları kesmekten daha iyi bir meşgalesi yoktur. Yaşlı ve yalnız bir kadın. Çocukları onu asla ziyaret etmeyen vefasızlar. Otuz yıldan fazladır sevişmemiş. Ne zaman osursa feci bir bel ağrısı çekiyor. Emekli maaşı yeterli değil ve muhtemelen yetişkin bezi bağlayarak ölecek.

Kuponları kesiyor. Hayatında başka bir şey yok. O ve o kahrolası kuponlar. Sadece o kuponları kafasına takabilir çünkü kafasına takabileceği başka hiçbir şey yok. Suratı sivilce içinde olan on yedi yaşındaki kasiyer kuponunu almayı reddedince, kasasının kayıtlarını şövalyelerin bakirelerin saflığını koruduğu gibi koruyunca, büyükannenin neden patladığını anlayabilirsiniz. Seksen yıllık hayal kırıklıkları bir anda, "benim zamanımda" ve "insanlar karşısındakine daha fazla saygı gösterirlerdi" fırtınasıyla boşanır.

Broşür dağıtır gibi sorun saçan insanların problemi kafalarına takmaya değecek daha değerli şeylerinin olmayışıdır.

Sevgilinizin yeni Facebook profil fotoğrafı, TV'nin uzaktan kumandasının pillerinin çok çabuk bitmesi, bakteri öldürücü el sabununun bir alana bir hediye kampanyasını kaçırmış olmak gibi havadan sudan şeyleri kafanıza takıyorsanız, nedeni hayatınızda kafanıza takacağınız daha önemli bir şey olmamasıdır. Gerçek sorununuz budur, bakteri öldürücü el sabunu değil. TV'nin uzaktan kumandası da değil.

Bir sanatçının, insanın bir sorunu olmadığı zaman, kafasının otomatik olarak sorun yaratacak bir yol bulduğunu söylediğini duymuştum. Çoğu insanın, özellikle de eğitimli, şımartılmış orta-sınıf beyazların "hayatın tasaları" olarak gördüklerinin, gerçekten kaygılanacak daha önemli şeylerinin olmayışının yan etkileri olduğunu düşünüyorum.

Demek ki yaşamınızda önemli ve anlamlı bir şey bulmak zamanınızı ve enerjinizi kullanmanın en verimli yoludur. Çünkü bu anlamlı şeyi bulamazsanız anlamsız ve önemsiz şeyleri kafaya takacaksınız.

3. Ustalık: Farkında olsanız da olmasanız da, her zaman neyi kafanıza takacağınızı seçiyorsunuz.

İnsanlar kafaya takmamak için doğmazlar. Aslında çok fazla kafaya takacak şeyle doğarız. Şapkasının mavisinin tonunu beğenmediği için boğazını paralarcasına ağlayan bir çocuk görmediniz mi hiç?

Gençken her şey yeni ve heyecan vericidir ve her şey bize

çok önemli gelir. Her şeyi kafamıza takarız. Her şeye, herkese aldırırız, insanların hakkımızda söylediklerine, o tatlı kızın/oğlanın bizi arayıp aramamasına, çoraplarımızın aynı olup olmamasına, doğum günü balonlarımızın rengine.

Yaşlandıkça deneyim kazanırız (ve zamanın nasıl geçtiğini görürüz) ve bu gibi şeylerin hayatımızda pek de kalıcı etkileri olmadığını kavrarız. Eskiden düşüncelerini o kadar önemsediğimiz insanlar artık yaşamımızda değillerdir. Zamanında çok canımızı yakan reddedilmeler aslında hayrımıza olmuştur. İnsanların yüzeysel ayrıntılarımıza ne kadar az dikkat ettiklerini görür ve onları kafaya takmamayı seçeriz.

Giderek neyi kafaya takacağımız hakkında daha seçici oluruz. Bunun adı olgunlaşmadır. Güzel bir şeydir, denemelisiniz. Kişi gerçekten değerli olana değer verip kafasına taktığında olgunlaşır. *The Wire*'da Bunk Moreland çalışma arkadaşı Dedektif McNulty'ye şöyle der: "Kafayı takma sırası sende değilken kafana takarsan başına bunlar gelir işte."

Sonra, daha da büyüyüp orta yaşa vardığımızda başka bir şey daha değişmeye başlar: Enerji seviyemiz düşer. Kimliğimiz oturur. Kim olduğumuzu biliriz ve kendimizi hoşlanmadığımız yönlerimizle birlikte kabul ederiz.

Tuhaf bir şekilde bunun özgürleştirici bir yanı vardır. Artık her şeyi kafaya takmamıza gerek yoktur. Hayat olduğu gibidir işte! Kabulleniriz. Asla kansere çare bulamayacağımızı, Ay'a gidemeyeceğimizi, Jennifer Aniston'un memelerine elleyemeyeceğimizi biliriz. Bunları mesele etmeyiz ve hayat devam eder. Artık gerçekten kafaya takacak şeylere aldırmaya başlarız: ailemiz, en iyi arkadaşlarımız, maçlarımız. Bunların *yettiğini* görerek şaşırırız. Bu yalınlaşma tutarlı bir temelde bizi gerçekten mutlu eder. Ve şöyle düşünürüz. Belki deli ve alkolik Bukowski'nin bir bildiği vardı: *Çabalama.*

Peki Mark, Bu Kitabın Söylemek İstediği Nedir Neticede?

Bu kitap hayatınızda neyi önemli, neyi önemsiz bulmayı seçtiğinizi daha açıkça düşünmenize biraz yardım edecek. Bana kalırsa, günümüzde psikolojik bir salgınla karşı karşıyayız, insanlar işlerin arada bir sarpa sarabileceğinin artık farkında değiller. Bunun yüzeyde entelektüel anlamda kulağa tembelce geldiğinin farkındayım, ama size bunun bir ölüm kalım meselesi olduğu konusunda söz veriyorum.

İşlerin arada bir sarpa sarmasının doğal olduğunu kabul etmediğimizde bilinçdışımızdan kendimizi suçlamaya başlarız. Bizde doğuştan bir yanlışlık olduğunu düşünmeye başlarız ve bunu telafi etmek için kırk çift ayakkabı almak, salı gecesi votka ve Xanax'la kafayı bulmak ya da içi çocuk dolu okul otobüsüne ateş açmak gibi akıl almaz şeyler yaparız.

Bazen yetersiz kalmanın kabul edilemez bir şey olduğu inancı toplumumuzu ele geçiren Cehennemden Geri Bildirim Döngüsü'nün kaynağıdır.

Kafaya takmama fikri hayattan beklentilerimizi yeniden yönlendirmenin ve neyin önemli, neyin önemsiz olduğunu seçmenin basit bir yoludur. Bu beceriyi geliştirmek benim bir tür "pratik aydınlanma" olduğunu düşündüğüm şeye kavuşmamızı sağlar.

Hayır, o süslü-püslü, ebedi kutsanma, tüm ıstırapların sona ermesi türü saçma aydınlanmadan söz etmiyorum. Tam tersine, pratik aydınlanma bazı ıstıraplardan kaçınmanın mümkün olmadığı düşüncesini kabullenmektir, siz ne yaparsanız yapın, hayat başarısızlıklarla, kayıplarla, pişmanlıklarla doludur ve ölüm vardır. Hayatın önünüze çıkardığı tüm bu tatsızlıkları kabullendiğinizde (ve inanın bana epeyce tatsızlık çıkartacaktır), spiritüel biçimde yenilmez olursunuz. Neticede ıstırabı aşmanın tek yolu önce ona katlanmayı öğrenmektir.

Bu kitap sorunlarınızı ya da ıstıraplarınızı rahatlatmaya hiç mi hiç aldırmıyor. Tam da bu nedenle dürüst bir kitap olduğunu biliyorsunuz. Bu kitap sizi yüceliğe ulaştıracak bir rehber de değil, olamaz da çünkü yücelik zihinlerimizin bir illüzyonudur, kendimizi izlemeye mahkûm ettiğimiz uydurma bir güzergâhtır, kendi psikolojik Atlantis'imizdir.

Tersine bu kitap ıstırabınızı bir araca, travmanızı güce ve sorunlarınızı birazcık daha iyi sorunlara dönüştürecek. Bu gerçek gelişmedir. Kitabımı ıstırap çekmeye ve bunu daha iyi, daha anlamlı, daha şefkatli ve alçakgönüllü yapmaya rehber olarak düşünün. Ağır yüklerinize rağmen hafif adımlarla hareket etmek, en büyük korkularınızla daha kolay uyumak, gözyaşı dökerken gülebilmek hakkında bir kitaptır.

Bu kitap size nasıl daha çok kazanacağınızı, nasıl daha başarılı olacağınızı öğretmeyecek, tersine ipin ucunu bırakmayı öğretecek. Hayatınızın envanterini çıkarmayı ve en önemli maddeler dışındakilerin üzerini çizmeyi öğretecek. Gözlerinizi yumup kendinizi geriye doğru bırakmanızı, yine de iyi olacağınızı öğretecek. Daha az kafaya takmayı öğretecek. Çabalamamayı öğretecek.

Bölüm 2

Mutluluk Bir Sorundur

Yaklaşık 2500 yıl önce, bugünkü Nepal'de, Himalayaların eteklerinde muhteşem bir sarayda yaşayan kralın bir oğlu olacakmış. Kralın bir fikri varmış: Çocuğu kusursuz yetiştirecekmiş. Çocuk bir an bile ıstırap çekmesin istiyormuş, her ihtiyacı, arzusu hemen yerine getirilecekmiş.

Kral sarayın çevresine yüksek duvarlar ördürerek prensin dış dünyayı öğrenmesini engellemiş. Onu şımartmış, armağanlara ve yiyeceğe boğmuş, çevresini her dileğini yerine getiren hizmetkârlarla donatmış. Ve planladığı gibi, çocuk insan varlığının genel zalimliğini öğrenmeden büyümüş.

Tüm çocukluğu böyle geçmiş, ama sonsuz lükse ve zenginliğe rağmen prens yine de mutsuz bir genç adam olmuş. Her deneyim boş ve değersiz geliyormuş. Babası ne verirse versin hiçbir zaman yeterli değilmiş, hiçbir *anlam* ifade etmiyormuş.

Bir gece geç vakit, prens duvarların ardında ne olduğunu görmek için saraydan kaçmış. Bir hizmetkârı onu yakındaki köye götürmüş. Prens gördüklerinden dehşete düşmüş.

Hayatında ilk kez insanın ıstırabıyla karşılaşmış. Hastalar, yaşlılar, evsizler, acı çekenler ve hatta ölenler.

Prens saraya dönmüş ve kendini bir tür varoluş krizinin içinde bulmuş. Gördüklerini nasıl işleyeceğini bilmediği için her şey hakkında müthiş duygusallaşmış ve sürekli yakınmaya başlamış. Ve çoğu genç adamın yaptığı gibi, onun için yaptığı şey için babasını suçlamış. Onu bu kadar mutsuz edenin, yaşamını böyle anlamsızlaştıranın zenginlik olduğuna ve kaçmaya karar vermiş.

Ancak prens sandığından daha çok babasına benziyormuş. Onun da büyük fikirleri varmış. Sadece kaçmakla kalmamış, tahtından vazgeçmiş, ailesini terk etmiş, zenginliğini dağıtmış, sokaklarda yaşamaya, bir hayvan gibi toprakta yatmaya başlamış. Hayatının geri kalanını dilenerek geçirmiş.

Saraydan kaçmış ve bu kez geri dönmemiş. Yıllarca bir serseri gibi yaşamış, toplumunun gözden çıkardığı ve unuttuğu bir artığa dönüşmüş, toplum basamaklarında bir köpek kadar değeri yokmuş. Ve planladığı gibi çok acı çekmiş; hastalık, açlık, ıstırap, yalnızlık ve çürüme. Ölümün eşiğinde yaşıyor, çoğu zaman günde yalnızca bir fındıkla besleniyormuş...

Birkaç yıl geçmiş, ardından birkaç yıl daha ve sonra... hiçbir şey olmamış. Prens bu sefil ve ıstırap içinde yaşamın olması gereken şeye dönüşmediğini fark etmeye başlamış. Ona arzuladığı içgörüyü sağlamamış. Dünyanın sırlarını ya da nihai amacını gözlerinin önüne sermemiş.

Aslında prens hepimizin üç aşağı beş yukarı zaten bildiğimiz şeyi öğrenmiş: Istırap çekmek iğrenç bir şeydir. İlla anlamlı olmak zorunda da değildir. İnsan zenginse ve amaçsızca ıstırap çekiyorsa bunun bir değeri de yoktur. Ve sonunda prens kendi büyük fikrinin de, tıpkı babasınınki gibi saçma ve korkunç bir fikir olduğunu, gidip başka bir şey yapmasının daha doğru olacağını kavramış.

Kafası karmakarışık prens biraz temizlenip bir ırmağın yakınında ulu bir ağaç bulmuş. Aklına başka bir büyük fikir gelene kadar o ağacın altında oturmaya karar vermiş.

Efsaneye göre, kafası karışık prens o ağacın altında kırk dokuz gün oturmuş. Aynı yerde kırk dokuz gün oturmanın biyolojik olanaklılığına girmeyelim, sadece prensin bu sürenin sonunda derin farkındalıklara kavuştuğunu söyleyelim.

Bunlardan biri de şuymuş: Yaşamın kendisi bir ıstırap çekme formuymuş. Zenginler zenginlikleri nedeniyle ıstırap çekiyorlarmış. Yoksullar yoksullukları nedeniyle. Ailesi olmayanlar aileleri olmadığı için. Dünya zevklerinin peşine düşenler bu zevkler nedeniyle. Bu zevklerden elini ayağını çekmiş olanlar, tuttukları oruç nedeniyle.

Bu tüm ıstırapların eşit olduğu anlamına gelmez. Bazı ıstıraplar kesinlikle diğerlerinden daha çok acı verir. Ama hepimiz ıstırap çekeriz.

Yıllar sonra, prens kendi felsefesini geliştirmiş ve bunu dünyayla paylaşmış. İlk ve ana öğretisi de şuymuş: Istırap ve kayıp kaçınılmazdır ve onlara karşı koymaya çalışmaktan vazgeçmeliyiz. Bu prens Buda'dır. Adını duymadıysanız, epeyce önemli biridir.

Bir sürü varsayımın ve inancın altında şöyle bir önerme vardır: Mutluluk algoritmiktir, üzerinde çalışılabilir, kazanılır ve hukuk fakültesine kabul edilmek ya da çok karmaşık bir Lego seti kurmak gibi ulaşılabilir. X'i elde edebilirsem mutlu olurum. Y gibi görünürsem mutlu olurum. Z gibi biri olursam mutlu olurum.

İşte bu önermenin kendisi bir *sorundur.* Mutluluk çözülebilir bir denklem değildir. Tatminsizlik ve huzursuzluk insan doğasına ait özelliklerdir ve göreceğimiz gibi tutarlı bir mutluluğu oluşturmak için gerekli bileşenlerdir. Buda teolojik ve felsefi bakış açısından bunun üzerinde durmuştur. Bu bölümde ben de bunun üzerinde duracağım, ama bunu biyolojik bakış açısından ve pandalarla yapacağım.

Hayalleri Yıkan Pandanın Talihsizlikleri

Bir süper kahraman icat edecek olsam, adı Hayalleri Yıkan Panda olur. Abartılı bir göz makyajı vardır ve büyük panda göbeğini örtmeyen, (üzerinde dev gibi T harfi olan) bir tişört giyer. Süper gücü sayesinde insanlara acı hakikatleri söyler, bunlar insanların duyması gereken, ama kabul etmek istemedikleri hakikatlerdir.

Kutsal kitap satıcısı gibi kapı kapı dolaşır, zili çalar ve "Çok para kazanırsan kendini iyi hissedeceksin, ama bu çocuklarının seni sevmesini sağlamayacak" ya da "Karına güvenip güvenmediğini kendine sorarsan, muhtemelen güvenmediğin ortaya çıkacak" veya "Senin 'arkadaşlık' sandığın şey aslında durmadan başkalarını etkilemeye çalışmandan başka bir şey değil," gibi şeyler söyler. Sonra ev sahibine iyi günler diler ve bir sonraki eve geçer.

Bu harika olurdu. Ve hastalıklı. Ve hüzünlü. Ve moral düzeltici. Ve gerekli. Neticede hayat hakkındaki büyük hakikatler kulağa en tatsız gelenlerdir.

Hayalleri Yıkan Panda hiçbirimizin istemediği, ama hepimizin ihtiyaç duyduğu süper kahraman olurdu. Sözleri sürekli hamburger yiyen beynimizin sözel sebzeleri olurdu. Bize kendimizi kötü hissettirse de hayatlarımızı iyiye doğru düzeltirdi. Bizi yıkarak güçlendirir, karanlığı göstererek geleceği aydınlatırdı. Onu dinlemek kahramanın sonunda öldüğü bir film izlemek gibi olurdu: Kendinizi kötü hissetseniz bile onu seversiniz çünkü size gerçek gelir.

Hazır buradayken Hayalleri Yıkan Panda maskemi takıp başka bir tatsız hakikati dile getireyim:

Istırap çekmenin biyolojik olarak yararlı olması gibi basit bir nedenle ıstırap çekeriz. Bize değişim konusunda esin vermek için doğanın tercih ettiği bir araçtır. Belli derecede tatminsizlik ve güvensizlik duyarak yaşayacak şekilde evrildik çünkü bu tatminsizlik ve güvensizlik yaratıcılığımızı körükler ve hayatta kalma konusunda çaba göstermemizi sağlar. Neye sahip olursak olalım tatminsiz olmaya ve ancak sahip olmadıklarımızla tatmin olmaya donatılmışız. Bu sürekli tatminsizlik türümüzün mücadele etmeye ve elde etmeye, inşa etmeye ve fethetmeye devam etmesini sağlar. Yani ıstırabımız ve sefaletimiz insan evriminin bir hatası değil, bir özelliğidir.

Istırap, tüm formlarıyla, bedenimizin eyleme geçmek için en etkili aracıdır. Ayak parmağınızı çarpmak gibi çok basit bir şeyi ele alın. Benim gibiyseniz parmağınızı çarpınca acı geçene kadar söversiniz. Çektiğiniz acı nedeniyle zavallı, cansız bir nesneyi suçlarsınız. "Aptal masa" dersiniz. Sızlayan parmağınız nedeniyle tüm iç dekorasyon felsefenizi sorgulayacak kadar ileri bile gidebilirsiniz: "Hangi salak oraya masa koyar ki!" diye sızlanırsınız.

Konudan saptım. Çarpma nedeniyle parmakta oluşan, sizin ve benim o çok nefret ettiği acı önemli bir nedenle vardır. Fiziksel acı sinir sistemimizin ürünüdür, kendi fiziksel sınırlarımız konusunda bizi bilgilendiren geri-bildirim mekanizmasıdır.

Nereye gidebiliriz ve gidemeyiz, neye dokunabiliriz ve dokunamayız. Bu sınırları aşınca, sinir sistemimiz bizi cezalandırır, dikkat etmemizi ve aynı hatayı tekrarlamamamızı sağlar.

Ve bu acı, ondan ne kadar nefret etsek de yararlıdır. Genç ve dikkatsizken bize neye dikkat etmemiz gerektiğini öğreten acıdır. Neyin iyi, neyin kötü olduğunu görmemize yardımcı olur. Kendi sınırlarımızı tanıyıp onlara göre davranmamızı sağlar. Sıcak sobaların yanında dolaşmamamızı ve prizlere sivri, metal nesneler sokmamamızı öğretir. Demek ki acıdan kaçınarak haz aramak her zaman yararımıza değildir çünkü acı bazen iyiliğimiz konusunda hayat memat meselesidir.

Ancak acı sadece fiziksel değildir. İlk *Yıldız Savaşları* dizisini izlemiş olan herkes biz insanların akut psikolojik acılar da çekebileceğimizi söyleyebilir. Araştırmalara göre beynimiz fiziksel ve psikolojik acı arasında pek fark görmez. İlk sevgilim beni aldattığında kalbimin tam ortasına yavaşça bir buz sarkıtı sokuluyormuş gibi hissetmiştim çünkü o kadar çok canım yanmıştı ki, pekala kalbimin ortasına yavaşça bir buz sarkıtı sokuluyor da olabilirdi.

Tıpkı fiziksel acı gibi, psikolojik acı da bir şeyin dengesinin kaçtığını, bir sınırın aşıldığını gösterir. Ve fiziksel acı gibi psikolojik acı da, her zaman kötü ya da istenmeyen bir şey değildir. Bazı durumlarda duygusal ve psikolojik ıstırap sağlıklı ve gereklidir. Parmağımızı çarpmak bize masaya daha seyrek dalmayı öğretirken duygusal acı, reddedilme ya da başarısızlık da gelecekte aynı hataları tekrarlamamıza engel olur.

İşte giderek daha fazla kendini yaşamın kaçınılmaz olumsuzluklarından korumaya çalışan bir toplum için çok tehlikeli olan da budur: Sağlıklı dozlarda acı çekmenin faydalarından mahrum kalırız, bu kayıp bizi içinde yaşadığımız dünyanın gerçekliğinden kopartır.

Sorunsuz bir hayat, sonsuz mutluluk ve ebedi şefkat düşünceleri ağzınızın suyunu akıtabilir, ama burada, dünyada sorunlar eksik olmaz. Gerçekten de sorunlar bitmez, Hayalleri Yıkan Panda geliverir. Birlikte margaritalar içeriz ve bana şöyle der: "Sorunlar asla bitmez, sadece gelişirler. Warren Buffett'in para sorunları vardır, marketin önündeki ayyaş evsizin de para sorunları vardır. Buffett'in para sorunları evsizinkilerden *daha iyidir* sadece. Hayat böyledir.

Panda bana, Hayat aslında sonsuz bir sorunlar dizisidir Mark," dedi. İçkisinden bir yudum aldı ve küçük pembe şemsiyesini düzeltti. "Bir sorunun çözümü sadece bir sonrakini yaratır."

Bir an sonra konuşan bir pandanın nereden çıktığını merak ettim. Tam bunu konuşuyorduk ki, konu margaritaları kimin hazırladığına geldi.

"Sorunsuz bir hayatı umut etme," dedi Panda. "Öyle bir şey yok. Bunun yerine iyi sorunlarla dolu bir hayat dile."

Bunu söyledikten sonra bardağını bıraktı, şapkasını düzeltti ve avare avare gün batımına doğru gitti.

Mutluluk Sorun Çözmekten Gelir

Sorunlar hayatın sabitleridir. Spor salonu üyeliği satın alarak sağlık sorununuzu çözdüğünüz zaman yeni sorunlar yaratırsınız, örneğin erken kalkıp spor salonuna gitmek, eliptik aletinin üzerinde yarım saat hamamdaymış gibi terlemek, ofistekilerin burnunun direğini kırmamak için duş alıp kıyafet değiştirmek gerekir. Partnerinizle yeterince zaman geçirmeme sorununu çarşamba gecesini "buluşma gecesi" olarak tanımlayıp çözdüğünüzde, ikinizin de bu fikirden nefret etmemesi için neler yapacağınızı tasarlamak, güzel akşam yemeklerine gitmek için yeterince para ayırmak, kaybettiğinize inandığımız kıvılcımları ve kimyayı yeniden yaratmak, suyu fazla köpürmüş küçük bir banyo küvetinde sevişmenin lojistiğini yeniden keşfetmek gerekir.

Sorunlar asla bitmez; farklılaşırlar ve/veya bir üst seviyeye çıkarlar.

Mutluluk sorunları çözmekten kaynaklanır. Buradaki anahtar sözcük "çözmek"tir. Sorunlardan kaçmaya çalışır ya da sorununuz yokmuş gibi hissederseniz, kendinizi mutsuz edersiniz. Çözemeyeceğiniz sorunlarınız olduğunu hissederseniz, aynı şekilde kendinizi mutsuz edersiniz. Sihirli çeşni sorunları *çözmektedir*, sorun sahibi olmamakta değildir.

Mutlu olmak için çözecek bir şeye ihtiyaç duyarız. Demek ki mutluluk bir eylem biçimidir, bir etkinliktir, edilgen bir şekilde size bağışlanmış bir şey değildir, gazetenin ilk on makalesinin içinde sihirli bir biçimde keşfettiğiniz veya özel bir öğretmenin ya da gurunun size öğrettiği bir şey değildir. Yeterince para kazandığınızda ya da evinize ekstra bir oda kattığınızda, sonrasında mutlu olmazsınız. Onu bir mekânda, bir fikirde, bir meslekte ve şunu da söyleyeyim ki bir kitapta bulamazsınız.

Mutluluk sürekli bir çalışmadır çünkü sorun çözmek sürekli bir çalışmadır, bugünün sorunlarının çözümleri yarının sorunlarının temellerini oluşturur ve bu böyle sürer gider. Hakiki mutluluğa sadece hoşunuza giden sorunları bulduğunuzda ve onları çözerken zevk aldığınızda ulaşabilirsiniz.

Bazen bu sorunlar basittir: İyi beslenmek, yeni bir yere

yolculuk etmek, yeni aldığınız video oyununda kazanmak. Bazen de bu sorunlar soyut ve karmaşıktır: Annenizle olan ilişkinizi düzeltmek, kendinizi iyi hissedeceğiniz bir kariyer bulmak, daha iyi dostluklar kurmak.

Sorunlarınız ne olursa olsun kavram aynıdır: sorunları çöz, mutlu ol. Ne yazık ki bir sürü insan için yaşam bu denli basit değildir. Çünkü şu iki yoldan en az biriyle her şeyi berbat ederler:

1. *İnkâr.* Bazıları her şeyden önce sorunlarının varlığını inkâr eder. Ve gerçeği inkâr ettikleri için kendilerini gerçek konusunda sürekli kandırır ve ondan kaçarlar. Bu kısa vadede kendilerini iyi hissetmelerini sağlayabilir, ama sonrasında güvensiz, nörotik ve duyguların bastırıldığı bir yaşama neden olur.
2. *Kurban zihniyeti.* Kimileri de sorunlarını çözmek için yapabilecekleri hiçbir şey olmadığını düşünürler, ama aslında vardır. Kurbanlar kendi sorunları için başkalarını ve dış koşulları suçlar. Kısa vadede kendilerini iyi hissetseler de öfkeli, çaresiz ve umutsuz bir yaşama mahkûmdurlar.

İnsanlar sorunlarını inkâr eder ya da sorunları nedeniyle başkalarını suçlar, nedeni basittir, bunları yapmak kolaydır ve kendilerini iyi hissederler, sorun çözmekse hem zordur, hem de sık sık insana kendini kötü hissettirir. Suçlama ve inkâr etme formları kafa yapar. Sorunlardan geçici olarak kaçmanın yöntemleridir ve bu kaçış bize hızlı bir ferahlama sağlayarak kendimizi iyi hissettirir.

İnsan çeşitli şekillerde kafa yapar. Alkol gibi bir maddeyle, başkalarını suçlamanın sonucunda kendini haklı hissederek, yeni ve riskli bir maceraya atılarak. Kafa yapmak hayatı yaşamak açısından sığ ve üretken olmayan bir yoldur. Kişisel-gelişim dünyasının büyük bölümü insanları meşru sorunları çözmeye yöneltmektense kafa yapma yöntemleri beyan etmeye yöneliktir. Bir sürü kişisel-gelişim gurusu size yeni inkâr formları öğretir ve kısa vadede kendinizi iyi hissettirecek alıştırmalarla şişirir, ama altta yatan meseleleri yok sayar. Unutmayın, gerçekten mutlu olan hiçkimse aynanın karşısına dikilip de kendine mutlu olduğunu tekrarlamaz.

Ayrıca kafa yapmak bağımlılık yaratır. Altta yatan sorunlarınız nedeniyle, kendinizi iyi hissetmek için ne kadar çok kafa yapmaya ihtiyaç duyarsanız o kadar çok sorunlarınızı gözardı edersiniz. Aslında bu açıdan bakınca, arkasındaki kullanma nedenine bağlı olarak her şey bağımlılık yaratabilir. Hepimizin sorunlarımızın ıstırabını uyuşturmak için seçtiğimiz yöntemlerimiz vardır ve ılımlı dozlarda bunun bir sakıncası yoktur. Ama sorunlarımızdan ne kadar uzun süre kaçar ve ne kadar uzun süre kendimizi uyuştururursak, sonunda meselelerimizle yüzleşmek zorunda kaldığımızda o kadar fazla acı verirler.

Duygulara Aşırı Değer Biçilir

Duygular tek bir amaçla gelişmiştir: Biraz daha iyi yaşamamıza ve ürememize yardım etmek için. Bu kadar. Hakkımızdaki bir şeyin doğru ya da yanlış olduğunu söyleyen geri-besleme mekanizmalarıdır, ne bundan fazla, ne de eksik.

Sıcak sobaya dokunmanın verdiği acının size bir daha sıcak

bir şeye dokunmamayı öğretmesi gibi, yalnız olmanın hüznü de bir daha kendinizi o kadar yalnız hissettirecek şeyler yapmamayı öğretir. Duygular sizi faydalı değişimlere yönelten biyolojik sinyallerdir.

Bakın, orta yaş krizinizi ya da ayyaş babanızın siz sekiz yaşındayken bisikletinizi çalmasını aşamamanızı hafife alıyor değilim, ama sonuçta kendinizi kötü hissediyorsanız, nedeni beyninizin size ilgilenilmemiş, çözülmemiş bir sorun olduğunu söylemesidir. Başka sözlerle, olumsuz duygular *eyleme geçme çağrısıdır.* Onları hissetmenizin nedeni *bir şey yapmanız gerektiğidir.* Olumlu duygularsa doğru eylemi yapmanın ödülüdür. Onları hissettiğiniz zaman hayat basit görünür ve oturup tadını çıkartmaktan başka yapacak şey yoktur. Sonra her şey gibi olumlu duygular kaybolur çünkü kaçınılmaz olarak yeni sorunlar çıkar.

Duygular hayat denklemimizin bir parçasıdır, ama denklemin *tamamı* değildir. Bir şey konusunda kendimizi iyi hissetmemiz onun iyi *olduğu* anlamına gelmez. Aynı şekilde bir şeyin bize kendimizi kötü hissettirmesi de onun kötü *olması* demek değildir. Duygular sadece işaretlerdir, nörobiyolojimizin bize *önermeleridir*, emir değillerdir. Bu nedenle her zaman duygularımıza güvenemeyiz. Bana kalırsa onları sorgulama alışkanlığı geliştirmeliyiz.

Çoğu insana farklı kişisel, sosyal, kültürel nedenlerle duygularını bastırmaları öğretilmiştir, özellikle de olumsuz olanları. Ne yazık ki olumsuz duyguları inkâr etmek kişinin sorun çözmesinde yardım edecek geri-besleme mekanizmalarının da çoğunu inkâr etmek anlamına gelir. Sonuç olarak da bu bastırılmış bireyler yaşamları boyunca sorunlarla mücadele ederler. Sorunlarını çözemezlerse mutlu olamazlar. Unutmayın, ıstırabın bir amacı vardır.

Bir de kendilerini fazlasıyla duygularıyla özdeşleştiren insanlar var. Onları *hissetmiş* olmaları her yaptıklarını haklı çıkartır. "Ah, arabanın ön camını kırdım, ama *gerçekten* çok öfkeliydim. Elimde değildi." Ya da "Okulu bırakıp Alaska'ya gittim çünkü bunu yapmak *bana doğru geldi.*" İnsanı hizada tutacak mantık yürütme olmadan sadece duygusal sezgilerle verilen kararlar hemen her zaman berbattır. Kimler tüm yaşamlarını duygularına temellendirir biliyor musunuz? Üç yaşındaki çocuklar. Ve köpekler. Peki üç yaşındaki çocuklar ve köpekler başka ne yaparlar? Halıya pisler.

Duygulara takıntılı olmak ve fazla yatırım yapmak bizi şu basit nedenle hayal kırıklığına uğratır: Duygular kalıcı değildir. Bugün bizi mutlu eden yarın mutlu etmeyecektir çünkü biyolojimizin her zaman daha fazlasına ihtiyacı vardır. Mutluluğa takmış olmak kaçınılmaz olarak "başka bir şeyi" aramakla sonuçlanacaktır, yeni bir ev, yeni ilişki, bir çocuk daha, bir terfi daha. Ne kadar ter dökmüş olsak da, başladığımız yerdeki gibi hissederek bitiririz: yetersiz.

Psikologlar bu kavrama bazen "hedonik çark" adını verirler: Yaşamımızı değiştirmek için çok çabalamakta olduğumuz, ama asla daha farklı hissetmeyişimiz.

Bu nedenle sorunlarımız kaçınılmazdır ve sürekli tekrarlar. Evlendiğiniz kişi kavga ettiğiniz kişidir. Aldığınız ev tamir ettiğiniz evdir. Rüya işiniz sizi fazla strese sokan iştir. Her şey kendine içkin bir zararla gelir, bize kendimizi iyi hissetirmiş olan bir süre sonra kaçınılmaz olarak kötü hissetirecektir. Kazandığımız aynı zamanda kaybettiğimizdir. Olumlu deneyimlerimizi yaratan olumsuz deneyimlerimizi tanımlar.

Bu yutması zor bir lokmadır. Ulaşabileceğimiz nihai bir

mutluluk olduğu fikrini *severiz.* Tüm ıstıraplarımızı kalıcı olarak dindirebileceğimiz fikrini *severiz.* Hayatımızın sonuna kadar mutlu ve tatmin içinde yaşayacağımız düşüncesini *severiz.*

Ama bunların hiçbirini yapamayız.

Mücadelenizi Seçin

Size "Hayattan ne bekliyorsunuz?" diye sorsam ve bana "Mutlu olmayı, harika bir ailem ve sevdiğim bir işim olmasını," yanıtını verseniz, bu yanıt o kadar beklenen ve sıradan bir yanıttır ki, gerçekten hiçbir şey ifade etmez.

Herkes iyi hissettiren şeylerin tadını çıkartır. Herkes sorunsuz, mutlu, kolay bir hayatı olsun ister; aşık olmayı, harika sevişmeyi, muhteşem ilişkilerinin olmasını, kusursuz görünmeyi, para kazanmayı, popüler, saygı duyulan, hayranlık uyandıran biri olmayı arzular, kim odaya girdiğinde insanlar Kızıl Deniz gibi ikiye ayrılsınlar istemez ki!

Herkes bunları ister. Bunları istemek kolaydır.

Daha ilginç bir soru, çoğunluğun aklına gelmemiş olan soru şu olurdu. "Hayatınızda hangi *ıstırabı* istersiniz? Ne için mücadele etmeye hazırsınız?" Çünkü bu sorunun yanıtı yaşamlarımızın alacağı şekil konusunda çok daha önemli bir belirleyicidir.

Örneğin herkes köşe ofisi ve kürekle para kazanmayı ister, ama çok az insan haftada altmış saat çalışmaya, işe gidip gelmek için uzun saatler harcamaya, can sıkıcı bürokratik işlere ve küçük bir bölmenin kısıtlayıcı cehenneminden kaçmak için keyfî şirket hiyerarşilerine göğüs germeye hazırdır.

Herkes harika seks, muhteşem bir ilişki ister, ama çok az insan zorlu konuşmalara, tuhaf sessizliklere, acıtıcı duygulara ve istediği ilişkiye ulaşmanın duygusal psikodramasına razıdır. Ve insanlar ellerindekiyle yetinirler. Ellerindekiyle yetinir ve yıllarca "Ya böyle olmasaydı" diye sorarlar, ta ki "Ya böyle olmasaydı" sorusu "Başka ne var?" sorusuna evrilene kadar. Avukatlar evlerine dönüp de nafaka çekini postalarında bulduklarında da, "Ne için?" diye sorarlar, yirmi yıl önceki düşük standartları ve beklentileri için değilse, ne için?

Mutluluk mücadele gerektirir. Sorunlar sayesinde büyür. Haz papatyalar ve gökkuşakları gibi yerden fışkırmaz. Gerçek, ciddi, hayat boyu süren mutluluk ve anlam mücadelelerimizi seçerek ve onları yöneterek elde edilir. Size ıstırap veren şey kaygı, yalnızlık, obsesif-kompulsif bozukluk ya da her gün uyanık saatlerinizin yarısını ziyan eden bok kafalı bir patron olsa da, çözüm bunları kabul etmek ve olumsuz deneyimle etkin biçimde mücadele etmektir, onu yok saymak, ondan kurtulmak değil.

Herkes harika bir fizik ister. Ama saatlerce spor salonunda yaşamanın fiziksel stresini ve acısını kabul etmeden, yediğiniz yemeği hesaplamaya ve ayarlamaya, hayatınızı avuç içi kadar porsiyonlar çevresinde planlamaya razı olmadan o fiziğe kavuşamazsınız.

İnsanlar kendi işlerini kurmak isterler. Ama risk almadan, belirsizliğe, art arda gelen başarısızlıklara, hemen hemen hiçbir şey kazanmayan bir işe inanılmaz saatler harcamaya razı olmadan başarılı bir girişimci olamazsınız.

Herkes bir eş ya da partner ister. Ama gönül kırıcı retlerden kaynaklanan duygusal türbülansa, hiçbir zaman boşalmayan cinsel gerilime, hiçbir zaman çalmayan telefona boş boş bakmaya razı olmadan muhteşem birini kendinize çekemezsiniz. Bunlar aşk oyununun parçasıdır ve oynamazsanız kazanamazsınız.

Başarınızı belirleyen "Neyin tadını çıkarmak istiyorsun?" sorusu değildir, doğru soru "Hangi ıstıraba katlanmaya razısın?" sorusudur. Mutluluğa uzanan yol engebelidir ve utançla döşenmiştir.

Bir şeyi seçmek zorundasınız. Istırapsız bir yaşam süremezsiniz. Sürekli güller ve tek boynuzlu atlar olmaz. Hazla ilgili soru kolay sorudur ve hemen hepimiz benzer yanıtlar veririz. Istırapla ilgili soru asıl ilginç olandır. Hangi ıstıraba katlanmaya hazırsın? Zor olan soru, sonunda bir yere varmanızı sağlayacak olan soru budur. Hayatınızı, bakış açınızı bu soru değiştirecektir. Beni ben yapan, sizi de siz yapan soru budur. Bizi tanımlayan, ayıran ve son olarak da bir araya getiren soru budur.

Delikanlılık dönemimin ve ilk gençliğimin çoğunda müzisyen, özellikle de rock yıldızı olma hayalleri kurdum. Gitar eşliğindeki en uyduruk şarkıda bile gözlerimi yumar, kendimi sahnede hayal ederdim, kalabalığa bağıra çağıra şarkı söylerdim ve izleyiciler karşımda kesinlikle kendilerini kaybederlerdi. Bu hayal beni saatlerce oyalardı. Benim açımdan sorun haykıran kalabalıkların karşısında şarkı *söyleyip söylemeyeceğim değil*, bunu *ne zaman* yapacağımdı. Her şeyi planlamıştım. Ulaşmak istediğim yere ulaşıp kendi izimi bırakmak için yeterli enerji ve çaba yatırımını yapmadan önce zamanımı gerekli şeylere harcıyordum. Önce okulu bitirmeliydim. Sonra gerekli aletleri almak için para kazanmalıydım. Sonra prova yapmaya yetecek kadar boş zaman bulmalıydım. Sonra ilk projemi planlamalı ve duyurmalıydım. Sonra... sonra hiçbiri olmadı.

Bu konuda yaşamımın yarısından fazla hayaller kurmuş olmama rağmen gerçek hiçbir zaman meyve vermedi. Neden böyle olduğunu anlamam da uzun süreye ve zorlu çabalara neden oldu: *Bunu gerçekten istememiştim.*

Ben sonuca aşıktım, sahnedeki görüntüme, haykıran insanlara, sallanan bedenime, yüreğimdeki her şeyi söylediğim şarkıya dökmeye; ama sürece aşık değildim. Bu nedenle de art arda başarısız oldum. Hatta başarısız olmayı bile yeterince denemedim. Aslında pek bir çaba göstermedim. Her gün çalışmanın zorluğu, bir grup kurup prova yapmanın lojistiği, "gig"ler bulmanın, dinleyip aldıracak insanları toplamanın sıkıntısı, kopan teller, patlak ses yükseltici, yirmi kiloluk ekipmanı arabasız provadan provaya taşımak. Bir hayal dağı ve tepeye varmak için bir buçuk kilometrelik bir tırmanıştı. Tırmanmaktan pek hoşlanmadığımı keşfetmemse çok zamanımı aldı. Ben sadece zirveyi hayal etmekten hoşlanıyordum.

Alışıldık kültürel anlatılar bana kendimi hayal kırıklığına uğrattığımı, kolay vazgeçen biri ve başarısız olduğumu, o azme sahip olmadığımı, hayalimden vazgeçtiğimi ve toplumun baskısına boyun eğdiğimi söyleyecektir.

Ama gerçek bu açıklamaların herhangi birinden çok daha az ilginç. Gerçek bir şeyi istediğim, ama aslında onu istemediğimdir. Bu hikâyenin sonu.

Ben ödülü istedim, mücadeleyi değil. Sonucu istedim, süreci değil. Sadece zafere aşıktım, mücadeleye değil.

Ve hayat böyle yürümez.

Sizin kim olduğunuzu ne için mücadele etmeye hazır olduğunuz tanımlar. Bir spor salonundaki mücadeleden *hoşlanan* insanlar triatlon koşarlar, karın kasları muhteşemdir ve küçük bir evi yerinden kaldırabilirler. Uzun çalışma saatlerinden, şirket yukarı tırmanma basamaklarındaki politikalardan *hoşlanan* insanlar uçarak tepeye çıkarlar. Açlık çeken sanatçı yaşam tarzının stresinden ve belirsizliklerinden *hoşlanan* insanlar onu yaşayan ve sonunda başarıya ulaşanlardır.

Bu irade ya da sebatla ilgili değildir. Bu "acı yoksa, kazanç da yok"un bir başka uyarısı değildir. Bu yaşamın en basit ve temel bileşenidir: mücadelemiz başarımızı belirler. Sorunlarımız mutluluğumuzu ve yanı sıra biraz daha iyi, biraz daha üst seviyede sorunları doğurur.

Gördünüz mü: Bu yukarı doğru çıkan ve hiç sonlanmayan bir sarmaldır. Tırmanışın bir noktasında durma izniniz var sanıyorsanız, sanırım konuyu hiç anlamadınız. Çünkü bu işin hazzı tırmanmanın kendisidir.

Bölüm 3

Özel Değilsiniz

Bir zamanlar bir adam tanırdım, adına Jimmy diyelim.

Jimmy'nin bitmek tükenmek bilmez iş girişimleri vardı. Herhangi bir günde ona ne yaptığını sorsanız danıştığı bir şirketin adını, melek yatırımcılardan fon aradığı, büyük geleceği olan tıbbı bir uygulamayı söyler ya da ana konuşmacısı olduğu bir hayırseverlik organizasyonundan söz eder veya kendisine milyonlar kazandıracak daha randımanlı bir benzin pompası hakkındaki fikirlerini açıklardı. Adam her zaman yuvarlanırdı, her zaman hareket halindeydi ve bir santimlik bir konuşma imkânı sunsanız dünyayı yerinden sarsacak olan işinden, son fikirlerinin ne denli parlak olduğundan söz eder, o kadar çok ünlünün adını sıralardı ki, kendinizi bir tabloid gazetenin habercilerinden biriyle konuşuyorsunuz zannederdiniz.

Jimmy her zaman olumluydu. Her zaman kendini zorlardı, her zaman bir açısı vardı, gerçekten de tuttuğunu kopartan biri gibi görünürdü; bu ne demekse.

Sorun şu ki Jimmy tam bir laf ebesiydi, sadece konuşurdu, bir iş yapmazdı. Çoğunlukla kafası iyiydi, "iş fikirlerine" harcadığından daha fazlasını barlarda ve lüks lokantalarda harcardı, Jimmy tam bir profesyonel sülüktü, ailesinin zor kazandığı parayla yaşardı, sahte fikirler ve geleceğin teknolojik zaferleriyle şehirdeki herkes gibi onların da başını döndürürdü. Elbette arada bir gerçek bir çaba harcadığı da olurdu, telefonu alır, kodamanın birini arar ve dağarcığındaki adlar bitene kadar ünlülerin isimlerini sayardı, ama gerçekten bir şey olduğu yoktu. Bu "girişimlerinden" hiçbirinin gerçekleştiği görülmedi.

Adam yıllarca böyle devam etti, yirmilerinin sonuna gelene kadar kız arkadaşlarının ve yakın ve uzak, giderek de daha uzak akrabalarının sırtından geçindi. En berbat tarafı da, Jimmy bu konuda *kendini iyi hissederdi.* Kendine güveninin seviyesi yanıltıcıydı. Ona gülenler ya da telefonu yüzüne kapatanlar, Jimmy'ye kalırsa "hayatlarının fırsatını tepiyorlardı". Saçma iş fikirleri nedeniyle onunla alay edenler dehasını anlamak için "çok cahil ve deneyimsizdiler". Berbat yaşam biçimine laf edenler "kıskançtı", başarısına haset duyan ve "nefretten başka duygu bilmeyen" insanlardı.

Jimmy biraz para da kazandı, genellikle üçkâğıtçı yöntemlerle, başka birinin fikrini kendi fikri gibi satarak, birinden borç para alarak, bir başkasını yeni başladığı işinden hisse almaya ikna ederek. Arada bir konuşma yapması için insanları ona para vermeye ikna da etti (ne hakkında olduğunu hayal bile edemiyorum).

En kötüsü de Jimmy kendi saçmalıklarına *inanırdı.* Kendi hakkındaki yanılgısı o kadar kurşun geçirmezdi ki, ona kızmak gerçekten zordu, aslında bir biçimde büyüleyiciydi.

1960'larda bir ara, "yüksek bir özgüven duygusu geliştirmek" -kişinin kendi hakkında olumlu düşüncelere ve duygulara sahip olması- psikolojiyi kasıp kavurmaya başladı. Araştırmalara göre kendileri hakkında olumlu düşünen insanlar genellikle daha iyi performans gösteriyorlar ve daha az sorun yaratıyorlardı. O zamanlar birçok araştırmacı ve yasa yapıcı toplumun özgüvenini yükseltmenin elle tutulur sosyal yararları olacağına inanıyordu: daha az suç, daha iyi akademik kayıtlar, daha iyi işler, daha az bütçe açığı. Bunun sonucu olarak bir sonraki on yılda, 1970'lerde, ebeveynlere özgüven alıştırmaları öğretildi, terapistler, politikacılar ve öğretmenler buna büyük önem verdiler, okulların müfredatına girdi. Örneğin not ortalamaları yükseltildi ki ortalamanın altında kalan öğrenciler başarısızlıkları konusunda kendilerini daha iyi hissetsinler. Her türlü gündelik, sıradan etkinlik için katılım ödülleri, sahte ödüller düzenlendi. Öğrencilere mantıksız ev ödevleri verilmeye başlandı, örneğin neden özel olduklarını düşündüklerini yazmaları istendi ya da kendilerinde en çok beğendikleri beş şey. Rahipler ve din görevlileri cemaatlerine her birinin Tanrı'nın gözünde biricik olduğunu söylediler, hepsi mükemmel olmaya yazgılıydı, ortalama değil. İş ve motivasyon seminerleri sürekli aynı paradoksal mantrayı yineliyorlardı: Her birimiz birer istisnaydık ve korkunç derece başarılı olabilirdik.

Bir nesil sonra veriler gelmeye başladı: Hepimiz birer istisna *değildik*. İnsanın kendini iyi hissetmesi için ortada *gerçek bir neden yokken* iyi hissetmesinin bir şey ifade etmediği anlaşıldı. Aklı sağlam, başarılı yetişkinler olabilmemiz için tersliklerin ve başarısızlığın gerekli olduğu anlaşıldı. İnsanları özel olduklarına ve ne olursa olsun kendilerini iyi hissetmeye inandırmanın toplumu Bill Gatesler ve Martin Luther Kinglerle değil de, Jimmylerle doldurduğu belli oldu.

Jimmy, hayal ürünü girişimci. Her gün esrar çeken, kendisi hakkında konuşmak ve söylediklerine inanmaktan öte pazarlamaya yeteneği olmayan Jimmy. İş ortağını bağıra çağıra olgun olmamakla suçlayan sonra şirketin kredi kartıyla Le Bernardin'de bir Rus mankeni etkilemeye çalışan Jimmy. Ona daha fazla borç para verecek amcalarını ve teyzelerini hızla tüketen Jimmy.

Evet, o kendine güvenli, kıymeti kendinden menkul Jimmy. Ne kadar iyi olduğu hakkında konuşmaktan gerçekten dişe dokunur bir şey yapmayı unutan Jimmy.

Özgüven hareketinin sorunu özgüveni insanların kendileri hakkında ne kadar olumlu düşündüğünü ölçmesidir. Ama insanın özdeğerinin gerçek ve doğru ölçüsü kendisinin *olumsuz* yönleri hakkında nasıl hissettiğidir. Jimmy gibi bir insan zamanın %99.9'unda kendini harika hissediyorsa ve bu arada yaşamı dağılıp gidiyorsa, bu nasıl başarılı ve mutlu bir hayat için ölçüt olabilir.

Jimmy'ye kalırsa her şeye hakkı vardır. Yani kazanmadan iyi şeylere sahip olmaya hakkı olduğuna inanır. Gerçekten çalışmadan zengin olabileceğine inanır. Gerçekten kimseye yardım etmeden sevileceğine ve iyi ilişkiler kurabileceğine inanır. Hiçbir fedakârlıkta bulunmadan harika bir hayat tarzı olabileceğine inanır.

Jimmy gibileri kafayı kendilerini iyi hissetmeye öylesine takmışlardır ki, *hiçbir şey yapmadıkları halde* büyük şeyler başardıkları yanılsamasına kapılırlar. Kendilerini küçük düşürmekten başka bir şey yapmazken sahnede harika sunumlar yaptıklarını sanarlar. Hiçbir işte başarı kazanamadıkları halde kendilerini büyük girişimciler sanarlar. Sadece yirmi beş yaşında oldukları ve hayatta dişe dokunur tek bir başarıları olmadığı halde kendilerine yaşam koçu derler ve başkalarına yardım etmek için para isterler.

Bu kıymeti kendinden menkul insanlar yanıltıcı derecede özgüven saçarlar, gözeneklerinden özgüven fışkırır. Bu güven başkalarını kandırabilir; en azından bir süre. Bazen de bu kıymeti kendinden menkul kişinin yanıltıcı özgüven seviyesi bulaşıcı olur ve çevrelerindekilerin de kendilerini daha güvenli hissetmesine yardım eder. Jimmy'nin tüm maskaralıklarına rağmen kabul etmeliyim ki arada bir onunla takılmak *eğlenceliydi.* İnsan onun yanında kendini yenilmez hissediyordu.

Kıymeti kendinden menkul olmanın sorunuysa, bu insanlar başkalarına ağır bedeller ödetmek pahasına kendilerini sürekli iyi hissetmeye *ihtiyaç duyarlar.* Ve sürekli kendilerini iyi hissetmeye ihtiyaç duydukları için de zamanlarının çoğunu kendilerini düşünerek geçirirler. İnsan bir kenefte yaşarken insanları kendini bokunun kokmadığına ikna etmesi çok fazla enerjiye ve çabaya malolur.

İnsanlar çevrelerinde ne olursa olsun sürekli kendilerini yüceltecekleri düşünce yapısını geliştirdikleri zaman bunu kırmak aşırı derece zordur. Onları mantığa davet eden her çaba, ne denli akıllı/yetenekli/iyi görünümlü/başarılı olduklarını "kabul edemeyen" biri tarafından üstünlüklerine yapılmış bir başka "tehdit" olarak ele alınır.

Bu her şeyi hakkı görme durumu narsisist bir köpük gibi kendi üzerine kapanır ve her şeyi kendini güçlendirecek şekilde çarpıtır. Her şeyi kendine hak gören insanlar için yaşamlarındaki her olay ya yüceliklerini onaylar ya da ona karşı yapılmış bir tehdittir. Başlarına iyi bir şey gelirse, bu inanılmaz işler başardıkları içindir. Başlarına kötü bir şey gelirse, onları alaşağı etmek için fırsat kollayan bir kıskanç yapmıştır. Her şeyi hak görmek sızdırmazdır, ona tesir edilemez. Bu kişiler üstünlük duygularını besleyen her şeyle kendilerini yanıltırlar. Davranışları çevrelerindekilere karşı fiziksel ya da duygusal olarak tacizkâr olsa da, ne pahasına olursa olsun o zihinsel cepheyi korurlar.

Ancak her şeyi kendine hak görmek başarısız bir stratejidir. Başka bir kafa bulma şeklidir. Mutluluk *değildir.*

Özdeğerin gerçek ölçütü kişinin kendini *pozitif* deneyimleri hakkında nasıl hissettiği değil, *negatif* deneyimleri hakkında nasıl hissettiğidir. Jimmy gibi bir adam her dönemeçte hayali başarılar uydurarak sorunlarından kaçar. Sorunlarıyla yüzleşemediği için de, kendini ne kadar iyi hissederse hissetsin zayıftır.

Gerçekten özdeğeri olan biri karakterinin negatif yönlerine bakabilir ve açıkça, "Evet arada bir para konusunda sorumsuz davranıyorum," diyebilir. "Evet, sık sık başarılarımı abartıyorum"; "Evet, fazlasıyla başkalarının desteğine muhtacım, kendi ayaklarımın üzerinde durabilmem gerekir". Sonra da bu yönlerini geliştirmek için çalışır. Ama her şeyi kendine hak görenler, kendi sorunlarını dürüstçe ve açıkça kabul edemedikleri için yaşamlarında uzun soluklu ve anlamlı bir iyileşme sağlayamazlar. Durmadan kafa yaparlar ve sürekli daha fazla inkâr ederler.

Ama eninde sonunda gerçek darbesini vurur ve altta yatan sorunlar bir kez daha yüzeye çıkarlar. Mesele bunun ne zaman olacağı ve ne kadar ıstırap vereceğidir.

Her Şey Dağılıyor

Sabahın dokuzunda biyoloji dersinde oturmuş, başımı masaya dayamış, gözlerimi saatin yelkovanının hareketine dikmiştim. Her tık öğretmenin kromozomlar ve mitoz bölünme hakkındaki vızıltısıyla ritm yapıyordu. Floresan aydınlatmalı boğucu bir sınıfa tıkılmış her on üç yaşındaki çocuk gibi sıkılıyordum.

Kapı çalındı. Müdür Yardımcısı Bay Price'ın başı göründü. "Dersi böldüğüm için özür dilerim. Mark, benimle gelir misin? Eşyalarını da yanına al," dedi.

Tuhaf olduğunu düşünmüştüm. Öğrenciler müdür yardımcısına gönderilirlerdi, müdür yardımcısı ayaklarına gitmezdi. Eşyalarımı topladım ve sınıftan çıktım.

Koridor boştu. Ufukta yüzlerce bej dolap içbükey bir görüntü oluşturuyorlardı. "Mark, lütfen beni dolabına götürür müsün?"

"Elbette," dedim ve koridorda yürümeye başladım, bol kot, karmakarışık saç, üzerime büyük gelen Pantera tişörtü falan...

Dolabıma vardığımızda, "Aç, lütfen," dedi, ben de açtım. Önünde durdu ve paltomu, spor çantamı, sırt çantamı, dolabımın içindeki her şeyi aldı, sadece birkaç defter ve kurşunkalem kalmıştı. Yürümeye başladı ve dönüp arkasına bakmadan, "Benimle gel lütfen," dedi. Kendimi huzursuz hissetmeye başlamıştım.

Odasına girdik, benden oturmamı istedi. Kapıyı kapattı ve kilitledi. Pencereye gitti ve panjurları içerisi görünmeyecek şekilde ayarladı. Avuçlarım terlemişti. Bu normal bir müdür yardımcısı ziyareti *değildi.*

Bay Price oturdu ve sessizce eşyalarımı karıştırmaya başları, ceplerini kontrol etti, fermuarları açtı, eşofmanlarımı silkeledi ve hepsini yere bıraktı.

Bay Price yüzüme bakmadan, "Ne aradığımı biliyor musun Mark?" diye sordu.

"Hayır," dedim.

"Uyuşturucu."

Sözcüğün şoku gerilmeme ve dikkat kesilmeme yetti.

"U-uyuşturucu mu?" diye kekeledim. "Ne tür?"

Dik dik bana baktı. "Bilmiyorum. Sende hangi türü var?" Dosyalarımdan birini açtı ve kalemlere ayrılmış küçük cepleri yokladı.

Mantar hastalığı gibi her yanımı ter bastı. Ter avuçlarımdan kollarıma, oradan boynuma yayılıyordu. Kan beynime ve yüzüme akarken şakaklarım atıyordu. Biraz önce narkotik madde bulundurup onları okula getirmekle suçlanmış her on üç yaşındaki çocuk gibi kaçıp saklanmak istedim.

"Neden söz ettiğinizi anlamıyorum," diye karşı çıktım, sözlerim istediğimden çok daha zayıf geldi kulağıma. Sesimin kendine güvenli çıkması gerektiğini düşünüyordum, ama belki de öyle değildi. Belki korkmuş olmalıydım. Yalancıların sesi korkak mı çıkar, güvenli mi? Nasıl çıkarsa, ben sesimin tam tersi çıkmasını istiyordum. Ama öyle olmadı, güvensizliğim katlandı, sesimin kendine güvensiz çıkması nedeniyle duyduğum güvensizlik kendime güvenimi azalttı. Kahrolası Cehennemden Geri Bildirim Döngüsü!

Müdür yardımcısı "Bunu göreceğiz," dedi, dikkatini yüzlerce cebi varmış gibi görünen sırt çantama verdi. Her cep kendi ergen öteberisiyle doluydu; renkli kalemler, sınıfta el değiştirmiş eski notlar, doksanların başına ait kapları kırık CD'ler, kurumuş ispirtolu kalemler, sayfalarının yarısı eksik eski bir çizim defteri, toz, kumaş tiftiği. İnsanı deli edecek kadar dolambaçlı ortaokul varoluşu sırasında birikmiş bir alay nesne.

Terim ışık hızıyla pompalanıyor olmalıydı çünkü zaman

genişlemiş, bollaşmış, saat dokuzdaki biyoloji dersinin ikinci bölümündeki saniyeler Paleolitik sonsuzluklara dönüşmüşlerdi, her dakika doğup ölüyordum sanki. Sadece ben, Bay Price ve dipsiz sırt çantam.

Mezolitik Çağ'ın oralarda bir yerde Bay Price sırt çantamı aramayı bitirdi. Hiçbir şey bulamadığı için sinirlenmiş gibiydi. Çantamı tepetaklak çevirdi ve işe yaramaz içeriği ofisinin tabanına saçıldı. Şimdi o da benim kadar çok terliyordu, ama ben dehşet içindeydim, o öfkeliydi.

"Bugün uyuşturucu yok, öyle mi?" dedi. Sesi olağan çıksın diye uğraşıyordu.

"Hayır." Ben de aynısını yapıyordum.

Öteberimi yaydı, her şeyi ayırmaya ve spor malzemelerimin yanında küçük tepecikler halinde yığmaya başladı. Paltom ve sırt çantam cansız bir şekilde kucağında duruyorlardı. İçini çekti ve duvara baktı. Kızgın bir adamın öteberisini yere saçtığı her on üç yaşındaki çocuğun isteyeceği gibi, ben de ağlamak istiyordum.

Bay Price yerdeki malzemeyi taradı. Uygunsuz ya da yasa dışı, hatta okul politikasına aykırı hiçbir şey ve uyuşturucu bulamadı. İçini çekti ve paltomla sırt çantamı da yere attı. Eğildi, dirseklerini dizlerine koydu, yüzünü benimkiyle aynı seviyeye getirdi.

"Mark, sana bana karşı dürüst olman için son bir şans vereceğim. Dürüst olursan sonucu senin için çok daha iyi olur. Yalan söylediğin ortaya çıkarsa her şey çok kötü olacak."

Yutkundum.

"Şimdi bana doğruyu söyle," diye emretti Bay Price, "Bugün okula uyuşturucu getirdin mi?"

Gözyaşlarımı tutmaya çalışıyordum, çığlıklarım boğazıma

tıkanmıştı, işkencecimin yüzüne baktım, yakaran bir sesle, o ergen korkulardan kurtulmaya can atarak, "Hayır, uyuşturucu yok. Neden söz ettiğiniz hakkında hiçbir fikrim yok," dedim.

"Tamam," dedi teslim olma sinyalleri vererek, "sanırım eşyalarını toplayıp gidebilirsin."

Ofisinin tabanında tutulmamış bir söz gibi duran sönük sırt çantama son bir kez özlemle baktı. Bir ayağını çantanın üzerine koydu, son bir çabayla hafifçe basmaya başladı. Kaygıyla kalkıp gitmesini bekliyordum ki bu karabasanı unutup yaşamıma devam edebileyim.

"Ayağı bir şeye takıldı.. "Bu ne?" diye sordu ayağıyla vurarak.

"Ne, ne?" diye sordum.

"Burada hâlâ bir şey var." Çantayı aldı ve dibini yoklamaya başladı. Benim için oda bulanıklaştı, her şey sallanmaya başladı.

Gençken akıllıydım. Arkadaş canlısıydım. Aynı zamanda da serseriydim. Bunu olabilecek en sevilesi şekilde söylüyorum. İsyankârdım, yalancıydım. Öfkeli ve içerleme doluydum. On iki yaşındayken buzdolabı mıknatıslarıyla evin güvenlik sistemini hacklemiştim ki kimse duymadan gece yarısı evden çıkabileyim. Arkadaşımla birlikte annesinin arabasının vitesini boşa alır, sokağın ortasına iter, kadını uyandırmadan giderdik. Kürtaj hakkında makaleler yazardım çünkü İngilizce öğretmenimin son derece tutucu bir Hıristiyan olduğunu biliyordum. Bir başka arkadaşımla annesinin sigaralarını çalıp okulun arkasında çocuklara sattık.

Ayrıca marijuanamı saklamak için sırt çantamın dibine gizli bir bölme yapmıştım.

Bay Price'ın ayağı sakladığım uyuşturuya takıldıktan sonra işte bu bölmeyi bulmuştu. Yalan söylemiştim. Bay Price da söz verdiği gibi bana hiç iyi davranmadı. Birkaç saat sonra, bir polis arabasının arka koltuğunda elleri kelepçeli oturan her on üç yaşındaki çocuk gibi yaşamımın sona erdiğini düşünüyordum.

Aslında bir anlamda haklıydım da. Ebeveynlerim beni evde karantinaya aldı. Yakın gelecekte hiç arkadaşım kalmayacaktı. Okuldan atılmıştım, yılın geri kalanında evde eğitim görecektim. Annem saçımı kestirdi, Marilyn Manson ve Metallica tişörtlerimin hepsini çöpe attı (1998 yılında yaşayan bir ergen açısından ölüm cezası gibi bir şeydi). Babam sabahları beni ofisine sürüklüyor ve bütün gün kâğıtları dosyalatıyordu. Evde eğitim faslı sona erince, özel ve küçük bir Hıristiyan okuluna kaydımı yaptırdılar ve (bu sizi pek şaşırtmayacak ama) oraya hiç uyum sağlayamadım.

Ve tam suçumun bedelini ödemiş, ödevlerimi tam zamanında teslim etmiş, dini sorumlulukların değerini öğrenmiştim ki, annemle babam boşanmaya karar verdiler!

Bunları size ergenliğimin ne kadar berbat olduğunu anlatabilmek için yazıyorum. Tüm arkadaşlarımı, mahallemi, yasal haklarımı ve ailemi dokuz ay içinde kaybetmiştim. Yirmilerimdeki terapistim bu durumu "gerçekten travmatik bir bokluk" diye adlandıracaktı. Bir sonraki on yılı ve biraz daha fazlasını bunun üzerinde çalışmaya, bunu çözümlemeye ve daha az ben merkezci, kıymeti kendinden menkul küçük bir serseri olmamayı öğrenmeye harcayacaktım.

O zamanki ev yaşantımın sorunu yapılan ya da söylenen korkunç şeyler değildi; tam tersine yapılması ya da söylenmesi gereken, ama yapılıp söylenmeyen korkunç şeylerdi. Ailem

Warren Buffett'ın para kazandığı ya da Jenna Jameson'un düzüştüğü beceriyle her şeyin üzerini örterdi: Bunu yapmanın şampiyonlarıydık. İçinde yaşadığımız ev yanıp kül olsa, "Ah, her şey yolunda. Odanın içi biraz sıcak oldu belki, ama her şey gerçekten yolunda!" nidalarıyla karşılanırdı.

Annemle babam boşandıklarında ortalıkta kırık tabaklar, çarpılan kapılar, kimin kimin canına okuduğu hakkında bağıra çağıra kavgalar yoktu. Kardeşimle bana bunun bizim suçumuz olmadığı konusunda güvence verdikten sonra yeni yaşam düzenimiz konusunda bir soru-cevap seansı (evet yanlış okumadınız) düzenledik. Bir damla gözyaşı dökülmedi. Asla ses yükselmedi. Annemle babamın hakkında hiçbir şey bilmediğimiz duygusal yaşamlarına kardeşimle şöyle bir göz atmak sayabileceğimiz tek şey "kimse kimseyi aldatmadı" cümlesi oldu. Şahane! Odanın içi biraz sıcak oldu belki, ama gerçekten her şey yolunda!

Annemle babam iyi insanlardır, bunların hiçbiri için onları suçlamıyorum (en azından artık suçlamıyorum). Ve onları çok seviyorum. Tüm ebeveynler gibi kendi hikâyeleri, kendi yolculukları ve kendi sorunları var. Tıpkı *kendi* ebeveynleri, ebeveynlerinin ebeveynleri... gibi. Ve tüm ebeveynler gibi, benim annemle babam da sorunlarının bir kısmını bize aktardılar, muhtemelen ben de aynısını çocuklarıma yapacağım.

Bunun gibi "gerçekten travmatik bokluk" hayatlarımızı kapladığında bilinçdışımızda asla çözemeyeceğimiz sorunlarımız varmış gibi hissederiz. Sorunlarımızı çözmeye yeterli olmadığımızı varsaymamız da kendimizi zavallı, çaresiz hissetmemize neden olur.

Bir şeye daha neden olur. Çözümsüz sorunlarımız varsa, bilinçdışımız bir şekilde ya son derece özel ya da son derece defolu olduğumuza ve kimselere benzemediğimize karar verir, demek ki kurallar bizim için farklı olmalıdır.

Daha basit bir ifadeyle: Kendimizi hak kazanmış görürüz.

Ergenlik dönemimin sancıları nedeniyle erken yetişkinliğimin büyük bölümünde kendime bir çok şeyi hak gördüm. Jimmy'nin kendine hak gördüğü şeyler son derece başarılıymış gibi davrandığı iş dünyasıyla ilgiliyken benim hak gördüğüm şeyler de kendilerini ilişkilerimde ortaya koydular; özellikle de kadınlarla olan ilişkilerimde. Travmam yakınlık ve kabul görme çevresinde döndüğü için devamlı bunları telâfi etme, sürekli kendime sevildiğimi ve kabul gördüğümü ispatlama çabası içindeydim. Bunun sonucu olarak da kokain bağımlısının kokainden yapılma bir kardan adamın peşine düşeceği gibi kadınların peşine düştüm: Bundan doymaz bir cinsel ihtiyaç yarattım, sonra içinde boğuldum.

Bir oyuncuya dönüştüm, olgunlaşmamış, bencil, ama zaman zaman baştan çıkaran bir oyuncu. On yıl kadar bir sürü yüzeysel, sağlıksız ilişki yaşadım.

Seks eğlenceli olsa da, açlığını çektiğim seks değildi. Onaylanmaktı. İstendiğimin, sevildiğimin, hatırlayabildiğim kadarıyla ilk kez *değerli* olduğumun onaylanması. Onaylanmaya olan bu açlığım kısa sürede kendimi dev aynasında görme ve kendime karşı aşırı toleranslı olma alışkanlıklarına dönüştü. Canım ne isterse onu yapmaya ya da söylemeye hakkım var sanıyordum, insanların güvenini kırmaya, duygularını yok saymaya, sonra da yarım ağızla söylenmiş boktan özürlerle bunları geçiştirmeye hakkım var sanıyordum.

Bu dönemin de kimi eğlenceleri ve heyecanları oldu elbette, bazı harika kadınlara rastladım, ama çoğunlukla bir harabe gibiydim. Sık sık işsiz kalıyordum, arkadaşlarımın kanepelerinde ya da annemde yaşıyordum, çok fazla içiyordum, arkadaşlarımı kendime yabancılaştırıyordum ve gerçekten sevdiğim bir kadınla karşılaşınca da, ben merkezciliğimle kısa sürede her şeyi berbat ediyordum.

Istırabımız ne kadar derin olursa, sorunlarımız karşısında kendimizi o kadar fazla çaresiz hissederiz ve bu sorunları telâfi etmek için o kadar fazla bazı şeyleri hakkımız görürüz. Bu kendine hak görme iki şekilde ortaya çıkar:

1. Ben muhteşemim, siz diğerleri hepiniz berbatsınız, demek ki ben özel davranılmayı hak ediyorum.
2. Ben berbatım ve siz diğerleri muhteşemsiniz, demek ki ben özel davranılmayı hak ediyorum.

Dıştan bakınca zıt zihin durumları, ama içte aynı bencil, yapışkan çekirdek. Aslında bu kişilerin genellikle bu ikisinin arasında salındıklarını görürsünüz. Haftanın hangi gününde olduklarına ya da o sıradaki bağımlılıklarının türüne bağlı olarak ya onlar dünyanın tepesindedirler ya da dünya onların tepesindedir.

İnsanları büyük kısmı Jimmy gibi birini hiddetli, narsisist bir boşta gezenin boşta kalfası olarak doğru biçimde tanımlar çünkü kendini üstün gören yanlış bakışı nedeniyle epey böbürlenir ve sinir bozar. İnsanların kendine hak görmek anlamında çoğunlukla doğru tanımlayamadıklarıysa kendilerini sürekli aşağıda ve bu dünyada değersiz hissedenlerdir.

Kişinin yaşamındaki her şeyi sürekli kendini kurban durumunda tutacak şekilde düşünüp kurması da tam tersinin gerektirdiği kadar bencillik gerektirir. Aşılamaz sorunları olmasını düşünmesi hiçbir sorunu olmadığına inanması kadar enerjiye malolur ve kendini kandırarak kendi gözünde yüceltmesi gerekir.

Hakikat şu ki kişisel sorun diye bir şey yoktur. Sizin bir sorununuz varsa, yüzde milyon birileri de geçmişte aynı soruna sahip olmuştur, şu anda aynı sorundan mustariptir ya da gelecekte aynı sorundan çekecektir. Hem de muhtemelen sizin de tanıdığınız kişiler. Bu sorunu azaltmaz ya da acıtmayacağı anlamına gelmez. Bazı durumlarda kurban olmanızın meşru olmadığı anlamına da gelmez.

Sadece sizin özel olmadığınız anlamına gelir.

Genellikle, hem kendinizin hem de sorunlarınızın ciddiyet ve ıstırap açısından özel olmadığını fark etmek onları çözmek için atılan ilk ve en önemli adımdır.

Ne yazık ki bir nedenle giderek daha fazla sayıda kişi, özellikle de gençler bunu unutuyorlar. Öğretmenler ve eğitimciler bugünün gençliğinde duygusal dayanıklılık eksikliği ve bencil talep fazlalığı gözlemlemekteler. Artık sadece birilerine kendini kötü hissettirdiği için ders müfredatlarından bazı kitapların çıkartılması az rastlanan bir durum olmaktan çıktı. Konuşmacılar ve öğretmenler sırf bir Halloween kostümünün o kadar da aşağılayıcı olmadığını söylemek gibi son derece önemsiz nedenlerle susturuluyor ya da kampüslere girmeleri yasaklanıyor. Danışmanlar oda arkadaşıyla tartışmak ya da bir dersten kötü not almak gibi gündelik okul deneyiminin bir parçası olması gereken durumların öğrencilerde giderek daha fazla ciddi, duygusal sorunlara neden olduğunu bildiriyorlar.

Her zamankinden daha fazla birbirimizle bağlantı içinde olduğumuz bir çağda böyle her şeyi kendine hak görmenin zirve yapması çok tuhaf bir durumdur. Son teknolojik gelişmelerdeki bir şey güvensizliklerimizin hiç olmadığı gibi Amok koşusuna çıkmasına neden oldu. Kendimizi ifade etmek için ne kadar çok özgürlük verilirse, bizimle aynı fikirde olmayan ya da canımızı sıkan birilerinin olmamasını da o kadar fazla istiyoruz. Aykırı bakış açılarıyla ne kadar fazla karşılaşırsak, varlıkları o kadar fazla canımızı sıkıyor. Yaşamlarımız kolaylaştıkça ve sorunlardan arındıkça, daha da iyi olmalarının en doğal hakkımız olduğunu düşünüyoruz.

İnternet ve sosyal medyanın yararları tartışılmaz biçimde olağanüstüdür. Birçok yönden yaşamak için tarihin en iyi dönemindeyiz. Ama bu teknolojilerin belki de istenmeyen yan etkileri var. Belki bunca özgürleştiren ve eğiten teknolojiler aynı zamanda insanların her şeye hakları olduğu duygusunu hiç olmadığı kadar azdırdılar.

İstisna Olmanın Zorbalığı

Çoğumuz yaptığımız şeylerin çoğunda son derece ortalamayız. Bir şeyde özel olsanız bile bir sürü diğer şeyde ortalama ya da ortalamanın altındasınız. Yaşamın doğası budur. Bir şeyde gerçekten büyük olmak için ona tonla zaman ve enerji sarfetmeniz gerekir. Ve hepimizin sınırlı zamanı ve enerjisi olduğu için çok azımız birden fazla şeyde gerçekten istisna olabilir; bir tanesinde olabilmişse elbette.

Rahatlıkla bir insanın hayatın tüm alanlarında, hatta birçok alanında olağanüstü performans göstermesinin istatistiksel olarak pek mümkün olmadığını söyleyebiliriz. Parlak iş insanları genellikle özel hayatlarını berbat ederler. Muhteşem atletler lobotomi yapılmış kayalar gibi sığ ve sıkıcı olabilirler. Ünlülerin çoğunun onları salak salak izleyen ve her hareketlerini takip edenler kadar bile hayattan haberi yoktur.

Hepimiz, çoğu konuda, epeyce ortalama insanlarız. Ama tüm ilgiyi uçlar çeker. Bunu zaten biliyoruz, ama nadiren bunun hakkında düşünüyoruz ve/veya konuşuyoruz ve bunun neden sorun olabileceğini kesinlikle tartışmıyoruz.

İnternet'e, Google'a, Facebook'a, YouTube'e sahip olmak ve beş yüzden fazla TV kanalına erişebilmek harika. Ama bizim dikkatimizin sınırları var. Sürekli üzerimize boşanan bu enformasyon dalgasını işlememiz mümkün değil. Bu nedenle, dikkatimize ulaşan sıfırlar ve birler gerçekten de özel enformasyon parçaları olur, 99.999. yüzdebirliğin içinde olabilenler.

Gerçekten istisna olan gün boyunca üzerimize boca edilir. İyinin en iyisi. Kötünün en kötüsü. En büyük fiziksel başarılar. En komik şakalar. En üzücü haberler. En korkunç tehditler. Durmaksızın.

Bugünkü yaşamlarımız insanlık deneyiminin çan eğrisinin uç noktalarındaki enformasyonla doludur çünkü medya endüstrisinde gözleri yuvalarından uğratan ve para kazandıranlar bunlardır. Hesap budur. Ama hayatın büyük çoğunluğu yaşamın yeknesaklığı içinde geçer. Yaşamın büyük bölümü olağan, sıradan ve ortalamadır.

Bu abartılı enformasyon seli bizi istisnanın yeni normal olduğuna koşulladı. Çoğunlukla son derece ortalama olduğumuz için bu abartılı enformasyon tufanı bizi epeyce güvensiz ve umutsuz yaptı çünkü apaçık yeterince iyi olmadığımızı gösteriyor. Giderek daha fazla her şeyi kendimize hak görmeye ve bunu bağımlılıkla telâfi etmeye çalışmaya başladık. Bildiğimiz tek yolla mücadele ediyoruz: Kendimizi abartarak ya da ötekini abartarak.

Bazıları bunu çabucak zengin olma yolları geliştirerek

yapar. Kimileri dünyanın öteki ucuna giderek Afrika'da açlıktan ölen bebekleri kurtarır. Bazıları okulda büyük başarı sağlar ve her ödülü kazanır. Kimileri gidip bir okulun öğrencilerine ateş açar. Bazıları da konuşup soluk alan her şeyle seks yapmaya kalkar.

Bu daha önce sözünü ettiğim kendinde hak görme kültürüyle yetişmekle de ilgilidir. Milenyum nesli sık sık bu kültürel kayma nedeniyle suçlanıyor, ama bunun nedeni muhtemelen sürekli İnternette ve daima göz önündeki nesil olmaları. Aslında bu her şeyi kendine hak görme durumu tüm toplumda belirgindir. Ve bana kalırsa da kitle-medyasının-güdümündeki-istisna-olma- durumuyla ilişkilidir.

Sorun teknolojinin ve kitle pazarlamasının yaygınlığının çoğu insanın kendi hakkındaki beklentilerini alt üst etmesindedir. İstisnanın sel gibi her yana yayılması insanların kendilerini kötü hissetmelerine neden olur, daha uçlarda, daha radikal, daha kendinden emin, daha önemli, daha fark edilir olmaya ihtiyaçları olduğunu hissettirir.

Ben delikanlıyken biriyle yakınlaşmak konusundaki tüm güvensizliklerim pop kültürde dolaşan erkeklik hikâyeleriyle iyice kötüleşmişti. Aynı hikâyeler *hâlâ* dolaşımdadır: *Cool* bir erkek ol, partilere bir rock yıldızı gibi katıl, saygı görmen için kadınların sana bayılması gerek, seks bir erkeğin elde edebileceği en değerli şeydir, her şeyi (kendi vakarını bile) feda etmeye değer.

Bu gerçekçi olmayan medya akışı zaten var olan güvensiz duygularımızın üzerine çöreklenir ve bizi yaşamasını beceremediğimiz gerçek dışı standartlara fazlasıyla maruz bırakır. Kendimizi çözümsüz sorunların sahibi olarak görmenin yanı sıra başarısız ve ezik de hissederiz çünkü basit bir Google araştırması aynı sorunlara sahip olmayan binlerce insanı gözlerimizin önüne serer.

Teknoloji eski ekonomik sorunları çözerken bize yeni psikolojik sorunlar yarattı. İnternet sadece açık bir enformasyon kaynağı değildir, aynı zamanda açık bir güvensizlik, kendinden kuşku duyma ve utanç kaynağıdır.

A-a-a-ma, Özel ya da Olağanüstü Olmayacaksam, Anlamı Ne?

Günümüzde, *hepimizin* bir gün gerçekten özel olmaya yazgılı olduğu kültürümüzde kabul görmektedir. Ünlüler bunu söyler. İş dünyasının kralları bunu söyler. Oprah bile bunu söyler (demek ki doğru olmak zorundadır). Her birimiz ve hepimiz olağanüstü olabiliriz. Hepimiz yüceliği *hak ediyoruz.*

Aslında bu olgunun ta kendisinin çelişkili olduğunu çoğu kişi gözden kaçırır. Herkes olağanüstüyse, demek ki sözcüğün tanımı gereği hiç kimse olağanüstü değildir. Gerçekten neyi hak edip etmediğimizi sorgulamak yerine, bu mesajı yutar ve fazlasını isteriz.

"Ortalama" olmak başarısızlığın yeni standardı oldu. Olabileceğiniz en kötü şey sürünün, çan eğrisinin ortasında yer almak. Bir kültürün başarı standardı "olağanüstü olmak" olunca da, çan eğrisinin en alt ucunda olmak bile ortasında olmaktan iyidir çünkü en azından hâlâ özelsiniz ve ilgiyi hak ediyorsunuz. Birçok kişi bu stratejiyi seçer: Herkese en sefil, en baskı altında, en büyük kurban olduklarını ispatlamak.

Birçok kişi vasatlığı kabul etmekten korkuyor çünkü kabul ederlerse hiçbir yere ulaşamayacaklarını, hiç ilerleme kaydedemeyeceklerini, daha iyi bir hayata kavuşamayacaklarını sanıyorlar.

Bu şekilde düşünmek tehlikelidir. Hayatın sadece gerçekten dikkat çekince ve büyük olunca değerli olduğunu düşünürseniz, (siz de dahil) insan nüfusunun çoğunluğunun değersiz olduğunu temelde kabul etmiş olursunuz. Bu düşünüş de kısa sürede hem kendiniz, hem de başkaları için tehlike arz etmeye başlar.

Bir konuda gerçekten istisna olan özel insanlar bunu istisna olduklarına inandıkları için yapmazlar. Tam tersine, kendilerini geliştirmeye kafalarını takmış oldukları için mükemmeldirler. Ve gelişmeye olan bu takıntıları da yeterince iyi olmadıkları düşüncesinden kaynaklanır. Bu tam da kendine hak görmenin *tersidir.* Bu büyük insanlar doğuştan büyük olmadıklarını, sıradan, ortalama olduklarını, ama çok daha iyisini yapabileceklerini anlamışlardır.

Tüm o "herkes olağanüstüdür ve büyüklüğe ulaşabilir" saçmalığı egonuzu şişirmekten başka işe yaramaz. Mideye indirirken tadı çok güzel olan bir mesajdır, ama sizi duygusal olarak şişirmekten ve şişmanlatmaktan başka bir işe yaramayan boş kalorilerden ibarettir, kalbinizin ve beyninizin sözel hamburgeridir.

Fiziksel sağlığın bileti gibi duygusal sağlığın bileti de sebzeleri yemenize bağlıdır; yani hayatın sıradan, dünyevi gerçeklerini kabul edeceksiniz, şöyle gerçekler: "Büyük resimde sizin eylemlerinizin pek de bir önemi yoktur"; "Hayatınızın büyük bir kısmı sıkılarak geçecek ve kayda değer bir şey olmayacak, ama bunda bir sorun yoktur". Başta bu sebze diyetinin tadı kötüdür, hatta çok kötüdür, ama kabul ettikçe düzelir.

Bir kez hazmettikten sonra da, bedeniniz canlanır ve güçlenir. En azından şahane olma, bir sonraki muhteşem şey olma baskısı sırtınızdan kalkar. Sürekli kendinizi yetersiz hissetme, sürekli kendinizi kanıtlama kaygısı dağılır gider. Vasat varlığınızı kabul ettiğiniz zaman, yargılamalar ve gerçek dışı beklentiler olmadan gerçekten yapmak istediğinizi yapacak özgürlüğe kavuşursunuz.

Yaşamın temel deneyimlerinin tadını daha fazla çıkarmaya başlarsınız: Basit bir dostluğun hazları, bir şey yaratmak, ihtiyacı olan birine yardım etmek, güzel bir kitap okumak, sevdiğiniz biriyle birlikte gülmek.

Kulağa sıkıcı geliyor, öyle değil mi? Çünkü bunlar olağan şeyler. Belki de olağan olmalarının bir nedeni vardır: *Asıl* önemli olan bunlardır.

Bölüm 4

Istırap Çekmenin Değeri

1944 yılının son aylarında, neredeyse on yıl süren bir savaşın ardından dalga Japonya'nın tersine dönüyordu. Ekonomileri sallantıdaydı, orduları Asya'nın neredeyse yarısına gereğinden fazla yayılmıştı, Pasifik'te kazandıkları topraklar domino taşları gibi Amerikan Kuvvetlerine teslim oluyordu ve yenilgi kaçınılmaz görünüyordu.

26 Aralık 1944 tarihinde, Japon İmparatorluk Ordusu'nda ikinci teğmen olan Hiroo Onoda Filipinlerdeki küçük Lubang Adası'na indi. Aldığı emir ABD'nin ilerlemesini mümkün olabildiğince durdurmak, her ne pahasına olursa olsun savaşmak ve asla teslim olmamaktı. O da, komutanı da bunun aslında bir intihar görevi olduğunu biliyorlardı.

1945 Şubatı'nda, Amerikalılar Lubang'a geldiler ve baskın bir güçle adayı aldılar. Japon askerlerin çoğu ya öldüler ya da teslim alındılar, ama Onoda ve üç adamı ormana kaçabildiler. Oradan ABD Kuvvetlerine ve yerel halka karşı bir gerilla mücadelesi başlattılar, ikmal hatlarına saldırdılar, başıboş askerleri vurdular, yapabildikleri her şekilde Amerikalılara karşı çıktılar.

Altı ay sonra Ağustos'ta, ABD Hiroşima ve Nagazaki'ye atom bombası attı, Japonya teslim oldu ve insanlık tarihinin en ölümcül savaşı sona erdi.

Ancak binlerce Japon askeri Pasifik adalarına dağılmışlardı, Onoda gibi ormanlarda saklanıyorlardı ve savaşın bittiğinden habersizdiler. Önceki gibi mücadeleye devam ettiler. Bu savaştan sonra Doğu Asya'yı kurarken ciddi bir sorun haline geldi ve hükümetler bir şey yapılması konusunda anlaştılar.

Amerikan Ordusu ve Japon Hükümeti Pasifik bölgesinde milyonlarca savaşın bittiğini ve herkesin evine gittiğini söyleyen ilan dağıttılar. Onoda ve adamları da diğerleri gibi bu ilanları buldu ve okudu, ama diğerlerinin tersine Onoda bunun bir tuzak olduğuna karar verdi, Amerikalılar gerillaların yerlerini belli etmeleri için kurmuşlardı. Onoda ilanları yırttı, adamlarıyla birlikte gizlenmeye ve savaşmaya devam etti.

Beş yıl geçti. İlanlar kesildi, Amerikan Kuvvetlerinin çoğu evlerine döndü. Lubang'daki yerel halk çiftçilik ve balıkçılıktan oluşan normal yaşantısına geri dönme girişiminde bulundu, ama Hiroo Onoda ve sadık adamları oradaydılar, çiftçilere ateş etmeye, ürünlerini yakmaya, hayvanlarını çalmaya, ormana fazlaca sokulan yerli halkı öldürmeye devam ediyorlardı. Filipinler Hükümeti yeni ilanlar bastırdı ve havadan ormana attı. Çıkın deniyordu. Savaş bitti. Siz kaybettiniz.

Aldıran olmadı.

1952 yılında, Japon Hükümeti Pasifik'te saklanan ve sona kalan askerlerini geri çekmek için son bir çaba harcadı. Bu kez ilanlara kayıp askerlerin ailelerinin fotoğrafları kondu, İmparator'un kendisi kişisel bir not yazdı. Bir kez daha Onoda bu bilginin gerçek olmadığına karar verdi. Biz kez daha ilanların Amerikan hilesi olduğunu düşündü. Ve adamlarıyla birlikte ormanda kalarak savaşmaya devam etti.

Birkaç yıl daha geçti ve terörize edilmekten usanmış olan yerel Filipinliler silahlandılar ve karşı ateş açmaya başladılar. 1959'da Onoda'nın adamlarından biri teslim alındı, diğeri öldürüldü. On yıl sonra, Onoda'nın son arkadaşı, Kozuka adında bir adam pirinç tarlalarını yakarken polisin açtığı ateşte öldürüldü; II. Dünya Savaşı bittikten on beş yıl sonra *hâlâ* yerel halka karşı savaşıyordu!

Hayatının yarısından fazlasını Lubang ormanlarında geçirmiş olan Onoda artık yalnızdı.

1972 yılında Kozuka'nın ölüm haberi Japonya'ya ulaştı ve akılları karıştırdı. Japonlar son askerlerinin yıllar önce evine döndüğünü sanıyorlardı. Japon medyası merak etmeye başladı: Kozuka 1972'ye kadar Lubang'daysa, belki Onoda, II. Dünya Savaşı'nda son kalan Japon askeri de hayatta olabilirdi. O yıl hem Japon hem de Filipinler hükümetleri arama ekipleri gönderdiler, biraz mit, biraz kahraman, biraz hayalet olan gizemli ikinci teğmeni arıyorlardı.

Kimseyi bulamadılar.

Aylar geçtikçe, Teğmen Onoda'nın hikâyesi Japonya'da şehir efsanesine dönüştü – var olup olmadığı belli olmayan kaçık savaş kahramanı. Çoğu onu romantize etti, kimileri eleştirdi. Kimileri de çoktan yok olmuş bir Japonya'ya hâlâ inanmak isteyenlerin uydurduğu peri masalı olduğunu söyledi.

O sıralarda Norio Suzuki adında genç bir adam ilk kez Onoda'nın adını duydu. Suzuki maceracı, kaşif, biraz da hippiydi. Savaştan sonra doğmuş, okulu bırakmış, dört yıl Asya, Orta Doğu, Afrika'da otostop yaparak dolaşmış, park banklarında, yabancıların arabalarında, hapishane hücrelerinde, yıldızların altında uyumuştu. Yiyecek için çiftliklerde gönüllü çalışmış, kalacak yer parası ödemek için kanını satmıştı. Özgür ruhlu, belki de biraz çılgındı.

1972 yılında, Suzuki başka bir maceraya ihtiyaç duyuyordu. Yolculuklarından sonra ülkesine dönmüştü ve katı kültürel normlarla sosyal hiyerarşi ona boğucu geliyordu. Okuldan tiksiniyordu. Bir işte tutunamıyordu. Yeniden yolda, kendi başına olmak istiyordu.

Hiroo Onoda'nın efsanesi Suzuki'ye problemlerinin çözümü gibi geldi. Peşine düşmeye değecek yeni bir maceraydı. Suzuki, Onoda'yı bulan kişi olacağına inanıyordu. Japon, Filipinler ve Amerikan hükümetlerinin arama ekipleri bulamamıştı, yerel polis otuz yıldır ormanı araştırıyor, bir sonuç elde edemiyordu, binlerce el ilanına yanıt alınamamıştı, ama kim takar ki, bu beleşçi, okuldan terk hippi onu bulan kişi olacaktı.

Taktik savaşları hakkında hiçbir eğitimi ve bilgisi olmayan silahsız Suzuki, Lubang'a gitti ve kendi başına ormanda dolaşmaya başladı. Stratejisi şuydu: yüksek sesle Onoda'nın adını haykıracak ve imparatorun onun için endişelendiğini söyleyecekti.

Dört günde Onoda'yı buldu.

Suzuki bir süre Onoda ile ormanda kaldı. Onoda bir yıldan fazla bir zamandır yalnızdı ve Suzuki tarafından bulununca arkadaşlığı hoşuna gitti, güvenebileceği bir Japon kaynaktan dış dünyada neler olduğunu öğrenmeye çalıştı. İki adam bir tür arkadaş oldular.

Suzuki, Onoda'ya neden kalıp da savaşmaya devam ettiğini sordu. Onoda'nın yanıtı basitti: "Asla teslim olmayın" diye emir almıştı ve kalmıştı. Otuz yıldır bir emre itaat ediyordu.

Onoda neden onun gibi bir "hippi oğlanın" bir askeri aradığını sordu. Suzuki Japonya'yı üç şey bulmak için terk ettiğini söyledi: Çavuş Onoda, bir panda ve bir Yeti; bu sırayla.

İki adam çok ilginç koşullarda bir araya gelmişlerdi: Zafer seraplarının peşinde iki iyi niyetli maceracı, sanki iki gerçek Japon Don Kişot ve Sancho Panzası Filipinlerin balta girmemiş ormanlarında birlikte. Her ikisi de kahraman olduklarını düşünüyordu, ama hiçbir şeyleri yoktu, yalnızdılar ve hiçbir şey yapmıyorlardı. O sırada Onoda hayatının çoğunu hayali bir savaşa harcamıştı. Suzuki de kendininkini harcayacaktı: Hiroo Onoda ve pandayı bulduktan birkaç yıl sonra Himalayalarda Yeti'yi ararken ölecekti.

İnsanlar sık sık hayatlarının büyük bölümünü görünüşte işe yaramaz ve yıkıcı nedenlere harcar. Yüzeyde bunlar hiçbir anlam ifade etmez. Onoda'nın otuz yıl o adada, böcek ve sürüngen yiyerek, toprakta yatarak, onlarca yıl sivilleri öldürerek nasıl mutlu olduğunu hayal etmek zordur. Neden Suzuki parasız, arkadaşsız, hayali bir Yeti'yi bulmaktan başka bir amacı olmadan kendi ölümüne yürüdü?

Daha sonra, Onoda hiçbir şeyden pişmanlık duymadığını söylemiştir. Seçimlerinden, Lubang'da geçirdiği zamandan memnunmuş. Hayatının önemli bir kısmını var olmayan bir imparatorluğa adamış olmaktan da memnunmuş demek ki çünkü bunun bir onur olduğunu belirtmişti. Yaşasaydı, muhtemelen Suzuki de benzer bir şey açıklama yapardı: Yapması gereken şeyi yaptığını ve hiçbir şeyden pişmanlık duymadığını söylerdi.

Bu adamların ikisi de nasıl ıstırap çekmek istediklerini seçtiler. Hiroo Onoda ölü bir imparatorluğa olan sadakati nedeniyle acı çekmeyi seçti. Suzuki ne kadar saçma da olsa, macera için acı çekmeyi seçti. Her iki adam için de çektikleri ıstırabın bir anlamı vardı. Daha yüce bir amaca ulaşmalarını sağlıyordu. Ve bir anlamı olduğu için ıstıraplarına dayanabildiler ve belki ondan haz duydular.

Istırap kaçınılmazsa, hayattaki sorunlarımız kaçınılmazsa, o zaman sormamız gereken soru "Nasıl bu ıstırabı durdurabilirim?" değil, "*Neden* ıstırap çekiyorum, hangi amaç uğruna?" olmalıdır.

Hiroo Onoda 1974 yılında Japonya'ya döndü ve bir anlamda ünlü oldu. Radyolara konuşma programlarına davet edildi; politikacılar elini sıktılar; bir kitap yayınladı ve hatta hükümetten epeyce para aldı.

Ancak Japonya'ya döndüğünde gördükleri onu şok etmişti: tüketici, kapitalist, bir önceki nesillerin tüm onur ve fedakârlık geleneğini kaybetmiş yüzeysel bir kültür.

Onoda aniden ünlü olmasından yararlanarak Eski Japonya'nın değerlerini canlandırmak istedi, ama bu yeni toplumda sesini duyan olmadı. Ciddi bir kültür düşünürü gibi değil de, gösteri malzemesi gibi görüldü; bir müzedeki relik gibiydi, herkesi büyülemek için zaman kapsülünden çıkmış bir Japon erkeğiydi.

Ve ironinin ironisi olsa da, Onoda onlarca yıl ormanda olduğundan çok daha büyük bir depresyona girdi. En azından ormanda yaşamının bir anlamı vardı. Istırabını dayanılır ve hata birazcık da arzulanır kılıyordu. Ama Japonya'ya dönünce, "hippilerle ve Batılı tarz bol giysiler içindeki kadınlarla dolu bu budala ulus" dediği şey kaçınılmaz gerçekle yüzleşmesini sağladı: Mücadelesinin hiçbir anlamı yoktu. Uğruna yaşadığı ve savaştığı Japonya artık yoktu. Ve bunu farketmenin ağırlığı hiçbir kurşunun delemediği gibi deldi adamın yüreğini. Çektiği ıstırap hiçbir değeri olmadığı için bir anda hakikate dönüşmüştü: Onoda Otuz yılını bir hiç uğruna harcamıştı.

Ve Onoda 1980 yılında eşyalarını toplayıp Brezilya'ya göçtü. Ölene kadar orada yaşadı.

Öz-farkındalık Soğanı

Öz-farkındalık bir soğan gibidir. Bir sürü katmanı vardır ve soydukça daha fazla uygunsuz zamanlarda ağlama arzusu duyarsınız.

Öz-farkındalık soğanının ilk katmanı, basitçe, insanın kendi duygularını anlamasıdır. "Bu kendimi mutlu hissettiğim zaman"; "Bu beni hüzünlendiriyor"; "Bu beni umutlandırıyor."

Ne yazık ki çoğu insan öz-farkındalığın bu en temel seviyesinde bile sınıfta kalır. Karımla bazen ileri geri salınarak eğleniliriz ve şöyle yaparız:

> Karım: Neyin var?
> Ben: Bir şeyim yok. Hiçbir şeyim yok.
> Karım: Hayır, yolunda gitmeyen bir şey var. Söyle.
> Ben: İyiyim. Gerçekten.
> Karım: Emin misin? Üzgün görünüyorsun.
> Ben *(sinirli bir gülüş eşleğinde)*: Gerçekten mi? Cidden iyiyim.
> *(yarım saat sonra)*
> Ben: ... İşte bu nedenle canım sıkkın! Çoğunlukla ben yokmuşum gibi davranıyor.

Hepimizin duygusal kör noktaları vardır. Genellikle yetişirken uygunsuz olduklarını öğrendiğimiz duygularla ilgilidir. Kör noktalarımızı tanıyarak etkilenen duygularımızı uygun biçimde ifade etmeyi öğrenmek yıllarımızı alır ve çok çaba sarfetmeyi gerektirir. Ama bu çok önemlidir ve bu çabaya değer.

Öz-farkındalık soğanının ikinci katmanı *neden* bu şekilde hissettiğimizi sorabilme becerisidir.

Bu neden sorusu zordur ve sık sık tutarlı ve doğru yanıt vermeyi öğrenmek aylar ve hatta yıllar sürebilir. Çoğumuzun bu soruların ilk kez sorulduğunu duymak için bir terapiste gitmesi gerekir. Bu sorular önemlidir çünkü başarı ya da başarısızlık diye kabul ettiğimiz şeylere ışık tutarlar. Neden öfkelisin? Bir amacını mı gerçekleştiremedin? Kendini bitkin ve esinsiz mi hissediyorsun? Yeterince iyi olmadığını hissettiğin için mi?

Bu sorgulama katmanı bizi üzen duygularımızın kökenindeki nedeni anlamamızı sağlar. Kökendeki nedeni anladığımızda da, ideal olarak onu değiştirecek bir şeyler yapabiliriz.

Ancak öz-farkındalık soğanının bir başka ve daha derin bir katmanı vardır. Ve bu katman kahrolası gözyaşlarıyla doludur. Üçüncü seviye bizim öz değerlerimizdir. Neden bunu bir başarı/başarısızlık olarak kabul ediyorum? Kendimi nasıl ölçmeyi seçiyorum? Hangi standartlara göre kendimi ve çevremdekileri yargılıyorum?

Sürekli sorgulama ve çaba gerektiren bu seviyeye ulaşmak son derece zordur. Ama en önemli seviye budur çünkü sorunlarımızın doğasını öz değerlerimiz belirler ve sorunlarımızın doğası da yaşam kalitemizi belirler.

Değer yargılarımız yaptığımız ve olduğumuz her şeyin temelidir. Değer verdiğimiz şeyin bize faydası yoksa, başarı/başarısızlık diye kabul ettiğimiz şeyleri pek de iyi seçememişsek, bu değerlere temellenen her şey; düşünceler, duygular, her günkü hislerimiz geri dönüp bizi incitecektir. Bir durum hakkında düşündüğümüz ve hissettiğimiz her şey son kertede onun ne kadar değerli olduğunu algıladığımıza bağlıdır.

Çoğu kimse bu *neden* sorularını yanıtlamakta korkunç beceriksizdir ve bu da kendi değer yargıları hakkında daha derin bilgi sahibi olmalarını engeller. Örneğin dürüstlüğe değer verdiklerini ve hakiki bir dost olduklarını *söyleyebilirler*, ama kendilerini daha iyi hissetmek için sizi arkanızdan vurur, hakkınızda yalan söylerler. İnsanlar kendilerini yalnız hissettiklerini düşünürler. Ama kendilerine *neden* kendilerini yalnız hissettiklerini sorduklarında, başkalarını suçlama eğilimindedirler; herkes sığdır, kimse onları anlayacak kadar *cool* ya da akıllı değildir, böyle yaparak da sorunlarını çözmeye uğraşacaklarına onları daha da ötelemiş olurlar.

Kimileri bunu öz-farkındalık olarak kabul eder. Ama daha derine inebilip altta yatan değerlerini inceleyebilselerdi, orijinal analizlerinin sorunu doğru tanımlamak yerine sorunları hakkında sorumluluk almaktan kaçınmaya temellendiğini fark edeceklerdi. Kararlarının hakiki mutluluk yaratmak doğrultusunda değil, kendilerini iyi hissedecekleri ruh hallerini kovalayacak biçimde verildiğini göreceklerdi.

Kişisel gelişim gurularının çoğu öz-farkındalığın bu daha derin seviyesini yok sayar. Zengin olmak istedikleri için mutsuz olanları alır, daha fazla para kazanma konusunda bir sürü tavsiyede bulunurlar, ama önemli, öz-değerlere-temelli soruları yok sayarlar: Her şeyden önce neden zengin olmaya böylesine ihtiyaç duyarlar? Kendileri için başarıyı/başarısızlığı nasıl ölçerler? Peki ama, mutsuzluklarının temel nedeni henüz Bentley kullanmıyor olmaları değil de, özel bir değer yargısı problemi olamaz mı?

Bu tavsiyelerin çoğu sığ seviyelerde, insanları kısa vadede mutlu etmek içindir, ama gerçek, uzun vadeli sorunlar asla çözülmez. İnsanların algıları ve duyguları değişebilir, ama altta yatan değer yargıları ve bunların ölçütleri aynı kalır. Bu gerçek bir gelişme değildir. Bu başka bir kafa yapma yöntemidir.

İnsanın dürüstlükle kendini sorgulaması gerçekten zordur. Kendinize yanıt vermesi huzursuzluk verecek olan basit sorular sormanız gerekir. Benim deneyimime göre, yanıt ne kadar huzursuzluk veriyorsa, o kadar doğrudur.

Bir saniye durup gerçekten canınızı sıkan bir şey düşünün. Şimdi *neden* canınızı sıktığını sorun. Muhtemelen yanıtınız bir tür başarısızlığı kapsayacaktır. Sonra bu başarısızlığı alın ve neden size "doğru" geldiğini sorun. Ya bu başarısızlık gerçekten başarısızlık değilse? Belki yanlış bir açıdan bakıyorsunuz.

Kendi yaşantımdan yakın zamanlı bir örnek vereyim:

"Kardeşimin telefon mesajlarıma ya da e-postalarıma yanıt vermemesi canımı sıkıyor?"

Neden?

"Bana kalırsa umurunda değilim."

Bu sana neden doğru geliyor?"

"Çünkü benimle ilişki kurmak isteseydi, günde on saniyesini benimle iletişime geçmek için harcardı."

Neden seninle bu ilişkiyi kurmayışı sana başarısızlık gibi geliyor?"

"Çünkü biz kardeşiz! İlişkimizin iyi olması gerek!"

Burada iki şey işler: Benim kıymet verdiğim bir değer yargısı ve gerekeni yapıp yapmadığını değerlendirmek için kullandığım bir ölçüt. Benim değerim: Kardeşlerin birbirleriyle iyi ilişkiler içinde olmaları gerekir. Ölçütüm: Telefon ya da e-posta aracılığıyla ilişkide olmak; bir kardeş olarak başarımı böyle ölçüyorum. Bu ölçütte ısrar edince de kendimi başarısız hissediyorum ve bu da arada bir cumartesi sabahlarımı mahvediyor.

Aynı süreci tekrarlayarak daha da derine inebiliriz:

Neden kardeşlerin iyi ilişkiler içinde olmaları gerektiği varsayılır?

"Çünkü onlar bir ailedir ve aile üyelerinin birbirine yakın olması gerekir!"

Neden bu kulağa doğru geliyor?

"Çünkü ailen senin için her şeyden önemli olmalıdır!"

Neden bu kulağa doğru geliyor?

"Çünkü ailene yakın olmak 'normal' ve 'sağlıklıdır' ve ben buna sahip değilim!"

Bu değiş-tokuşta altta yatan değerim hakkında kendime karşı açığım. Kardeşimle iyi ilişki içinde olmak. Ancak ölçütümle boğuşuyorum. Başka bir ad verdim, 'yakınlık' ama ölçütüm değişmedi: Hâlâ kendimi bir kardeş olarak temasın sıklığı üzerinden yargılıyorum ve bu ölçütü kullanarak kendimi tanıdığım başka insanlarla karşılaştırıyorum. Herkesin ailesiyle ilişkisi iyi (en azından öyle görünüyor), benimki değil. Demek ki bende bir şey eksik.

Peki ya kendim ve yaşamım için zayıf bir ölçüt seçmişsem? Göz önüne almadığım başka ne doğru olabilir? Belki de *değer verdiğim* iyi ilişki için kardeşime *yakın* olmaya ihtiyacım yoktur. Belki karşılıklı saygı olması yeterlidir (bu var). Belki aranması gereken karşılıklı güvendir (bu da var). Belki bu ölçütler kardeşliği birbirimize kaç mesaj gönderdiğimizden daha iyi değerlendirir.

Bu açıkça anlamlı ve bana doğru gelmekte. Ama yine de kardeşimle yakın olmamamız beni çok üzüyor. Bunu değiştirmenin bir yolunu bulamadım. Bunu bildiğim için kendimi daha iyi hissedebileceğim bir yol da yok. Bazen kardeşler ve hatta birbirlerini seven kardeşler bile yakın ilişki içinde olamazlar ve bunda da bir sorun yoktur. Durumunuz hakkında nesnel açıdan doğru olan, içinde bulunduğunuz durumu sizin nasıl gördüğünüz ve onu nasıl ölçmeyi ve değerlendirmeyi seçtiğiniz kadar önemli değildir. Sorunları bertaraf edebilirsiniz, ama bir sorunun *anlamı* bertaraf edilemez. Sorunlarımızın bize ne ifade ettiğini onlar hakkında nasıl düşünmeyi seçtiğimizle, onları düşünmeyi seçtiğimiz standartla kontrol ederiz.

Rock Yıldızı Sorunları

1983 yılında, yetenekli, genç bir gitarist grubundan olabilecek en kötü şekilde kovuldu. Grup bir plak anlaşması yapmıştı ve ilk albümlerini kaydedeceklerdi. Kayıt başlamadan birkaç gün önce gitariste kapıyı gösterdiler; uyarı, tartışma, dramatik çıkışlar olmadı. Evine dönmesi için eline bir otobüs bileti tutuşturdular.

New York'tan Los Angeles'a giden otobüste gitarist kendine şu soruyu sorup durdu: Bu nasıl oldu? Neyi yanlış yaptım? Şimdi ne yapacağım? Plak kontratları gökten yağmıyordu, özellikle de yeni başlayan metal grupları için. Acaba hayatındaki tek şansını yitirmiş miydi?

Otobüsü Los Angeles'a vardığında gitarist kendine acımayı

aşmış, yeni bir grup kurmaya yemin etmişti. Yeni grubu o kadar başarılı olacaktı ki, eskisi kararından dolayı sonsuza dek pişmanlık duyacaktı. O kadar ünlü olacaktı ki, yıllarca onu TV'de izlemek, radyoda dinlemek zorunda kalacaklardı, sokaklarda posterlerini, dergilerde fotoğraflarını göreceklerdi. Onlar bir yerde hamburger atıştırır, uyduruk bir konserden sonra minibüslerini doldururken, çirkin karılarıyla şişman ve ayyaş erkeklere dönüşürken kendisi canlı yayında stadyum dolusu kalabalıklara dans ettirecekti. Kendisine ihanet edenlerin gözyaşlarında yıkanacak, her damlayı yepyeni, hışır hışır bir yüz dolarlık banknotla kurulayacaktı.

Gitarist içine müzikal bir şeytan girmiş gibi çalıştı. Bulabildiği en iyi müzisyenleri işe aldı, eski grubundakilerden çok daha iyilerini. Onlarca şarkı yazdı ve ibadet eder gibi prova yaptı. Öfkesi hırsını körüklemişti, intikam esini olmuştu. Birkaç yıl sonra yeni grubuyla birlikte kendi plak anlaşmasını yaptı ve bundan bir yıl sonra ilk plağıyla altın plak aldı.

Gitaristin adı Dave Mustaine idi ve yeni kurduğu grup efsanevi heavy-metal grubu Megadeth idi. Megadeth yirmi beş milyondan fazla plak satacak ve kerelerce dünya turnesine çıkacaktı. Bugün Mustaine heavy-metal müziğin en parlak ve etkili müzisyeni olarak kabul edilir.

Ne yazık ki kovulduğu grup Metallica'ydı, dünya çapında yüz seksen milyon albüm sattılar. Birçoklarına göre Metallica tüm zamanların en iyi rock grubudur.

Bu nedenle, çok seyrek özel söyleşilerden birinde, Mustaine hâlâ kendini başarısız bulduğunu gözyaşları içinde itiraf etmiştir. Tüm başarılarına rağmen kendi zihninde her zaman Metallica'dan kovulan herifti.

Bizler hepimiz maymunuz. Tasarımcı işi ayakkabılarımız,

ızgaralı fırınlarımız olduğu için kendimizi çok karmaşık yaratıklar sanıyoruz, ama süslü-püslü maymunlarız. Maymun olduğumuz için de içgüdüsel olarak kendimizi başkalarına göre ve statüyle değerlendiriyoruz. Soru kendimizi *başkalarına göre değerlendirmeli miyiz* değil; *hangi standarda* göre kendimizi ölçmeliyiz?

Dave Mustaine, farkında olsa da olmasa da kendini Metallica'dan daha başarılı ve popüler olup olmadığına göre ölçtü. Önceki grubundan kovulmuş olmak onu o kadar incitmişti ki, "Metallica'ya göre başarı" kendini ve müzik kariyerini değerlendirdiği ölçüt oldu.

Yaşamından korkunç bir şey olmuştu ve ondan pozitif bir şey ortaya çıkarmıştı, Magadeth ile yaptığı şeydi bu, ama Metallica'nın başarısına takmış olmak ve onu hayatını tanımlayan ölçüt olarak kabul etmek müzisyeni onlarca yıl sonra bile üzüyordu. O kadar paraya, hayrana ve ödüle karşın hâlâ kendini başarısız sayıyordu.

Sizinle ben Dave Mustaine' durumuna bakarak gülebiliriz. Adamın milyonlarca doları, binlerce hayranı var, hayatında en çok sevdiği iş kariyeri ve hâlâ yirmi yıl önceki rock yıldızı grubundakilerin kendisinden daha ünlü olmasına içerliyor.

Bunu yapmamızın nedeni sizinle benim Mustaine'den farklı değer yargılarımızın olması ve kendimizi farklı ölçütlerle değerlendirmemizdir. Bizim ölçütlerimiz muhtemelen "Nefret ettiğim bir patron için çalışmak istemiyorum" ya da "Çocuğumu iyi bir okula gönderecek kadar para kazanmak isterdim" veya "Bir hendeğin içinde uyanmamak beni mutlu ederdi" tarzı şeylerdir. Bu ölçütlere göre, Mustaine çılgınca, hayal edilemeyecek kadar başarılıdır. Ama onun "Metallica'dan daha başarılı ve popüler olma" ölçütüne göre başarısızdır.

Kendi değer yargılarımız kendimizi ve başkalarını ölçtüğümüz ölçütleri belirler. Onoda'yı Lubang'da neredeyse otuz yıl tutan Japon İmparatorluğu'na olan sadakatiydi. Ama aynı ölçüt onu Japonya'ya döndüğünde çok mutsuz etti. Mustaine'in Metallica'dan daha iyi olma ölçütü ona inanılmaz başarılı bir müzik kariyeri verdi. Ama başarısına rağmen ona işkence eden de yine aynı ölçüttü.

Sorunlarınızı nasıl gördüğünüzü değiştirmek istiyorsanız, değer verdiğiniz şeyi ve/veya başarıyı/başarısızlığı ölçme biçiminizi değiştirmelisiniz.

Örnek olarak başka bir gruptan kovulan başka bir müzisyene bakalım. Hikâyesi, yirmi yıl önce yaşanmış olsa da, şaşırtıcı biçimde Dave Mustaine'i çağrıştırır.

1962 yılında Liverpool, İngiltere'den çıkan bir grup epey ilgi topluyordu. Komik saç kesimleri ve daha da komik adları olan bu delikanlıların müziği inkâr edilemeyecek kadar iyiydi ve sonunda plak endüstrisinin de dikkatini çekti.

John başsolist ve şarkı sözü yazarıydı; Paul, oğlan çocuğu yüzlü romantik basçı; George isyankâr başgitarist. Bir de davulcu vardı.

Hepsinin en yakışıklısıydı, kızlar onun için çıldırıyorlardı ve dergilerde önce onun yüzü görülmeye başladı. Grubun en profesyonel üyesiydi. Uyuşturucu kullanmazdı. Hep aynı kızla birlikteydi. Takım elbise ve kravatlı bazı kişiler grubun yüzünün John ya da Paul değil, o olması gerektiğini düşünüyorlardı.

Adı Pete Best idi. 1962'de, ilk plak anlaşmalarını yaptıktan sonra, Beatles'in diğer üç üyesi sessizce menajerleri Brian Epstein' a gittiler ve onu kovmasını istediler. Epstein bu karardan hoşlanmadı. Pete'i seviyordu, dolayısıyla diğer üçünün fikirlerini değiştirmelerini umarak bir şey yapmadı.

Aylar sonra, ilk albümlerinin kaydından tam üç gün önce, Epstein sonunda Best'i ofisine çağırdı. Orada fazla söze girmeden ona gidip kendine başka bir grup bulmasını söyledi. Neden belirtmedi, açıklama yapmadı, üzüntüsünü dile getirmedi; sadece diğer üçünün onu istemediklerini, yaylanması gerektiğini söyledi.

Onun yerine grup Ringo Starr adında tuhaf birini buldu. Ringo daha yaşlıydı ve iri, komik bir burnu vardı. John, Paul ve George ile aynı çirkin saç kesimine razı oldu ve ahtapotlarla denizaltılar hakkında şarkılar yazmakta ısrar etti. Ötekiler de, neden olmasın ki, dediler.

Best kovulduktan altı ay sonra Beatle-çılgınlığı patlak verdi ve John, Paul, George ve Ringo gezegendeki en ünlü yüzlerden dördü oldular.

Bu arada, anlaşılacağı gibi Best derin bir depresyona girdi ve İngiliz erkeklerine geçerli bir neden verildiğinde ne yaparlarsa onu yaptı: İçti.

Altmışların devamı Pete Best için iyi geçmedi. 1965 yılında iki Beatle'ı sözlü hakaretten mahkemeye verdi ve müzikle ilgili tüm projeleri korkunç başarısızlığa uğradılar. 1968'de intihara teşebbüs etti ve annesi kurtardı. Hayatı mahvolmuştu.

Best, Dave Mustaine gibi kendisini kurtaracak bir hikâye yaratamadı. Küresel bir süperstar olamadı, milyonlarca dolar kazanamadı. Ama birçok açıdan sonu Mustaine'den daha iyiydi. 1994 yılında bir söyleşide, "Beatles ile olabileceğimden daha mutluyum," demiştir.

Nasıl yani?

Best, Beatles'dan atıldığı koşulların neticesinde karısıyla karşılaştığını ve iki çocuğu olduğunu açıkladı. Değer yargıları değişmişti. Hayatı farklı ölçmeye başlamıştı. Ün ve zafer hiç fena olmazdı elbette, ama sahip olduklarının daha önemli olduğuna karar vermişti: büyük, sevgi dolu bir aile, dengeli bir evlilik, basit bir hayat. 2000'lerin ortalarına kadar davul çalabilmiş, Avrupa turlarına çıkabilmiş ve plak kaydedebilmişti. Peki neyi kaybetmişti gerçekten? Aşırı miktarda ilgi ve alkış, ama kazandıkları onun için çok daha anlamlıydı.

Bu hikâyeler bazı değer yargılarının ve ölçütlerin ötekilerden daha iyi olduğunu gösterir. Bazıları kolayca ve düzenli olarak çözülebilecek iyi sorunlara yol açarlar. Bazıları da kolayca ve düzenli olarak çözülemeyecek kötü sorunlara.

Boktan Değerler

Bir avuç ortak değer yargısı insanlara berbat sorunlar yaratır; çözümü pek mümkün olmayan sorunlar. Hızlıca bunların bazılarının üzerinden geçelim:

1. *Haz.* Haz harikadır, ama hayatınızın önceliği olmak için berbat bir değerdir. Herhangi bir uyuşturucu bağımlısına haz peşinde koşmasının sonuçlarını sorun isterseniz. Eşine ihanet eden birine ailesini ve çocuklarını kaybetmenin aldığı hazza değip değmediğini sorun. Kendini ölene kadar tüketen birine hazzın sorunlarını çözmeye yardımcı olup olmadığını sorun.

Haz yanlış-iyidir. Araştırmalar enerjilerini yüzeysel hazlara odaklayanların daha kaygılı, duygusal açıdan dengesiz ve depresif olduklarını gösteriyor. Haz hayatın tatminlerinin en yüzeysel formudur ve elde etmesi de, kaybetmesi de çok kolaydır.

Yine de bize 7/24 pazarlanan şey hazdır. Kafayı taktığımız şeydir. Kendimizi hazla uyuşturur, dikkatimizi hazla dağıtırız.

Haz (belli dozlarda) gerekliyse de, tek başına yeterli değildir. Haz mutluluğun nedeni değil, sonucudur. Diğer şeyler doğruysa (diğer ölçütler ve değerler), yan ürün olarak haz otomatik biçimde elde edilir.

2. *Maddi başarılar.* Birçok kişi öz-değerini ne kadar para kazandığıyla, hangi arabayı kullandığıyla, ön bahçesinin komşusununkinden daha yeşil ve güzel olmasıyla ölçer. Araştırmalara göre temel ihtiyaçlarını (besin, barınma vs.) karşılayabilen birinde, mutlulukla dünyevi başarıların ilişkisi hızla sıfıra yaklaşır. Açsanız ve Hindistan'ın ortasında sokakta yaşıyorsanız, yılda ekstra on bin doların mutluluğunuzun üzerindeki etkisi büyüktür. Ama gelişmiş bir ülkede orta sınıfa mensupsanız, fazladan on bin doların pek bir etkisi olmayacaktır, fazla mesai yaparak, hafta sonları çalışarak kendinizi öldürmenize değmeyecektir.

Maddi başarıya fazla değer vermenin bir başka boyutu da, maddiyatı dürüstlük, barış yanlısı ve şefkatli olma gibi başka değerlerin önüne geçirmektir. İnsanlar kendilerini davranışlarıyla değil sahip oldukları statü sembolleriyle ölçmeye başladıklarında, bu sadece sığ olmaları değil, sevimsiz insanlar olmaları anlamına da gelir.

3. *Her Zaman Haklı Olmak.* Beyinlerimiz randımansız makinelerdir. Sürekli zayıf varsayımlarda bulunuruz, olasılıkları yanlış değerlendiririz, olguları yanlış hatırlarız, bilişsel ikilemlere teslim oluruz ve duygusal çalkantılarımıza göre kararlar veririz. İnsan olarak sürekli yanıldığımız söylenebilir. Yaşamdaki başarınızın ölçütü haklı olmaksa, tüm bu saçmalıklarınızı kendinize haklı göstermek için çok uğraşmanız gerekecek.

Öz-değerlerini her konuda sürekli haklı olmak üzerine

kuranlar yaptıkları hatalardan bir şeyler öğrenme olanaklarını yok ederler. Yeni bakış açıları benimseyip başkalarıyla duygudaşlık kuramazlar. Yeni ve önemli enformasyona kendilerini kapatırlar.

Cahil olduğunuzu ve pek bir şey bilmediğinizi varsaymak çok daha faydalıdır. Bu sizi yüzeysel, hakkında iyi bilgi sahibi olmadığınız inançlardan korur ve öğrenme, büyüme kapısını açık tutar.

4. *Sürekli pozitif olmak*. Yaşamlarını hemen her şey hakkında pozitif olmakla ölçenler vardır. İşinizi mi kaybettiniz? Şahane! Tutkularınızı keşfetmek için bir fırsat işte. Kocanız sizi kardeşinizle mi aldattı? Neyse, en azından çevrenizdeki insanlara ne ifade ettiğinizi öğrenmiş oldunuz. Çocuğunuz boğaz kanserinden ölüyor mu? Artık özel okul parası vermeyeceksiniz!

"Her şeyi iyi tarafından görmek" gibi bir şey söylenmekteyse de, gerçek şu ki hayat bazen berbattır ve yapabileceğiniz en sağlıklı şey de bunu kabul etmektir.

Negatif duyguları inkâr etmek daha derin ve daha uzun ömürlü negatif duygulara ve duygusal işlev bozukluğuna neden olur. Sürekli pozitif olmak hayatın sorunları için geçerli bir çözüm değil, bir inkâr biçimidir. Doğru değerleri ve ölçütleri seçerseniz, bu sorunlar size zindelik, kuvvet ve şevk verebilir.

Gerçekten de basittir: İşler ters gidebilir, insanlar bizi üzer, kazalar olur. Bu gibi şeyler kendimizi bok gibi hissetmemize neden olur. Bunda bir sorun yoktur. Negatif duygular duygusal sağlığın gerekli bir bileşenidir. Bu negativiteyi inkâr etmek sorunları çözmek yerine ebedileştirmektir.

Negatif duygularla ilgili püf nokta şudur: 1) Onları toplumda kabul görecekleri, sağlıklı bir şekilde ifade edin ve 2) Onları değer yargılarınızla aynı çizgide ifade edin. Basit bir örnek: Benim değerlerimden biri şiddetten kaçınmaktır, vurmamak gibi ölçütleri vardır, bu nedenle biri tepemin tasını attırdığında öfkemi ifade ederim, ama rakibimin yüzüne bir yumruk atmaktan da kaçınırım. Radikal bir fikir, biliyorum. Ama sorun öfke değildir, öfke doğaldır. Öfke bir sürü durumda sağlıklı da olabilir (hatırlayın, duygular geri-bildirimlerdir).

Birinin suratına yumruk atmak sorundur. Öfke değil. Öfke suratınıza inecek yumruğumun elçisidir. Elçiyi suçlamayın. (Yüzünüze patlayan) yumruğumu suçlayın.

Kendimizi sürekli pozitif olmaya zorlarsak yaşamdaki sorunlarımızı inkâr ederiz. Böylelikle onları çözme ve daha mutlu olma şansımızı da yitiririz. Sorunlar hayatımıza anlam ve önem katar. Sorunları yok saymak (sözde hoş olsa da) anlamsız bir varoluş demektir.

Uzun vadede maraton koşmak bizi çikolatalı bisküvi yemekten daha çok tatmin edecektir. Çocuk yetiştirmek video oyununda kazanmaktan iyidir. Ay sonunu getirmeye çabalarken bütçenize yardımcı olması için arkadaşlarla küçük bir iş kurmak yeni bir bilgisayar almaya yeğdir. Bu işler stresli, yorucu ve çoğunlukla da tatsızdır. Sorun üzerine sorun çıkar. Yine de hayatımızın en anlamlı anları ve yaptığımız en neşe dolu şeylerdir. Acı, mücadele, hatta öfke ve umutsuzluk barındırırlar, ama bir kez üstesinden geldik mi, geriye döner ve torunlarımıza nemli gözlerle neler başardığımızı anlatırız.

Freud'un bir zamanlar söylemiş olduğu gibi, "Bir gün geriye dönüp baktığınızda mücadele günlerinizin en güzel günleriniz olduğunu göreceksiniz."

Bu nedenle, bu değer yargıları -haz, maddi başarı, her

zaman haklı olmak, sürekli pozitif olmak- insan yaşamı için yetersiz ideallerdir. Bir insanın yaşamının en yüce anlarından bazıları tatsız, başarısız, bilinmedik ve negatiftir.

Önemli olan iyi değer yargılarına ve ölçütlere sahip olmaktır, haz ve başarı bunların doğal sonuçları olarak ortaya çıkacaktır. Bunlar iyi değer yargılarının yan etkileridir. Tek başlarına boş esriklik halleridir.

İyi ve Kötü Değer Yargıları Tanımlamak

İyi değer yargıları 1) gerçeklere temellenirler; 2) sosyal açıdan yapıcıdırlar; 3) anlıktırlar ve kontrol edilebilirler.

Kötü değer yargıları 1) boş inançlara temellenirler; 2) sosyal açıdan yıkıcıdırlar; 3) anlık ve kontrol edilebilir değillerdir.

Dürüstlük iyi bir değer yargısıdır çünkü üzerinde tam anlamıyla kontrolünüz vardır, gerçeği yansıtır ve başkalarına (kimi zaman tatsız da olsa) yarar sağlar. Popülarite ise kötü bir değer yargısıdır. Değeriniz buysa ve ölçütünüz de dans partisindeki en popüler kız/erkek olmaksa, olacakların çoğu sizin kontrolünüzün dışındadır: Bu partiye başka kimlerin katılacağını bilemezsiniz, katılanların yarısından çoğunu tanımazsınız. Değeriniz/ölçütünüz gerçeğe temellenmemiştir: Kendinizi popüler ya da değil hissedebilirsiniz, ama aslında başkalarının hakkınızda gerçekten ne düşündükleri hakkında en küçük bir fikriniz bile yoktur. (Not: Bir kural olarak, başkalarının kendisi hakkında düşündüklerinden korkan biri, aslında kendisi hakkında kendi düşündüğü ve başkalarına yansıttığı bir sürü boktan şeyden korkmaktadır.)

İyi, sağlıklı değer yargılarına bazı örnekler: Dürüstlük,

yenilikçilik, savunmasızlık, kendi ayakları üzerinde durma, başkalarına destek olma, öz-saygı, merak, yardımseverlik, alçakgönüllülük, yaratıcılık.

Kötü, sağlıksız değer yargılarına bazı örnekler: manipülasyon ve şiddet aracılığıyla baskınlık, ayrım yapmadan seks peşinde koşmak, sürekli kendini iyi hissetmek, sürekli odak merkezi olmak, yalnız kalamamak, herkes tarafından sevilmek, sadece zengin olmak için zengin olmak.

İyi, sağlıklı değer yargılarına içten erişildiğini fark etmişsinizdir. Yaratıcılık, alçakgönüllülük gibi şeyler hemen şu anda deneyimlediğiniz şeylerdir ve bunu yapabilmek için zihninizi belli bir şekilde yönlendirmeniz yeter. Bu değer yargıları anlıktır ve kontrol edilebilir ve arzu ettiğiniz şekilde değil de, gerçekten olduğunuz halinizle dünyaya katılmanızı sağlar.

Kötü değer yargılarıysa çoğunlukla dış olaylara bağlıdır; özel bir jetle uçmak, sürekli haklı olduğunuzun söylenmesi, Bahamalarda bir ev sahibi olmak, üç güzel kızla birlikte tatlı yemek. Kötü değer yargıları, bazen eğlenceli ve zevkli olsalar da, sizin kontrolünüz dışındadırlar ve istediklerinizi elde edebilmek için sık sık sosyal olarak zararlı ve boş inançlı davranışlarda bulunursunuz.

Değer yargıları öncelik vermekle ilgilidir. *Herkes* lezzetli bir tatlı ya da Bahamalarda bir ev sahibi olmayı sever ve ister. Mesele önceliklerinizdir. Her şeyden çok öncelik verdiğiniz değer yargılarınız karar verme mekanizmalarınızı her şeyden çok etkiler.

Hiroo Onoda'nın en yüce değeri Japon İmparatorluğu'na tam bir sadakat ve hizmetti. Bu değer yargısı, onun hakkında okuduklarınızdan çıkartamadınızsa diye söylüyorum, bozuk sushi'den daha beter kokar. Hiroo için gerçekten boktan sorunlara neden oldu, en önemlisi de, otuz yıldan fazla böcek ve solucan yiyerek bir adada mahsur kaldı. Bir de masum sivilleri katledip durdu tabii. Hiroo kendini başarılı bulsa ve kendi ölçütlerine uygun yaşamış olsa da, sanırım yaşamının berbat olduğu konusunda hemfikiriz, şans verilse, hiçbirimiz onunla yer değiştirmek ve onun yaptıklarını yapmış olmak istemezdik.

Dave Mustaine büyük üne ve zafere kavuşmasına karşın kendini hep başarısız hissetti. Çünkü kendi başarısını başkalarının başarısına göre derecelendirdiği işe yaramaz bir değer yargısı vardı. Bu değer yargısı adama "Yüz elli milyon plak daha satmam lazım, *ancak bundan sonra* her şey mükemmel olacak" gibi iğrenç sorunlar yarattı. "Bir sonraki turnem stadyumda olmazsa olmaz!" Mutlu olmak için çözmesi gereken problemler bunlardı, mutsuz olmasına şaşmamalı.

Tam tersine Pete Best iyi bir dönüş yaptı. Beatles'dan atıldığı için depresyona girdi ve çok çekti, ama olgunlaştıkça neye öncelik vermesi gerektiğini seçti ve hayatını yeni bir ışıkta yeniden değerlendirdi. Best mutlu ve sağlıklı bir yaşlı adam oldu, kolay bir hayata ve harika bir aileye kavuştu, ironik olarak diğer dört Beatles'ın ulaşmak ya da ellerinde tutabilmek için on yıllarını harcadıkları şeyler.

Değer yargılarımız yetersizse, başkaları ve kendimiz için koyduğumuz standartlar da yetersizdir, hiçbir önemi olmayan şeyleri kafaya takarız, bunlar hayatımızı kötüleştiren şeylerdir. Ama değer yargılarımız düzeldikçe, daha iyi şeyleri, önemli şeyleri, yaşamımızı düzelten, bize mutluluk ve yan etkisi olarak da haz ve başarı getiren şeyleri kafaya takarız.

Kişisel gelişim denilen mesele sadece bununla alakalıdır: Daha iyi değer yargılarına öncelik vermek, kafayı takacak daha iyi şeyler seçmek. Çünkü daha iyi şeylere aldırdıkça daha iyi sorunlarınız olur. Sorunlarınız iyileştikçe de yaşamınız düzelir.

Bu kitabın geri kalanı kişinin sahip olabileceği en iyi değer yargıları olarak gördüğüm, sezgilere aykırı beş değer yargısına ayrıldı. Hepsi de daha önce sözünü ettiğimiz "tersine yasa"yı izler ve bu açıdan bakıldığında "negatiftirler". Hepsi kendimizi uyuşturarak inkâr etmek yerine daha derinlerdeki sorunlarımızla *yüzleşmeyi* gerektirir. Bu beş değer yargısı sıra dışı ve rahatsız edicidirler. Ama, benim açımdan, insanın hayatını değiştirirler.

İlki, bir sonraki bölümde inceleyeceğimiz gibi sorumluluğun radikal bir şeklidir: Kimin hatası olduğuna bakmaksızın hayatınızda olup biten her şeyin sorumluluğunu almak. İkincisi emin olmamaktır: Kendi cahilliğinizin farkında olarak sürekli kendi inançlarınızdan kuşku duymak. Bir sonraki başarısızlıktır: Kendi eksiklerinizi ve hatalarınızı keşfetmeye istekli olarak onları değiştirebilme şansına sahip olmanız. Dördüncüsü reddetmedir: Hayır diyebilmek ve hayır dendiğini duyabilmek; böylelikle yaşamınızda neyi isteyip neyi istemediğinizin açık bir tanımına sahip olursunuz. Sonuncusu da kendi ölümlülüğünüz hakkında düşünmektir, bu çok önemlidir çünkü insanın ölümlü olduğunu unutmayıp bunu sürekli aklında tutması belki de diğer değer yargılarını doğru perspektife oturtmanın biricik yoludur.

5 Bölüm

Seçim Sizindir

Birisi kafanıza silah dayayarak 42 kilometreyi beş saatten az bir zamanda koşmanızı, yoksa sizi ve tüm ailenizi öldüreceğini söylese.

Feci bir durum.

Şimdi güzel ayakkabılar ve koşu takımları aldığınızı, ibadet eder gibi aylarca idman yaptığınızı ve bitiş çizgisinde tüm arkadaşlarınız ve aileniz size tezahürat yaparken ilk maratonunuzu koştuğunuzu düşünün.

Hayatınızın en gururlu anlarından biri olur.

Aynı 42 kilometre. Koşan aynı kişi. Aynı bacaklar, aynı acı. Ama yapmayı özgürce seçer ve hazırlanırsanız, hayatınızda önemli bir mihenk taşı ve mutlu bir andır. Siz istemeden biri sizi zorlarsa, hayatınızın en korku veren ve ıstıraplı deneyimlerinden biri olur.

Bir problemin ıstırap verici ya da güçlü olması arasındaki tek fark sıklıkla onu *seçmemizdir*, ondan sorumlu olmamızdır.

İçinde bulunduğunuz durumda mutsuzsanız, muhtemelen

probleminizin bir kısmını kontrolünüz dışında hissetmektesiniz, yani ortada çözemeyeceğiniz bir sorun var, sizin seçiminiz olmadan omuzlarınıza binmiş bir sorun.

Sorunlarımızı seçtiğimizi hissettiğimizde güçleniriz. Sorunlar biz istemeden üzerimize çöreklenince kendimizi kurban durumunda ve mutsuz hissederiz.

Seçim

William James'in sorunları vardı, gerçekten kötü sorunlar. Varlıklı ve toplumda önde gelen bir ailede doğmuştu, ama daha doğuştan hayatını tehdit eden sağlık sorunları vardı: Bir göz hastalığı çocukken geçici körlük yaşamasına neden olmuştu; ciddi bir mide sorunu nedeniyle aşırı kusuyordu, bu nedenle çok sert ve çok duyarlı bir diyet uygulaması gerekiyordu; iyi duyamıyordu; sırt ağrıları o kadar ciddiydi ki çoğu günler oturamıyor, ayakta duramıyordu.

William sağlık sorunları nedeniyle yaşamının çoğunu evde geçiriyordu. Pek arkadaşı yoktu, iyi bir öğrenci değildi. Günlerini resim yaparak geçiriyordu. Bu sevdiği ve yaparken kendini iyi hissettiği tek şeydi.

Ne yazık ki kendisinden başka iyi resim yaptığını düşünen yoktu. Yetişkin biri olduğunda kimse resimlerini satın almadı. Ve yıllar geçtikçe, zengin bir iş adamı olan babası tembelliği ve yeteneksizliği nedeniyle onunla alay etmeye başladı.

Bu arada erkek kardeşi Henry James dünya çapında ünlü bir yazar olmuştu, kız kardeşi Alice James de yazar olarak iyi para kazanıyordu. William ailenin beceriksizi, kara koyunuydu.

Genç adamın geleceğini kurtarma girişimiyle, babası iş ilişkilerini kullanarak onu Harvard Tıp Fakültesi'ne kayıt ettirdi. Bunun son şansı olduğunu da söyledi. Bunu da mahvederse, onun için umudu kalmayacaktı.

William Harvard'da kendini asla huzurlu ve evinde hissetmedi. Tıp ilgisini çekmiyordu. Zamanının çoğunu kendini bir sahtekâr gibi hissederek geçiriyordu. Kendi sorunlarının üstesinden gelemiyorsa, başkalarına nasıl yardım edebilirdi ki? Psikiyatri bölümünde geçirdiği bir günün ardından günlüğüne hastalarla doktorlardan çok daha fazla ortak noktası olduğunu yazdı.

Aradan birkaç yıl daha geçti ve William babasının onayı olmadan tıp fakültesini bıraktı. Babasının öfkesiyle boğuşacağına evinden uzaklaşmayı tercih etti. Amazon Yağmur Ormanlarına yapılacak bir keşif gezisine yazıldı.

1860 yılıydı ve kıtalararası yolculuklar zor ve tehlikeliydi. Çocukken *Oregon Trail* adlı bilgisayar oyununu oynadıysanız, işte öyle bir şeydi; dizanteri, boğulan öküzler falan.

William Amazon'a kadar gidebildi ve gerçek hikâye orada başladı. Kırılgan sağlığı şaşırtıcı biçimde buraya dayandı. Ama daha keşif gezisinin ilk günü suçiçeğine yakalandı ve neredeyse ormanda ölüyordu.

Ardından sırt ağrıları geri döndü ve William yürüyemez oldu. Suçiçeğinden güçsüz düşmüş ve bir deri bir kemik kalmış, sırtı nedeniyle hareket edemeyen William Güney Amerika'nın ortasında yalnız kaldı (diğer kaşifler yola onsuz çıktılar), eve nasıl döneceğini bilmiyordu ve bu aylar sürecek yolculuk onu nasıl olsa öldürecekti. Ama bir şekilde New England'a ulaşabildi ve orada hayal kırıklığı zirveye ulaşmış olan babası tarafından karşılandı. Genç adam artık o kadar da genç değildi, otuzuna yaklaşmıştı, hâlâ işsizdi, neye el atsa başarısız olmuştu, ona sürekli ihanet eden bedeninde düzelme emaresi yoktu. Ona verilen tüm fırsatlara ve sahip olduğu tüm avantajlara karşın hayatındaki her şey dağılmıştı, sabit kalan tek şey ıstırap ve hayal kırıklığıydı sanki. William derin bir depresyona girdi ve intihar etme planları yapmaya başladı.

Bir gece, filozof Charles Peirce'in kitabını okurken küçük bir deney yapmaya karar verdi. Günlüğüne bir yıl boyunca yaşamında her ne olursa olsun yüzde yüz kendisi sorumluymuş gibi davranacağını yazdı. Bu sürede, başarısızlık ne kadar kesin gözükse de koşullarını değiştirmek için elinden geleni yapacaktı. Bu bir yıl içinde hiçbir şey düzelmezse, içinde bulunduğu koşullara karşı kesinlikle güçsüz olduğu kanıtlanmış olacaktı ve o zaman hayatına son verecekti.

Hikâyenin ana fikri mi? William James dediğini yaptı ve Amerikan psikolojisinin babası oldu. Kitapları onlarca dile çevrildi ve neslinin en önemli entelektüellerinden/felsefecilerinden/psikologlarından biri olarak saygı gördü. Harvard'da ders verdi ve dersler vererek ABD ve Avrupa'nın büyük bölümünü dolaştı. Evlendi, beş çocuğu oldu (içlerinden biri, Henry, dünya çapında bir biyografi yazarı olarak Pulitzer Ödülü kazandı). William James bu küçük deneyine daha sonra *yeniden doğuş* adını takacak ve hayatında gerçekleştirdiği her şeyin primini ona verecekti.

Tüm kişisel gelişim ve büyüme aynı basit farkındalıktan ortaya çıkar ve gelişir: Bizler birer birey olarak dışsal etkenler ne olursa olsun yaşamımızdaki her şeyden sorumluyuz.

Başımıza gelenleri kontrol edemeyiz. Ama başımıza gelenleri nasıl yorumladığımızı ve nasıl tepki gösterdiğimizi *her zaman* kontrol edebiliriz.

Bilinçli olarak bunu kabul etsek de, etmesek de, her zaman deneyimlerimizden sorumluyuz. Olmamamız mümkün değil. Bilinçli olarak hayatımızdaki olayları *yorumlamamayı* seçmek de hayatımızdaki olayları yorumlamak anlamına gelir. Hayatımızdaki olaylara tepki *göstermemek* de tepki göstermenin bir şeklidir.

Bir palyaço arabası size çarpıp devirse ve bir otobüs dolusu okul çocuğu sizinle dalga geçse de, bunun anlamını yorumlamak ve ne tepki vereceğinizi seçmek *sizin sorumluluğunuzdur.*

İster beğenelim, ister beğenmeyelim, başımıza gelenlerde ve içimizde olup bitenlerde *her zaman* etkin bir rolümüz vardır. Her zaman her anın, her olayın anlamını yorumlarız. Yaşayacağımız değer yargılarını ve başımıza gelen her şeyi ölçtüğümüz ölçütleri her zaman seçeriz. Sıklıkla seçtiğimiz ölçüte göre aynı olayın iyi de, kötü de olabileceğini görürüz.

Mesele şudur: Kabul etsek de etmesek de *her zaman* seçeriz. *Her zaman.*

Gerçekte hiç kafaya takmamak diye bir şey yoktur. Bu imkânsızdır. Hepimiz bir şeyleri kafaya takarız. *Hiçbir şeyi* kafaya takmamak da *bir şeyi* kafaya takmaktır.

Gerçek soru şudur: Neyi kafaya takmayı seçiyoruz? Eylemlerimizi hangi değerlere temellendiriyoruz? Hayatımızı ölçmek için hangi ölçütleri seçiyoruz? Bunlar *iyi* seçimler mi, iyi değerler, iyi ölçütler mi?

Sorumluluk / Suçluluk Yanıltmacası

Yıllar önce, çok daha genç ve aptalken bir blog yazısının sonunda şöyle bir şey dedim: "Büyük bir filozofun söylemiş olduğu gibi, büyük güç büyük sorumluluklar getirir." Doğru ve yetkin gelmişti kulağıma. Kimin söylediğini bilmiyordum, Google'da aradım ama bulamadım, yine de yazdım. Yazıma çok iyi oturmuştu.

On dakika sonra ilk yorum geldi: "Bence büyük filozof diye sözünü ettiğiniz kişi *Örümcek Adam*'daki Ben Amca."

"Büyük güç büyük sorumluluklar getirir." Peter Parker'ın gitmesine izin verdiği bir hırsızın hiçbir açıklanacak neden olmadan kalabalık bir kaldırımda öldürdüğü Ben Amca. *İşte bu* büyük filozof!

Yine de hepimiz bu sözü duymuşuzdur. Çok tekrarlanır, ironik olarak da, özellikle yaklaşık yedi biradan sonra. Kulağa gerçekten akıllıca gelen, ama üzerinde hiç düşünmemiş olsanız da aslında temelde bildiğiniz bir şeyi söyleyen kusursuz cümlelerden biridir.

"Büyük güç büyük sorumluluklar getirir."

Doğru. Ama bu sözün daha iyi bir çeşitlemesi var, gerçekten derin bir çeşitleme. Tek yapmanız gereken sözlerin yerini değiştirmek: "Büyük sorumluluklar büyük güç getirir."

Hayatımızda sorumluluk almayı kabul ettikçe daha fazla güç sahibi oluruz. Problemlerimizin sorumluluğunu kabul etmek onları çözmeye doğru atılan ilk adımdır.

Bir adam tanırdım. Hiçbir kadının kendisiyle çıkmak istememesini çok kısa boylu olmasına bağlardı. Eğitimli, ilginç ve yakışıklıydı, iyi bir adaydı aslında, ama kadınların boyunu çok kısa bulacaklarına olan inancı sarsılmazdı.

Kendini çok kısa boylu *hissettiği* için arada bir kadınlarla karşılaşacağı yerlere gitmez, pek dışarı çıkmazdı. Çok seyrek olarak çıktığında da, karşısındaki kadının ona çekici olmadığını ima ettiğini düşündüğü en küçük bir sözüyle hemen evine döner, aslında kadın ondan hoşlanmış olsa bile, hoşlanmadığına kanaat getirirdi. Hayal edebileceğiniz gibi flört hayatı berbattı.

Kendisini inciten değer yargısını kendi seçmiş olduğunu göremiyordu: Boy. Kadınların sadece boyu çekici bulduklarını düşünüyordu. Ne yaparsa yapsın hiç şansı olmadığına inanıyordu.

Bu değer yargısı seçimi insanı güçsüzleştirir. Bu adama gerçekten boktan bir sorun yaratmıştı. (Onun bakış açısına göre) uzun boylu insanlarla dolu bir dünyada kısa boylu olmak. Flört hayatı için çok daha iyi değer yargıları benimseyebilirdi oysa. "Benimle ben olduğum için ilgilenen kadınlarla çıkmak istiyorum" başlamak için iyi bir nokta olabilirdi; dürüstlük ve kabul üzerine temellenin bir değer yargısı. Ama o bunları seçmemişti. Muhtemelen değer yargılarını kendi seçtiğinin (ya da bunu yapabileceğinin) farkında değildi. Yine farkında olmadığı bir şey de şuydu: Sorununun kaynağı kendisiydi.

Bu sorumluluğa rağmen yakınmaya devam ediyordu. Barmene, "Başka bir seçeneğim yok ki!" diye sızlanıyordu. "Yapabileceğim hiçbir şey yok! Kadınlar boş ve yüzeysel yaratıklar ve asla benden hoşlanmazlar!" Evet, kendine acıyan, boktan değer yargıları olan sığ bir adamdan hoşlanmamak gerçekten de *her kadının suçudur*! Öyle değil mi?

Birçok kişi sorunları konusunda sorumluluk almaya tereddüt eder çünkü sorunları hakkında *sorumluluk* almanın bu sorunlar nedeniyle *suçlu* olmaları anlamına da geldiğini düşünür.

Kültürümüzde sorumluluk ve suçluluk genellikle kol koladır. Ama aynı şey değildirler. Size arabamla çarparsam suçluyumdur ve olayı bir şekilde telafi etmek yasal sorumluluğumdur. Size arabamla çarpmam bir kazaysa bile, yine de sorumluyumdur. İşte suç toplumumuzda böyle işler: Bir şeyi berbat ederseniz, onu düzeltmek için oltanın ucundasınız demektir. Ve böyle de olmalıdır.

Ancak *hiç suçumuz olmayan*, ama yine de sorumlu olduğumuz problemler de vardır.

Örneğin bir gün kalkar ve kapınızın önünde yeni doğmuş bir bebek bulursanız, bebeğin oraya bırakılmış olması sizin suçunuz değildir, ama bebek artık sizin *sorumluluğunuzdur.* Ne yapacağınızı seçmeniz gerekir. Neyi seçerseniz (bebeğe bakmak, ondan kurtulmak, onu görmemiş gibi yapmak, bir yere bırakmak) bu seçiminizle birlikte gelecek yeni sorunlar olacaktır ve onlardan da sorumlu olacaksınız.

Yargıçlar bakacakları davaları seçmezler. Bir olay mahkemeye intikal ettiği zaman, ona atanan yargıç o suçu işlememiştir, o suça tanıklık etmemiştir, o suçtan etkilenmemiştir, ama yine de o suçtan *sorumludur.* Yargıç sonuçları seçmelidir; suçun derecesinin belirleneceği ölçütleri tanımlamalı ve bu ölçütlerin doğru kullanıldığından emin olmalıdır.

Bizim suçumuz olmayan deneyimlerden de sürekli sorumlu oluruz. Bu yaşamın bir parçasıdır.

Bu iki kavram arasındaki fark hakkında düşünmenin bir yolu şudur: Suç geçmiş zamandır. Sorumluluk şimdiki zaman. Suç çoktan yapılmış seçimlerin neticesidir. Sorumluluk her saniye, her gün yapmakta olduğunuz seçimlerin neticesidir. Bu kitabı okumayı seçtiniz. Bu kavramlar hakkında düşünmeyi seçtiniz. Bu kavramları kabul etmeyi ya da reddetmeyi seçeceksiniz. Fikirlerimin zayıf olduklarını düşünmeniz *benim* suçum olabilir, ama kendi çıkarımlarınız sizin sorumluluğunuzdur. Bu cümleyi yazmayı seçmem *sizin* suçunuz değildir, ama onu okumayı (ya da okumamayı) seçmekten *siz* sorumlusunuz.

Durumunuz nedeniyle birini suçlamakla o kişinin gerçekten durumunuz nedeniyle suçlu olması arasında fark vardır. Sizden başka kimse sizin durumunuz nedeniyle suçlu olamaz. Mutsuzluğunuzun nedeni birçok kişi olabilir, ama sizden başka kimse mutsuzluğunuzdan *sorumlu değildir.* Çünkü şeyleri nasıl gördüğünüzü, nasıl tepki verdiğinizi, nasıl değerlendirdiğinizi *siz* seçersiniz. Deneyimlerinizi ölçecek ölçütü *siz* belirlersiniz.

İlk kız arkadaşım beni çok kötü bir şekilde terk etti. Beni öğretmeniyle aldattı. İnanılmazdı! İnanılmaz derken 253 kere mideme yumruk yemek gibi bir histi. Daha da kötüsü, bu konuda konuşmak için karşısına dikildiğimde beni anında bırakarak ona koştu. Birlikte geçirdiğimiz üç yıl da çöpe gitti.

Aylarca ıstırap çektim. Bu beklenir bir şeydi. Ama ıstırabımdan onu sorumlu tuttum. Bu pek işime yaramadı, beni bir yere götürmedi, sadece daha da mutsuz etti.

Onu kontrol edemedim. Onu ne kadar arasam da, bağırsam da, beni geri alması için yalvarsam da, evine beklenmedik ziyaretler yapsam da, ürkütücü, mantıksız eski-sevgili davranışlarını tekrarlasam da, onun duygularını ve eylemlerini asla kontrol edemedim. Öyle hissetmemin *suçlusu* o olsa da, nasıl hissettiğimin *sorumlusu* o değildi. Bendim.

Bir noktada, yeterince gözyaşı ve içkiden sonra, düşüncelerim farklılaşmaya başladı ve anladım ki bana korkunç bir şey yapmış olmasına ve bunun için suçlanabileceğine rağmen yeniden mutlu olmak benim sorumluluğumdu. Birden ortaya çıkıp işleri benim için düzeltmeyecekti. Benim düzeltmem gerekiyordu.

Bu yaklaşımı benimseyince birkaç şey oldu. Öncelikle düzelmeye başladım. Spora ve ihmal ettiğim arkadaşlarıma daha fazla zaman harcamaya başladım. Kendimi zorlayarak yeni insanlar tanımaya gayret ettim. Uzun bir yurtdışı yolculuğuna çıktım ve gönüllü olarak çalıştım. Ve yavaş yavaş kendimi daha iyi hissetmeye başladım.

Eski sevgilimin yaptığına hâlâ içerliyordum. Ama en azından duygularımın sorumluluğunu almaya başlamıştım. Bunu yapınca daha iyi değerler seçtim, kendime özen göstermek, kendimi daha iyi hissetmeyi öğrenmek, bu bozduğunu tamir etmesi için kafamı ona takmaktan daha iyiydi.

(Bu arada, tüm bu "duygularımdan onu sorumlu tutmak" meselesi beni terk etmesinin nedenlerinden biriydi. Birkaç bölüm sonra buna döneceğim.)

Aradan bir yıl kadar geçtikten sonra komik bir şey olmaya başladı. Geri dönüp ilişkimize bakınca daha önce fark etmemiş olduğum sorunlar gördüm, *benim* suçlanmam gereken, *benim* çözmek için bir şeyler yapmış olmam gereken sorunlar. Çok da parlak bir sevgili olmadığımı fark ettim, insanlar biriyle birlikteyken, onları mutsuz eden nedenler yoksa, durup dururken sevgililerini aldatmazlar.

Bunun eski sevgilimin yaptığını bağışlattığını söylemiyorum, kesinlikle öyle değil. Ama kendi hatalarımı fark etmek sandığım gibi masum bir kurban olmadığımı da anlamama yardım etti. Boktan bir ilişkinin sürdüğü sürece sürmesini sağlayan bir rolü oynamam gerekmişti. Neticede birlikte olan insanlar benzer değer yargılarına sahiptirler. Boktan değerleri olan biriyle bu kadar uzun süre birlikte olmak benim kendi değer yargılarım hakkında ne söylüyordu peki? İlişkide bulunduğunuz kişi bencilse ve incitici şeyler yapıyorsa, farkında olmadan sizin de aynı biçimde davranmanız kuvvetle muhtemeldir.

Geriye bakınca, eski sevgilimin karakteriyle ilgili uyarı işaretleri görmüş olduğumu anladım; onunla birlikteyken yok saymayı tercih ettiğim işaretler. *Bu benim* hatamdı. Ben de Yılın Sevgilisi değildim. Sık sık ona karşı soğuk ve küstah davranıyordum; bazen de varlığını çantada keklik olarak görüyor, onu incitiyordum. Bunlar da *benim* hatamdı.

Benim hatalarım onun hatalarını haklı çıkartır mı? Hayır, ama bu hataları bir daha tekrarlamama, aynı işaretleri gördüğümde yok saymama sorumluluğunu almam aynı şekilde ıstırap çekmemeyi güvence altına almama da yardım etti. Gelecekte kadınlarla ilişkilerimin daha iyi olması için çabalama sorumluluğunu da üstlendim. Sevinerek bildiriyorum ki öyle de oldu. Beni aldatan başka bir sevgilim olmadı, mideme 253 yumruk daha yemedim. Sorunlarımın sorumluluğunu aldım ve onları olabildiğince düzelttim. O sağlıksız ilişkide oynadığım rolün sorumluluğunu da aldım ve gelecekteki ilişkilerim için onun üzerinde de çalıştım.

Bilin bakalım ne oldu? Sevgilimin beni o şekilde terk etmesi hayatımın en acı veren deneyimlerinden biriyken, en önemli ve etkili deneyimlerinden birine dönüştü. Kişisel gelişimime epeyce katkıda bulunduğu için onu önemsiyorum. Bu sorundan onlarca başarımdan öğrendiğimden daha fazla şey öğrendim.

Hepimiz başarı ve mutluluk için sorumluluk almaya bayılırız. Hatta başarının ve mutluluğunun sorumluluğunun kimin olacağını belirlemek için *kavga ederiz*. Ama sorunlarımızın sorumluluğunu almak çok daha önemlidir çünkü bu sorumluluktan gerçekten bir sürü şey öğreniriz ve böylece gerçek anlamda gelişiriz. Sadece başkalarını suçlamak kendinizi incitmekten başka işe yaramaz.

Trajediye Tepki Göstermek

Gerçekten kötü olaylar olursa? İnsanların çoğu işleriyle ilgili sorunlarla ya da çocuklarıyla oynamak veya üretken olmak yerine fazla TV izlemekle ilgili sorumlulukları bile alamazken, gerçekten korkunç bir trajedi olduğunda, sorumluluk trenindeki acil yardım kolunu indirirler ve tren durur durmaz dışarı atlarlar. Bazı şeyler başa çıkamayacakları kadar çok acı verir.

Ama şunu düşünün: Olayın şiddeti altında yatan hakikati değiştirmez. Soyulursanız, bu sizin suçunuz değildir, kimse başına böyle bir şey gelsin istemez. Ama tıpkı kapınıza bırakılmış bebek gibi hemen bir ölüm-kalım meselesinin sorumluluğunu alırsınız. Mücadele edecek misiniz? Paniğe kapıldınız mı? Donup kaldınız mı? Polisi arayacak mısınız? Unutup öyle bir şey yaşanmamış gibi yapmaya mı çalışacaksınız? Tüm bunlar yapmaktan ya da reddetmekten sorumlu olduğunuz tepkiler ya da seçimlerdir. Soyulmayı siz seçmediniz yine de duygusal, psikolojik ve yasal etkileriyle başa çıkmak sizin sorumluluğunuzdur.

2008 yılında, Taliban kuzeydoğu Pakistan'ın ücra bir köşesi olan Swat Vadisi'ni ele geçirdi. Hemen aşırı radikal İslam ajandalarını yürürlüğe soktular. TV yok. Film yok. Yanında bir erkek olmadan kadınlara sokağa çıkmak yok. Kız çocukları okula gidemez.

2009 yılında, on bir yaşındaki Pakistanlı kız çocuğu Malala Yousafzai okul yasağı aleyhine konuşmaya başladı. Hem kendi yaşamını hem de babasınınkini riske atarak yerel okula gitmeye devam ediyordu, yakın kentlerdeki konferanslara katılıyordu, İnternet'te "Taliban benim eğitim hakkımı nasıl elimden alabilir?" diye soruyordu.

2012 yılında, on dört yaşında otobüsle okuldan eve dönerken yüzünden vuruldu. Maskeli bir Taliban askeri elinde silahla otobüse bindi ve "Malala kim? Söylemezseniz hepinizi vururum!" dedi. Malala kendini tanıttı (inanılmaz bir seçim) ve adam kızı diğer yolcuların gözü önünde yüzünden vurdu.

Malala komaya girdi, neredeyse ölüyordu. Taliban bu saldırıyı atlatırsa, hem kızı hem de babasını öldüreceğini açıkça bildirdi.

Bugün Malala hâlâ hayatta. Müslüman ülkelerdeki şiddet ve baskı hakkında konuşuyor. Şimdi kitapları çok satan bir yazar. 2014 yılında çabaları için Nobel Barış Ödülü'nü aldı. Yüzünden vurulmak sanki ona öncekinden de büyük bir cesaret verdi ve elbette izleyenlerinin sayısını artırdı. Malala için yatıp "Bir şey yapamam," ya da "Seçeneğim yok," demek çok kolay olurdu. İronik biçimde bu da yine onun seçimi olacaktı. Ama o tam tersini seçti.

Birkaç yıl önce, bu bölümdeki bazı fikirlerimi bloğumda yazmıştım, bir yorum aldım. Benim sığ ve yüzeysel olduğumu, hayatın problemlerini, insanların sorumluluklarını gerçekten anlamadığımı söyleyen bir babaydı. Bu adam kısa bir süre önce trafik kazasında oğlunu kaybetmişti. Beni hakiki acının ne olduğunu bilmemekle suçluyordu ve oğlunun ölümü nedeniyle çektiği ıstırabın sorumlusu olduğunu demeye getirdiğim için de aşağılık olduğumu eklemişti.

Bu adam gerçekten de bir sürü insanın hayatlarında karşılaştıklarından çok daha büyük bir acıyla karşılaşmıştı. Elbette ki oğlunun ölmesini seçmemişti ve bu ölüm onun suçu değildi. İstenecek bir şey değildi kuşkusuz, ama bu kayıpla başa çıkmanın sorumluluğu ona verilmişti. Her şeye rağmen kendi duygularından, inançlarından ve eylemlerinden sorumluydu. Oğlunun ölümüne verdiği tepki onun seçimiydi. Şu ya da bu şekilde acı çekmek insanlar için kaçınılmazdır, bunun bizim için ne anlam ifade ettiğini seçmek zorundayız. O baba hiçbir seçim şansı *olmadığını*, sadece oğlunu geri istediğini söylediğinde bile bir seçim yapıyordu; o ıstırabı kullanabileceği bir sürü yoldan birini seçiyordu.

Bunların hiçbirini ona söylemedim elbette. Dehşete düşmekle -ve evet, iyice ipin ucunu kaçırdım belki de, neden söz ettiğim hakkında hiçbir fikrim yok diye düşünmekle- fazlasıyla meşguldüm. Bu benim mesleki deformasyonum. Benim seçtiğim bir sorun. Ve başa çıkmakla sorumlu olduğum bir sorun.

İlk önce kendimi kötü hissettim, ama bir süre sonra kızmaya başladım. Babanın itirazlarının benim söylediğimle çok az ilgisi var diye düşündüm. Hem ne yapabilirim, ölen bir çocuğum olmaması benim de korkunç acılar çekmediğim anlamına gelmez.

Sonra kendi tavsiyeme uydum. Sorunumu seçtim. Bu adama öfkelenerek onunla tartışabilir, kendi ıstırabımla onunkine "baskın çıkmayı" deneyebilirdim ve bu ikimizin de salak ve duyarsız görünmemize neden olurdu. Ya da daha iyi bir problem seçer, sabır üzerinde çalışır, okurlarımı daha iyi anlamaya gayret eder ve bundan sonra ne zaman acı ve travma hakkında yazsam bu babayı hatırlardım. Ben de bunu yapmayı denedim.

Sadece kaybı için üzgün olduğumu yazdım ve orada bıraktım. Siz başka bir şey söyleyebilir miydiniz?

Genetik ve Bize Dağıtılan El

2013'te, BBC, obsesif-kompulsif kişilik bozukluğu (OKKB) olan altı ergeni istenmeyen düşüncelerinden ve tekrarlayan, zorlantılı davranışlarından kurtulmak için gördükleri yoğun terapiler süresince takip etti.

On yedi yaşındaki Imogen üzerinden geçtiği her yüzeye ayağıyla vurmak gibi zorlantılı bir ihtiyaç içindeydi. Bunu yapmazsa ailesinin öldüğüne ilişkin korkunç düşüncelerin esiri oluyordu. Josh her şeyi bedeninin her iki tarafıyla da yapmak zorundaydı, hem sağ hem de sol eliyle el sıkışıyordu, iki eliyle yemek yiyor, bir eşiği iki ayağıyla birden aşıyordu vs. Bedeninin iki tarafını "eşitlemezse" ciddi panik atak krizleri yaşıyordu. Jack klasik bir mikrop takıntısına sahipti, eldiven giymeden evden çıkmıyor, suyunu kaynatıyor, kendi temizleyip pişirmediği hiçbir şeyi yemiyordu.

OKKB tedavisi olmayan korkunç bir nörolojik ve genetik bozukluktur, en iyi durumda yönetilebilir, bozukluğu yönetmek kişinin kendi değerlerini yönetmesi anlamına gelir.

Psikiyatrların bu çocuklara söyledikleri ilk şey zorlantılı arzularının kusursuz olmadığını kabul etmeleriydi. Örneğin Imogen ailesinin öldüğüne ilişkin korkunç düşüncelere kapıldığında, ailesinin gerçekten ölebileceğini ve bu konuda yapacak hiçbir şeyi olmadığını kabullenmeliydi. Basitçe, başına gelenin onun suçu olmadığı söylenmişti. Josh tüm davranışlarını simetrik yaparak "eşitlemenin" uzun vadede yaşamını arada bir kapılacağı panik atak krizlerinden daha fazla berbat ettiğini kabul etmeliydi. Ve Jack de, ne yaparsa yapsın mikroplardan kurtuluş olmadığını ve mutlaka ona da bulaşacaklarını kabullenmeliydi.

Projenin amacı çocuklara değerlerinin mantıklı olmadığını; hatta kendi değerleri bile olmadığını, kişilik bozukluğunun değerleri olduğunu kabul ettirmekti, bu mantıksız değer yargılarıyla hareket ettikçe yaşamdaki işlerliklerine zarar veriyorlardı.

İkinci adım, çocuklara, OKKB değerlerinden daha önemli bir değer seçip ona odaklanmak konusunda cesaret vermekti. Josh için sorununu sürekli ailesinden ve arkadaşlarından saklamak zorunda kalmadığı normal, işleyen bir sosyal hayat ihtimaliydi bu. Imogen kendi düşüncelerini kontrol ederek yeniden var olduğunu, mutlu olduğunu hissetmek istiyordu. Jack de travmatik epizodlar yaşamadan uzun süreliğine evinden ayrılabilmeyi diliyordu.

Bu yeni değerleri zihinlerinde önde ve merkezde tutan ergenler, yeni değer yargılarıyla yaşamaya zorlandıkları ağır duygusuzlaştırma alıştırmalarına tabi tutuldular. Panik ataklar yaşandı, gözyaşları döküldü, Jack bir sürü nesneyi yumruklayıp hemen ardından ellerini yıkadı. Ama belgeselin sonunda büyük ilerleme kaydetmişlerdi. Imogen artık her yüzeye ayağıyla vurmak istemiyordu. "Zihnimin gerisinde hâlâ canavarlar var, muhtemelen her zamanda orada olacaklar, ama şimdi daha sessizler," dedi. Josh yirmi beş-otuz dakika hareketlerini bedeninin iki tarafıyla "eşitlemeden" durabiliyordu. Belki de en fazla ilerleme kaydeden Jack olmuştu, lokantalara gidebiliyor ve önce yıkamadan şişelerden ve bardaklardan sıvı içebiliyordu. Jack öğrendiklerini çok iyi özetledi: "Bu hayatı ben seçmedim; bu korkunç, feci hastalığı da ben seçmedim. Ama şimdi onunla birlikte nasıl yaşayacağımı seçiyorum; onunla birlikte nasıl yaşayacağımı *seçmek zorundayım.*"

Bir sürü insan OKKB gibi bir sorunla, daha küçük bir şeyle ya da çok değerli bir şey onlardan esirgenmişçesine çok farklı bir dezavantajla doğarlar. Bunun hakkında hiçbir şey yapamayacaklarını hissederek durumlarının sorumluluğundan kaçınırlar. "Bu berbat genetiği ben seçmedim, işlerin yolunda gitmemesi benim suçum değil," derler.

Evet doğru, onların suçu değildir.

Yine de onların sorumluluğudur.

Üniversitede profesyonel poker oyuncusu olmak gibi yanıltıcı bir fantezim vardı. Biraz para da kazandım, eğlenceliydi, ama bir yıl ciddi olarak oynadıktan sonra vazgeçtim. Bütün gece uyanık kalarak bilgisayar ekranına bakmak, bir günde binlerce dolar kazanmak, çoğunu ertesi gün kaybetmek bana göre değildi, ekmek parası kazanmanın en sağlıklı ya da duygusal olarak dengeli yolu da değildi. Ama poker oynadığım o dönem yaşama bakışımı derinden etkilemiştir.

Pokerin güzelliği, şans her zaman bir bileşen olsa da, uzun vadede oyunun sonucunu belirlemez. Elinde korkunç kartlar olan biri çok güzel eli olan birini yenebilir. Elbette eli güzel olanın kazanma ihtimali daha büyüktür, ama sonunda kazanan –evet bildiniz- her oyuncunun oyun süresinde yaptığı *seçimlerle* belirlenir.

Hayatı da aynı şekilde görüyorum. Hepimize dağıtılmış bir el var. Bazılarının eli daha iyi. Sadece kartlara bakarak berbat durumda olduğumuzu söylemek kolaysa da, gerçek oyun o kartlarla yapacağımız seçimlere, almaya karar verdiğimiz risklere ve birlikte yaşamayı seçtiğimiz sonuçlara bağlıdır. İçinde bulundukları duruma göre sürekli en iyi seçimleri yapanlar tıpkı pokerde olduğu gibi hayatta da öne çıkarlar ve illa da en iyi kartları çekmiş olmaları gerekmez

Nörolojik ve/veya genetik sorunları nedeniyle psikolojik ve duygusal ıstırap çeken insanlar için de bu durum değişmez. Elbette onlara dağıtılan el kötüdür ve bu onların suçu değildir. Bir kadınla ilişkisi olmasını isteyen kısa boylu adamın boyu nedeniyle suçlanabileceğinden daha fazla suçlu değildirler. Ya da soyulan birinin soyulduğu için suçlanabileceğinden. Ama yine de sorumludurlar. Psikolojik tedavi görmek, terapiye katılmak ya da hiçbir şey yapmamak neticede onların yapacağı seçimlerdir. Çocuklukları nedeniyle ıstırap çekenler vardır. Tacize uğrayanlar, kötüye kullanılanlar, fiziksel, duygusal ve maddi olarak büyük zararlara uğrayanlar vardır. Yaşamlarındaki engeller ve sorunlar nedeniyle bu insanlar suçlanamaz, ama yine de ve *her zaman* sorunlarına rağmen ileri gitmekle, koşullarına göre en iyi seçimleri yapmakla sorumludurlar.

Dürüst olalım. Psikiyatrik sorunları olan, depresyonla ve intihara meyilli düşüncelerle boğuşan, ihmal edilmiş ya da tacize uğramış, türlü trajedilerle, sevdikleri birinin kaybıyla başa çıkmak zorunda kalmış, ciddi sağlık sorunları olan, kaza geçirmiş, travmatik deneyimler yaşamış *tüm insanları* bir araya toplama ve bir odaya doldurma imkânı olsaydı, sanırım herkesin bu odada olması gerekirdi çünkü bu dünyadaki yolculuğunda yara almamış hiç kimse yoktur.

Elbette kimilerinin sorunları diğerlerine göre çok daha berbattır. Bazı insanlar korkunç yollarla kurban durumuna düşürülmüşlerdir. Bu bizi ne kadar çok üzse ve rahatsız etse de, bireyin durumunun sorumluluk denkleminde hiçbir şey değiştirmez.

Şık Kurbanlar

Sorumluluk/suç yanılsaması (aldatıcı kavramı), kişilere sorunlarını çözme sorumluluğunu başkalarına aktarma olanağı sağlar. Başkalarını suçlayarak sorumluluktan kaçmaksa geçici olarak kafa yapar ve kişiye kendini haklı hissettirir.

Ne yazık ki, İnternet ve sosyal medyanın zararlı yan etkilerinden biri de -en küçük bir meselede bile- sorumluluğu hemen bir başkasına ya da bir başka gruba aktarma imkânı vermesidir. Aslında bu kamuya açık suç/utanç oyunu çok popüler oldu, hatta bazı çevrelerde "cool" bulunuyor. "Haksızlıklar" böyle kamuda paylaşılınca sosyal medyadaki diğer olaylardan çok daha fazla dikkat ve duygusal tepki topluyor, kendilerini sürekli kurban sanan kişiler de bu giderek artan dikkat ve sempatinin etkisiyle ödüllendirilmiş oluyorlar.

"Şık kurbanlar" bugün hem sağda hem solda, hem zenginler hem yoksullar arasında pek tutuluyor. Belki de insanlık tarihinde ilk kez, demografik grupların tümü, kendilerini eşzamanlı olarak haksızca kurban konumuna düşürülmüş hissediyor. Herkes de bu duyguyla birlikte gelen faziletli gücenikliğin kafasıyla ortalarda dolanıyor.

Şu sıralarda, ister üniversitede ırkçılık hakkında bir kitap okuma ödevi olarak verildiği için olsun, ister yerel alışveriş merkezinde Noel ağacı satışı yasaklandığı için olsun, ister yatırım fonlarının vergileri yüzde yarım yükseltildiği için olsun; herkes her konuda hemen alınıyor, kendini bir şekilde bastırılmış hissediyor ve öfkeyle patlayarak üzerine dikkat çekmeyi hak etmiş oluyor.

Medya çevreleri de bu tür davranışları cesaretlendiriyor ve sürekliliğini sağlıyor çünkü neticede kârlı bir iş. Yazar ve medya yorumcusu Ryan Holiday bu bu durumu "porno taarruzu" olarak adlandırmaktadır: Medya gerçek bir mesele hakkındaki gerçek bir hikâyeyi duyuracağına, orta seviyede rencide edici bir şey bulmayı, bunu geniş kitlelere duyurmayı, öfke yaratmayı, bu öfkeyi gerisin geri yine kamuya duyurarak halkın başka bir kesimini de öfkelendirmeyi çok daha kolay (ve kârlı) buluyor. Bu durum iki hayali taraf arasında karşılıklı bok atma yankısı yaratarak hepimizi toplumu ilgilendiren gerçek sorunlardan uzak tutuyor. Politik açıdan her zamankinden daha çok kutuplaşmış olmamıza şaşmamalı.

Şık kurbanların neden olduğu en büyük sorun dikkati *gerçek* kurbanlardan başka tarafa kaydırmalarıdır. Tıpkı kurt diye bağıran çocuk gibi. Küçücük şeyler nedeniyle kendilerini kurban ilan edenlerin sayısı arttıkça, gerçekten kimlerin kurban olduğunu görmek de giderek zorlaşmaktadır.

İnsanlar sürekli alınmaya bağımlı hale geldiler çünkü gerçekten kafa yapar: Kendine hak görmek, ahlaki olarak kendini üstün görmek *iyi hissettirir. New York Times*'da çizen karikatürcü Tim Kreider'in belirttiği gibi: "Alınganlık ve öfke de, başka bir sürü şey gibi insana kendini iyi hissettirir, ama zamanla bizi içimizden kemirir. Bir sürü kötü alışkanlıktan çok daha sinsidir çünkü bilinçli olarak bunun da bir haz olduğunun farkına bile varamayız."

Demokratik bir ülkede ve özgür bir toplumda yaşamanın bir parçası da hoşlanmadığımız kişilerin fikirlerini de kabul etmemizdir. Bu ödenmesi gereken bir bedel, aslında tüm sistemin temel taşıdır, ama giderek daha fazla insan bu gerçeği unutmaktadır.

Mücadelelerimizi daha dikkatli seçmeliyiz, sözde düşmanla biraz daha fazla duygudaşlık kurmayı denemeliyiz. Haberlere ve medyaya sağlıklı dozda kuşkuyla yaklaşmalı ve bizimle aynı fikirde olmayanların üstünü çizmekten vazgeçmeliyiz. Dürüst olmaya, şeffaflığı desteklemeye gayret etmeli; haklı olma, kendini iyi hissetme, intikam alma gibi değerlerden kuşku duymaya çalışmalıyız. Sürekli hatta olan bir dünyanın bitimsiz gürültüsünde bu "demokratik" değerleri korumak kolay değildir. Ama sorumluluğumuzu kabul etmeli ve onları beslemeliyiz. Politik sistemimizin gelecekteki sağlamlığı buna bağlıdır.

"Nasıl" Diye Bir Şey Yoktur

Bir sürü kişi tüm bu söylenenleri duyar ve şöyle bir şey diyebilir, "Tamam, ama nasıl? Değer yargılarım berbat, tüm sorunlarımın sorumluluğundan kaçıyorum, karşıma çıkan her olumsuzlukta dünyanın kendi çevresinde dönmesi gerektiğini düşünen, kıymeti kendinden menkul, işe yaramaz biri olduğumun da farkındayım, ama *nasıl* değişeceğim?"

Buna, en iyi Yoda taklidimle şu yanıtı vereceğim: "Yap, ya da yapma; "nasıl" yoktur."

Hayatınızın her bir anında zaten neyi kafaya takacağınızı seçiyorsunuz, demek ki değişmek sadece kafaya takacak başka bir şeyi seçmek kadar basit bir iştir.

Bu kadar *basittir.* Ama kolay değildir.

Kolay değildir çünkü başta kendinizi ezik, üçkâğıtçı, salak gibi hissedeceksiniz. Sinirleneceksiniz. Korkacaksınız. Bu süreçte karınıza, arkadaşlarınıza ya da babanıza öfkelenebilirsiniz. Bunlar değer yargılarını değiştirmenin yan etkileridir; kafayı taktığınız şeyleri değiştirmenin. Kaçınılmazdırlar.

Basittir, ama gerçekten, gerçekten zordur.

Bu yan etkilerden bazılarına bakalım. Kendinizden emin olamayacaksınız; size bunu garanti ederim. "Bundan gerçekten vazgeçmeli miyim? Yapılması gereken doğru şey bu mu?" Yıllardır bağımlısı olduğunuz bir değerinizden vazgeçmek kendinizi yönünüzü şaşırmış hissetmenize neden olacaktır, doğruyu ve yanlışı ayırt edemiyormuş gibi hissedeceksiniz. Bu zordur, ama normaldir.

Ardından kendinizi başarısız hissedeceksiniz. Hayatınızın yarısını kendinizi o eski değer yargısına göre ölçerek geçirmişsiniz, önceliklerinizi, ölçütünüzü değiştirince ve aynı şekilde davranmaktan vazgeçince, o eski, güvendiğiniz ölçütün gerektirdiklerini yapmayınca kendinizi hemen üçkâğıtçının biri, hiç kimse gibi hissedeceksiniz. Bu da normal ve rahatsızlık vericidir.

Ve elbette reddedileceksiniz. İlişkilerinizin çoğu sahip olduğunuz değer yargılarınız çevresinde inşa edilmiştir, onları değiştirdiğiniz anda; ders çalışmanın partilere gitmekten, evlenmenin ve aile kurmanın gelişigüzel seks yaşamaktan, inandığınız bir işte çalışmanın paradan daha önemli olduğuna karar verdiğiniz anda, yaptığınız dönüş ilişkilerinize de yansıyacak ve yüzünüzde patlayacaktır. Bu da normaldir ve bu da rahatsız edicidir.

Tüm bunlar kafanızı neye takacağınızı değiştirmenin, aslında çok daha önemli ve enerjinize değecek bir şeyleri yönelmenin gerekli, ama acı veren yan etkileridir. Değer yargılarınızı yeniden değerlendirirken, bu süreçte hem içten hem de dıştan dirençle karşılaşacaksınız. Hepsinden önemlisi, siz kendinizden emin olamayacaksınız; yaptığınızın yanlış olup olmadığını merak edeceksiniz.

Göreceğimiz gibi, bu iyi bir şeydir.

Bölüm 6

Her Konuda Yanılırsınız (Ben de Yanılırım)

Beş yüz yıl önce haritacılar California'nın bir ada olduğuna inanıyorlardı. Doktorlara kalırsa birinin kolunu kesmek (herhangi bir yerinden kan akıtmak) insanları iyileştiriyordu. Bilim adamlarına göre ateş *phlogiston* diye bir maddeden oluşuyordu. Kadınlara kalırsa yüzlerine köpek sidiği sürmenin yaşlanmayı durduran etkisi vardı ve astronomlar güneşin dünyanın çevresinde döndüğünü sanıyorlardı.

Ben küçük bir çocukken "vasat"ın yemek istemediğim bir sebze olduğunu düşünüyordum. Erkek kardeşimin ninemin evinde gizli bir geçit bildiğini sanıyordum çünkü banyodan çıkmadan dışarı çıkabiliyordu (dikkat: Bir pencere vardı). Arkadaşım ailesiyle birlikte Washington B.C.'ye gidince, zaman yolculuğu yaparak dinozorların çağına gittiklerini sandım çünkü "B.C." (Türkçesi M.Ö.) çok çok uzun zaman önceydi.

Ergenlik döneminde herkese hiçbir şeye aldırmadığımı söylerdim, ama aslında her şeye aldırıyordum. Ben bile farkında değildim, ama dünyamı başkaları yönetiyordu. Mutluluğun seçim değil de kader olduğuna inanıyordum. Aşkın kendiliğinden gerçekleşen bir şey olduğunu sanıyordum, üzerinde çalışmak gerektiğini bilmiyordum. "Cool" olmak insanın kendi geliştireceği bir şey değil, başkalarından öğrenmesi ve prova etmesi gereken bir şeydi.

İlk sevgilimle sonsuza dek birlikte olacağımızı sandım. O ilişki bitince bir daha bir kadını öyle sevemeyeceğime inandım. Bir kez daha bir kadın hakkında aynı şeyleri hissettiğimde, bazen aşkın yeterli olmadığını düşündüm. Sonra her bireyin neyin "yeterli" olduğuna *karar vermesi* gerektiğini, aşkın ne olmasına izin verirsek o olacağını fark ettim.

Her adımımda yanıldım. Her konuda. Tüm hayatım boyunca kendim, başkaları, toplum, kültür, dünya, evren; her şey hakkında düpedüz yanıldım.

Umarım hayatımın geri kalanında da bu böyle sürer.

Şimdiki Mark'ın Geçmiş Mark'ın her kusuruna ve hatasına bakabildiği gibi, Gelecekteki Mark da bir gün Şimdiki Mark'ın varsayımlarına dönüp bakacak (bu kitabın içeriği de dahil) ve benzer hatalar görecek. Ve bu iyi bir şey olacak. Benim geliştiğim anlamına gelecek.

Michael Jordan'ın art arda başarısız olmasıyla ve bu nedenle de sonunda başarılı olmasıyla ilgili ünlü bir sözü var: Her şey hakkında kerelerce ve kerelerce ve kerelerce yanıldım ve hayatım böyle iyiye doğru gitti.

Büyümek sonsuz *tekrarlayan* bir işlemdir. Yeni bir şey öğrenince "yanlıştan" "doğruya" gitmeyiz. Yanlıştan biraz daha az yanlışa gideriz. Bir şey daha öğrenince, daha az yanlıştan biraz daha az yanlışa ve yine öğrenince biraz daha az yanlışa... böyle devam eder. Sürekli hakikate ve kusursuzluğa yaklaşma eylemi içindeyizdir, ama asla hakikate ve kusursuzluğa yaklaşamayız.

Kendimiz için nihai "doğru" yanıtı aramamalıyız, bunun yerine bugün hatalı olduğumuz yerleri budayabilirsek, yarın biraz daha az hatalı oluruz.

Bu açıdan bakınca kişisel gelişim neredeyse bilimseldir. Değerlerimiz varsayımlarımızdır: Bu davranış iyi ve önemli; öteki öyle değil. Eylemlerimiz deneylerdir; ortaya çıkan duygular ve düşünce yapıları da verilerimiz.

Doğru dogma ya da kusursuz ideoloji yoktur. Deneyimlediğiniz şey size *sizin için* doğruyu gösterir, burada bile deneyim muhtemelen yanlıştır. Sizler ve ben ve herkes farklı ihtiyaçlara, kişisel hikâyelere ve hayat koşullarına sahip olduğumuz için de, hayatlarımızın anlamı ve nasıl yaşanması gerektiği konusunda kaçınılmaz olarak farklı "doğru" yanıtlara ulaşırız. Benim doğru yanıtım yıllarca yalnız başına yolculuk etmek, karanlık yerlerde yaşamak, kendi osuruklarıma gülmek olabilir. En azından yakın zamana kadar doğru yanıtlarım bunlardır. Bu yanıtlar değişecek ve evrilecektir; büyüdükçe ve deneyim kazandıkça, yanlışlarımı budar atarım ve her gün daha az yanlış yapmış olurum.

Çoğu kimse hayatları hakkında "doğru" olmaya o kadar kafayı takmışlardır ki, aslında onu hiç *yaşamazlar.*

Bir partneri olsun isteyen bekâr ve yalnız bir kadın asla evinden çıkıp bu konuda bir şeyler yapmaz. Deli gibi çalışan ve terfiyi hak ettiğini düşünen adam gidip de bunu patronuna söylemez.

Onlara başarısızlıktan, reddedilmekten, birinin onlara hayır demesinden korktukları söylenmiştir.

Sorun bu değildir. Elbette reddedilmek incitir. Başarısızlık iğrençtir. Ama bazı şeylerden o kadar eminizdir ki, onlara tutunuruz, sorgulamaktan ya da bırakmaktan korkarız, bunlar yıllarca hayatımıza anlam katmış değerlerdir. O kadın dışarı çıkıp kimseyle buluşmaz çünkü kendi arzulanabilirliğiyle ilgili inançlarıyla karşı karşıya kalmak istemez. O adam gidip de terfi istemez çünkü becerilerinin gerçek değeri hakkındaki inançlarıyla karşılaşmayı göze alamaz.

İnançlarınızı *test etmek* ve gerçeği görmektense, kimsenin sizi çekici bulmayacağı, kimsenin becerilerinizi takdir etmeyeceği acı kesinliğinin içinde oturmak daha kolaydır.

Bu çeşit inançlar -zaten ben hiç çekici değilim, zahmete ne gerek var; patronum berbat herifin biri, uğraşmaya ne gerek var- daha sonraki daha büyük başarıyı ve mutluluğu ipotek altına alarak bize ortalama bir konfor sağlar. Korkunç uzunsüreli stratejilerdir, ama yine de onları bırakmayız çünkü haklı olduğumuzu, neler olacağını zaten bildiğimizi varsayarız. Başka sözcüklerle, hikâyenin sonunu bildiğimizi varsayarız.

Emin olmak gelişmenin düşmanıdır. Hiçbir şey olana kadar kesin değildir ve olduktan sonra bile tartışmaya açıktır. Bu nedenle değer yargılarımızın kaçınılmaz kusurlarını kabul etmek her türlü büyüme için gereklidir.

Emin olmak için yanıp tutuşacağımıza sürekli kuşkuyu aramalıyız: Kendi inançlarımızdan kuşku, kendi duygularımızdan kuşku, gidip de kendimiz için oluşturana kadar geleceğin bize getireceklerinden kuşku. Sürekli doğru ve haklı olmayı aramak yerine nasıl sürekli yanlış olduğumuzu aramalıyız. Çünkü öyleyiz.

Yanlış olmak bizi değişim olanaklarına açar. Yanlış olmak büyüme fırsatını da beraberinde getirir. Bunun anlamı nezlenizi geçirmek için kolunuzu kesmemeniz, yeniden genç görünmek için yüzünüze köpek sidiği sürmemeniz demektir. "Vasat"ın bir sebze olduğunu düşünmemek ve bir şeylere önem vermekten korkmamak demektir.

Tuhaf ama doğru olan bir şey de şudur: *Aslında* pozitif ya da negatif bir deneyimin ne olduğundan haberimiz yoktur. Hayatımızın en zor ve stresli anları sonuçta en öğretici ve motive edici anları da olabilir. Hayatımızın en lütufkâr ve iyi deneyimleri aslında en çok aklımızı dağıtan ve bizi demotive eden deneyimler olabilir. Pozitif/negatif deneyimler hakkındaki kavramlarınıza çok güvenmeyin. Tek bildiğimiz içinde bulunduğumuz anda neyin acıttığı, neyin acıtmadığıdır. Bunun da pek fazla bir değeri yoktur.

Beş yüzyıl önceki insanların hayatlarına nasıl korkuyla baktığımıza bakın. Bana kalırsa beş yüz yıl sonra insanlar halimize ve kesinliklerimize çok gülecekler. Paramızın ve işlerimizin hayatlarımızı tanımlamasına izin vermemize gülecekler. En çok değer verdiğimiz insanları takdir etmekten korkarken hiçbir şey hak etmeyen ünlülere tapmamıza gülecekler. Törelerimize, batıl inançlarımıza, kaygılarımıza ve savaşlarımıza gülecekler; zalimliğimize şaşıracaklar. Sanatımızı araştırıp tarihimiz hakkında tartışacaklar. Hakkımızda hiçbirimizin haberdar olmadığımız gerçekleri anlayacaklar.

Ve onlar da yanlış yapacaklar, ama bizden daha az yanlış.

Kendi İnançlarımızın Mimarlarıyız

Şunu deneyelim. Herhangi birini basacak düğmelerin bulunduğu bir odaya koyalım. Sonra ona bir şey yaparsa -ne olduğunu kendisinin keşfetmesi gereken tanımsız bir şey- puan kazandığını gösteren bir ışık yanacağını söyleyelim. Sonra yarım saatte kaç puan kazanacaklarını göstermelerini isteyelim.

Psikologlar bu deneyi yaptıkları zaman sonuç beklediğiniz gibiydi. Odadaki denek oturup gelişigüzel düğmelere basmaya başladı, ta ki puan kazandığını söyleyen ışık yanana kadar. Sonra, mantıklı olarak, denek daha fazla puan kazanmak için ne yaptıysa onu tekrarlamayı denedi. Ama bu kez ışık yanmıyordu. Bunun üzerine daha karmaşık dizgeleri denemeye başladı -şu düğmeye üç kez bas, ötekine bir kez, beş saniye bekle ve *ding*! Bir puan daha!- Ama zamanla bu da işlemez oldu. O zaman denek belki de düğmelerle bir ilgisi yoktu diye düşündü. Belki nasıl oturduğumla ilgiliydi. Neye dokunduğumla. Belki ayaklarımla. *Ding*! Bir puan daha! Evet, belki ayaklarım ve bir düğmeye daha basarım ve *ding*!

Genellikle, on-on beş dakika içinde herkes puan kazandıran davranış dizgesini kendince keşfeder. Bu bir ayak üzerinde durup belli sürelerle karmaşık bir düğme silsilesine basarken bir yöne bakmak gibi acayip bir şeydir.

Ama bu deneyin eğlenceli kısmı şudur: Puanlar gerçekten de gelişigüzel verilir! Dizge, model falan yoktur. Sadece *ding* sesiyle birlikte bir ışık yanar ve odadaki denek ne yapıp da o puanı kazandığı hakkında düşünür de düşünür.

Sadist yanı bir tarafa, deneyin amacı insan beyninin nasıl hemen aslı astarı olmayan bir alay saçmalığa inanmaya yatkın olduğunu göstermektir. Bu konuda gerçekten başarılı olduğumuz ortaya çıkmıştır. Odaya giren her kadın ya da erkek çıkarken deneyi çözdüğüne ve oyunu kazandığına inanıyordu! Hepsi de onlara puan kazandıran "kusursuz" dizgeyi bulduklarına inanarak odadan çıktılar. Ama yöntemleri kendi bireysellikleri kadar biricikti. Bir adam kendisinden başka kimseye bir şey ifade etmeyen karmakarışık ve upuzun bir düğmeye basma dizgesi keşfederek çıktı! Bir kıza kalırsa puan kazanmak için belli sayıda tavana vurması gerekliydi! Odadan çıktığında zıplamaktan yorgun düşmüştü!

Beyinlerimiz birer anlam makinesidir. "Anlam" diyerek kastettiğimizse beynimizin iki ya da daha fazla deneyim arasında yaptığı çağrışımlarla ortaya çıkar. Bir düğmeye basar ve bir ışık görürüz. Işığı düğmenin *yaktığını varsayarız.* Bu merkezinde anlamın temelidir. Düğme, ışık; ışık, düğme. Bir iskemle görürüz, gridir. Beynimiz renkle (gri) nesne (iskemle) arasında bir çağrışım kurar ve bir anlam oluşturur: "İskemle gridir."

Beynimiz sürekli çalışır, çevremizi anlayıp kontrol edebilmemiz için durmadan daha fazla çağrışım üretir. İçsel ve dış deneyimlerimiz hakkındaki her şey beynimiz aracılığıyla yeni çağrışımlar ve bağlantılar üretir. Bu sayfadaki sözcüklerden onları deşifre ettiğiniz dilbilgisi kavramlarına, yazdıklarım sıkıcı ya da tekrar haline geldiğinde zihninizde beliren muzır düşüncelere kadar her şey, her güdü ve algı binlerce ve binlerce nöral bağla oluşturulur, birleşir, zihninizi bilgi ve anlayışla aydınlatır.

Ancak iki sorun vardır: İlki beyin kusurludur. Görüp duyduğumuz şeylerde yanılırız. Unutur ve kolayca yanlış yorumlarız. İkincisi, kendimiz için bir anlam yarattığımızda beynimiz bu anlama tutunmaya tasarlanmıştır. Beynimizin yarattığı anlama bağlanır ve onu bırakmayız. Yarattığımız anlamla çelişen kanıtlar bile görsek, yok sayar ve inanmaya devam ederiz.

Komedyen Emo Philip bir keresinde şöyle demiştir: " Bedenimdeki en harika organın beynim olduğunu düşünürdüm. Sonra birden bunu bana kimin söylediğini fark ettim." Maalesef bildiğimiz ve inandığımız birçok şey beynimizdeki yanlışlardan, yanlılıktan kaynaklanır. Değerlerimizin çoğu da, geniş anlamıyla dünyayı temsil eden olaylara temellenmezler, kesinlikle yanıldığımız bir geçmişin ürünleridir.

Bütün bunların sonucu mu? İnançlarımızın çoğu yanlıştır. Ya da *tüm* inançlar yanlıştır, sadece bazıları diğerlerinden daha az yanlıştır. İnsan beyni yanlışlarla kaynar. Bu durum size kendinizi huzursuz hissettirse de, kabul etmesi çok önemli bir kavramdır. Göreceğiz.

Neye İnandığınız Konusunda Dikkatli Olun

1988 yılında, gazeteci ve feminist yazar Meredith Maran terapi görürken önemli bir şeyi fark etti: Babası çocukken ona cinsel tacizde bulunmuştu. Bu onun için bir şok oldu, yetişkin hayatının büyük kısmında unutmuş olduğu bastırılmış bir anıydı. Otuz yedi yaşında babasıyla yüzleşti ve olanları ailesine anlattı.

Meredith'in verdiği haber tüm aileyi dehşete düşürdü. Babası hemen konuyu inkâr etti. Bazı aile üyeleri Meredith'in yanında yer aldılar. Aile ağacı ikiye bölünmüştü. Ve Meredith'in bu suçlamasının çok öncesinden beri babasıyla ilişkisini tanımlayan acı bir küf gibi ağacın dallarını kaplamıştı. Her şeyi parçaladı.

Sonra 1996'da, Meredith başka bir önemli şeyi fark etti: Babası ona cinsel tacizde *bulunmamıştı.* O iyi niyetli terapistin yardımıyla bu anıyı uydurmuştu. Suçluluk içinde kıvranan Meredith babasının ömrünün geri kalanında onunla ve diğer aile üyeleriyle uzlaşması için çabaladı, sürekli açıklamalarda bulundu, özür diledi. Ama çok geç kalmıştı. Babası vefat etti ve ailesi bir daha eskisi gibi olmadı.

Meredith'in yalnız olmadığı anlaşıldı. Otobiyografisi *Benim Yalanım: Yanlış Bir Anının Gerçek Hikâyesi* adlı kitabında anlattığı gibi, 1980'lerde birçok kadın ailesinin erkek üyelerini cinsel tacizle suçlamışlar, sonra bunların doğru olmadığı ortaya çıkmıştı. Aynı şekilde yine aynı yıllarda birçok kişi çocukları taciz eden satanik bir kült olduğunu iddia etmiş, onlarca şehirde yapılan araştırmalara rağmen polis bu çılgın uygulama hakkında hiçbir kanıt bulamamıştı.

Peki neden insanlar durup dururken ailelerde ve kültlerde korkunç taciz anıları uydurmuşlardı? Ve neden bunlar 1980'lerde oluyordu?

Çocukken hiç kulaktan kulağa oynadınız mı? En yakınızdakinin kulağına bir şey söylersiniz, on kişi kulaktan kulağa aktarır ve sonuncunun duyduğunun sizin söylediğinizle ilgisi yoktur. İşte anılarımız da böyle işler.

Bir şey deneyimleriz. Birkaç gün sonra onu biraz farklı hatırlarız, sanki kulağımıza fısıldanmış ve yanlış duyulmuş gibi. Sonra birine anlatırız ve kurgudaki birkaç boşluğu kendi uydurmalarımızla doldururuz ki her şey anlamlı olsun ve karşımızdaki bizi deli sanmasın. Sonra o doldurduğumuz zihinsel boşluklara inanırız ve bir daha anlattığımızda yine tekrarlarız. Ama gerçek olmadıkları için birazcık farklı söyleriz. Bir yıl sonra sarhoşken aynı hikâyeyi bir daha anlatırız ve biraz daha uydururuz, hadi dürüst olalım, üçte birini baştan yazarız. Ertesi hafta ayıkken bunu itiraf edip yalancı gibi gözükmek istemeyiz ve hikâyemizin yeni gözden geçirilmiş sarhoş çeşitlemesine sadık kalırız. Beş yıl sonra Tanrı'ya, annemin mezarı üzerine yemin ederim ki hikâyemiz en fazla yüzde elli doğrudur.

Bunu hepimiz yaparız. Siz yaparsınız. Ben yaparım. Ne kadar dürüst ve iyi niyetli olsak da, beyinlerimiz doğru değil verimli çalışmaya tasarlanmış oldukları için sürekli kendimizi ve başkalarını yanlış yönlendiririz.

Belleğimiz berbat olduğu gibi -ve o kadar berbattır ki mahkemelerde göz tanıklığı her zaman ciddiye alınmaz- beyin işlevlerimiz de korkunç derecede yanlıdır.

Peki neden? Çünkü beynimiz her zaman inançlarımızı ve geçmiş deneyimlerimizi temel alarak içinde bulunduğumuz durumu anlamlandırmak ister. Her yeni enformasyon zaten sahip olduğumuz değer yargılarına ve varmış olduğumuz sonuçlara göre değerlendirilir. Bunun sonucunda da beynimiz her zaman o anda doğru hissettiğimize arka çıkar. Kız kardeşimizle ilişkimiz şahaneyken onunla ilgili her anıyı bu pozitif ışıkta hatırlarız. Ama ilişki acılaşırsa, aynı anıları çok farklı görmeye başlar, şimdiki zamandaki ona duyduğumuz öfkeyi açıklayacak şekilde yeniden yazarız. Geçenlerde vermiş olduğu o tatlı hediye artık imalı ve aşağılayıcıdır. Bizi göl kıyısındaki evine çağırmayı unutması artık masum bir hata değil, korkunç bir ihmaldir.

Meredith'in sahte taciz öyküsü inançlarının temellendiği değerleri bilince çok daha fazla anlam ifade eder. Öncelikle, Meredith'in babasıyla ilişkisi yaşamı boyunca zor ve gergindir. İkincisi Meredith erkeklerle ilişkilerinde ve evliliğinde başarısız olmuştur.

"Erkeklerle" yakın ilişki hiçbir zaman becerebildiği bir şey olmamıştır.

1980'lerde Meredith radikal bir feminist olmuş ve çocuk tacizi hakkında araştırmalar yapmıştır. Birbiri ardına korkunç taciz hikâyeleri duymuş ve yıllarca özellikle ensest yaşamış küçük kızlarla ilgilenmiştir. Ayrıca o zamanlar yayınlanan (ve sonradan aslı astarı olmadığı anlaşılan) çalışmalar hakkında da haberler yapmıştır. Çocuk tacizini son derece abartan çalışmalardı bunlar (en ünlüleri yetişkin kadınların üçte birinin çocukken taciz edildiğini söyleyenidir ve bu rakam yanlıştır).

Tüm bunlar yetmezmiş gibi Meredith ensest travması yaşayan bir kadına aşık olmuş ve onunla yaşamaya başlamıştır. Meredith'in partneriyle bağımlı ve kötü bir ilişkisi vardır, Meredith sürekli kadını travmatik geçmişinden "kurtarmaya" uğraşır. Ayrıca partneri Meredith'in sevgisine sahip olmak için bu travmatik geçmişi bir silah gibi kullanır (8. bölümde bu konuya ve sınırlara değineceğiz). Meredith'in babasıyla ilişkisi daha da bozulmuştur (kızının lezbiyen bir ilişki yaşaması adamı pek sevindirmemiştir), Meredith sıklıkla terapiye gider. Davranışlarını idare eden kendi değer yargıları ve inançları olan terapisti, sürekli danışanının mutsuzluğunun nedeninin sadece stresli gazetecilik mesleği ve sorunlu ilişkileri olmadığını iddia eder. *Bir şey daha olmalıdır, daha derinde bir şey.*

Tam o sıralarda *bastırılmış anı terapisi* adı verilen bir terapi formu aşırı popüler olur. Terapist danışanını trans benzeri bir duruma sokarak unutulmuş çocukluk anılarını yeniden deneyimlemeye cesaretlendirir. Bu anılar genellikle iyidir, ama ana fikir bir kaçının travmatik de olabileceğidir.

Düşünün: Zavallı Meredith, mutsuz, her gününü ensest ve çocuk tacizi üzerine çalışarak geçiriyor, babasına öfkeli, erkeklerle tüm ilişkileri başarısız ve onu anlar ya da sever görünen tek insan da ensest travması yaşayan bir başka kadın. Ah, bir de iki günde bir divana uzanıyor ve terapisti hatırlayamadığı bir şeyi hatırlaması için kafasının etini yiyor. İşte, hiç olmamış bir cinsel taciz anısının uydurulması için kusursuz reçete. Zihnimizin en büyük önceliği, deneyimlerimizi daha önceki deneyimlerimizle, inanç ve duygularımızla uyumlu olacak şekilde işlemektir. Ama gerçek yaşamda geçmiş ve gelecek uyumlu *değildir*: Şimdi zamanda deneyimlediklerimiz geçmişte doğru ve mantıklı kabul ettiğimiz her şeyin yüzüne tokat gibi çarpar. Uyumu tutturmak çabasıyla, zihnimiz bu gibi durumlarda sahte anılar üretir. Şimdiki deneyimimizi hayali geçmiş deneyimle ilişkilendirerek -artık o anlam her neyse- çoktan kurulmuş olan anlamı korumamızı sağlar.

Söylediğim gibi Meredith'in hikâyesi tekil değildir. 1980'lerde ve 90'ların başında, yüzlerce masum insan benzer koşullarda cinsel tacizle suçlandı. Çoğu hapse atıldı.

Yaşamlarından memnun olmayanlar, bu önermeli açıklamalar ve konuyu iyice duyarlı hale getiren medya sayesinde (cinsel taciz ve satanik şiddet salgını var ve *siz de* kurban olabilirsiniz) bilinçdışı zihinlerini kurcalayıp içinde bulundukları ıstıraba neden olacak, onu açıklayacak bir kurban olma hali aradılar ki sorumluluktan kaçabilsinler. Bastırılmış anı terapisi de bu bilinçdışı arzuları ortaya çıkartacak ve güya onlara elle tutulur bir anı şekli verecek bir araç görevi gördü.

Bu süreç ve neticesi olan zihin durumu o kadar sık rastlanan bir durum haline geldi ki, buna bir isim verildi: Yanlış Anı Sendromu. Mahkemelerin işleyişi değişti. Binlerce terapiste davalar açıldı ve lisanslarını kaybettiler.

Bastırılmış anı terapisi gözden düştü ve yerini daha pratik yöntemler aldı. Son araştırmalar da o dönemde alınan acı dolu dersi doğruladı: İnançlarımız değişkendir ve anılarımız korkunç derecede güvenilmezdir.

Bir alay geleneksel bilgelik size "kendine güven", "yüreğinin sesini dinle" ve bunun gibi kulağa hoş gelen klişeleri tavsiye eder.

Ama belki de kendinize *daha az* güvenmeniz gerekir. Yüreklerimiz ve zihinlerimiz bu kadar güvenilmezse, belki niyetlerimizi ve motivasyonlarımızı *daha fazla* sorgulamalıyız. Hepimiz sürekli yanılıyorsak, gelişmek için tek mantıklı yol kuşkuculuk, inançlarımızı ve varsayımlarımızı enine boyuna durmadan sorgulamak değil mi?

Bu kulağa korkutucu ve kendine-zarar-vermeye-yol-açacak gibi geliyor olabilir. Ama aslında epey olumludur. Sadece daha güvenli bir seçenek değil, aynı zamanda özgürleştiricidir.

Son Derece Emin Olmanın Tehlikeleri

Erin sushi lokantasında karşımda oturmuş bana neden ölüme inanmadığını açıklamaya çalışıyordu. Dört saattir orada oturuyorduk, sadece dört salatalık roll'u yemiş ve bir şişe sake'yi tek başına içmişti. (Aslında ikinci şişeyi de yarılamıştı.) Salı öğleden sonra, saat dörttü.

Onu ben davet etmemiştim. İnternet'ten nerede olduğumu bulmuş uçup beni görmeye gelmişti!

Yine.

Bunu daha önce de yapmıştı. Erin ölümü tedavi edebileceğine, ama bunu yapmak için benim yardımıma ihtiyacı olduğuna inanıyordu. Ancak yardımıma iş anlamında ihtiyacı yoktu. Halkla ilişkilerle ilgili bir tavsiyeye ya da benzeri bir şeye ihtiyacı olsaydı, tamam. Ama hayır, fazlası vardı: Onun sevgilisi olmamı istiyordu. Neden? Üç saatlik sorgulama ve bir buçuk şişe sake'den sonra, nedeni hâlâ açık değildi.

Bu arada nişanlım da bizimle birlikte lokantadaydı. Erin tartışmada onun da olmasını önemsiyordu; Erin "beni paylaşmaya istekli olduğunu" nişanlımın (artık karımın) öğrenmesini istiyordu, nişanlım "onu bir tehdit olarak görmemeliymiş!"

Erin ile 2008'de bir kişisel gelişim seminerinde tanıştım. İyi birine benziyordu, biraz Yeni Çağ öğretilerine meyilliydi, ama avukattı, çok iyi bir üniversitede okumuştu, gerçekten çok zekiydi. Şakalarıma gülüyor, beni beğeniyordu ve ben ben olduğum için onunla yatmıştım.

Bir ay sonra beni onunla birlikte ülkenin öbür ucuna taşınmaya davet etti. Bu alarm demekti ve ondan ayrılmayı denedim. Onunla birlikte olmazsam kendini öldüreceğini söyledi. Kırmızı alarm. Onu hemen e-posta listemde ve tüm iletişim araçlarımda blokladım.

Bu onu yavaşlatsa da durdurmadı.

Erin benimle tanışmadan yıllarca önce çok ciddi bir trafik kazasında neredeyse ölüyormuş. Aslında tıbbi açıdan bir süre "ölmüş", tüm beyin aktivitesi durmuş, ama mucizevi şekilde hayata dönmüş. İddiasına göre "geri dönünce" her şey değişmiş. Çok spiritüel biri olmuş. Meleklere, evrensel bilince, tarot kartlarına inanmaya başlamış. Bir şifacı olduğuna ve geleceği gördüğüne de inanmış. Nedeni her neyse, benimle tanışınca, dünyayı birlikte kurtaracağımıza karar verdi. Onun sözleriyle "ölümü iyileştirecektik".

Onu bloklayınca yeni e-posta adresleri yaratmaya başladı, bazen bir gün içinde onlarca öfkeli e-posta gönderdiği olurdu. Sahte Facebook ve Twitter hesapları yaratarak beni ve yakınlarımı rahatsız etmeye başladı. Benimkinin eşi bir web sitesi yaptı ve onun eski sevgilisi olduğumu, ona yalan söylediğimi, onu aldattığımı, onunla evleneceğime söz verdiğimi, birbirimize ait olduğumuzu yazdı. Siteyi kapatması için onu aradığımda, sadece onunla California'ya gidersem kapatacağını söyledi. Uzlaşma anlayışı buydu.

Tüm bunlar olurken hep aynı şekilde mantık yürütüyordu: Onunla olmak kaderimdi, Tanrı bunu böyle istiyordu, gece yarısı uyanmıştı ve melekler "özel ilişkimizin" dünyada sürekli barış çağını başlatacağını müjdelemişti (evet, gerçekten bana bunu söyledi).

Sushi lokantasında oturduğumuz zamana dek binlerce e-posta göndermişti. Yanıtlamam ya da yanıtlamamam, tepkimin saygılı ya da öfkeli olması hiçbir şeyi değiştirmemişti. Düşüncesi değişmedi, inançları sarsılmadı. Bu böyle yedi yıl sürdü (hâlâ devam ediyor).

O küçük sushi lokantasında, Erin sake'yi mideye indirir ve kedisinin böbrek taşını enerji dokunuşlarıyla nasıl iyileştirdiği hakkında saçmalarken aklıma bir şey geldi:

Erin bir kişisel gelişim bağımlısıydı. Onbinlerce doları kitaplara, seminerlere ve kurslara yatırıyordu. Tüm bunların en çılgın tarafı da, Erin öğrendiği tüm dersleri harfi harfine uyguluyordu. Bir düşü vardı. Bu konuda ısrarcıydı. Bunu hayal ediyor ve eyleme geçiyor ve reddedilse de, başarısız olsa da, ayağa kalkıp yine deniyordu. Sürekli pozitifti. Kendini bir şey sanmakta üstüne yoktu. Yani... Hz. İsa'nın Lazarus'u dirilttiği gibi kedileri iyileştirdiğini iddia edebiliyordu – hadi ya!

Ancak değer yargıları öylesine berbattı ki, bunların hiçbirinin önemi yoktu. Her şeyi "doğru" yapması *onu* doğru biri yapmıyordu.

O kadar kendinden emindi ki, bir türlü değiştiremiyordu. Bunu bana söylemişti de: Takıntısının tamamen mantıksız ve sağlıksız olduğunu, ikimizi de mutsuz ettiğini biliyordu. Ama bir nedenle ona o kadar doğru geliyordu ki, yok sayamıyor ve kendine engel olamıyordu.

1990'ların ortalarında Psikolog Roy Baumeister kötülük kavramı üzerinde çalışmaya başladı. Kötü şeyler yapan insanları ve bunları neden yaptıklarını inceliyordu.

O zamanlar insanların kötü şeyler yapmalarının nedeni kendilerini korkunç hissetmeleri olarak kabul edilirdi, yani öz-değerleri düşüktü. Baumeister'ın ilk şaşırtıcı bulgusu bunun böyle olmadığı oldu. Hatta genellikle tam tersiydi durum. En berbat suçluların bazıları kendilerini son derece iyi hissediyorlardı. Üstelik de, içinde yaşadıkları gerçek farklı olsa da, bu şekilde kendilerini iyi hissettikleri için başkalarını incitmek ve saygısızlık etmek konusunda kendileri haklı buluyorlardı.

Başkalarına korkunç şeyler yapmayı kendi hakkı gören bireyler doğru oldukları, haklı oldukları, inançları konusunda kendilerinden son derece emindiler. Irkçı, ırkçı şeyler yapar çünkü genetik üstünlüğüne inanır. Dindar fanatikler kendilerini patlatır ve onlarca kişiyi öldürürler çünkü şehit olarak cennetteki yerlerinden emindirler. Erkekler kadın bedeninin hakları olduğuna inandıkları için kadınları taciz eder, tecavüz ederler.

Kötü insanlar asla *kötü olduklarına* inanmazlar; tam tersine, diğer herkes kötüdür.

Tartışmalı deneylerde, şimdi Psikolog Stanley Milgram'ın adıyla Milgram deneyleri olarak bilinirler, araştırmacılar "normal" insanlardan belli kurallara karşı geldikleri için diğer gönüllüleri cezalandırmalarını istemişler. Onlar da cezalandırmışlar, hatta bu bazen fiziksel tacize kadar varmış. Cezacıların hemen hiçbiri itiraz etmemiş ya da açıklama istememiş. Tam tersine, çoğu deneyin onlara tahsis ettiği bu ahlaki haklılığın, kesinliğin tadını çıkartmış.

Sorun bir şeyden emin olmanın (kesinliğin) ulaşılmaz olması değil, kesinlik peşinde koşmanın sık sık (daha kötü) güvensizlikleri beslemesidir.

Çoğu insan işlerini yapma konusundaki becerilerinden ve kazanmaları *gereken* paranın miktarından son derece emindir. Ama bu kesinlik onlara kendilerini daha iyi değil, daha kötü hissettirir. Başkalarının kendilerinden önce terfi ettiğini görür ve bozulurlar. Görülmediklerini, değerlerinin bilinmediğini düşünürler.

Sevgilinizin mesajlarına göz atmak ya da bir arkadaşınıza başkalarının sizin için neler söylediklerini sormak bile güvensizlikten ve emin olma arzusundan kaynaklanır.

Sevgilinizin mesajlarına bakar ve bir şey bulamazsınız, ama asla orada bitmez. İkinci bir telefonu var mı diye merak etmeye başlarsınız. Neden terfiyi kaçırdığınızı açıklarken kendinizi hakarete uğramış, üzerinize basılmış hissedersiniz, bu meslektaşlarınıza güveninizi sarsar, size her söylediklerinde (ve hakkınızda hissettiklerinizde) yan anlamlar aramaya başlarsınız, bu da terfi şansınızı daha da azaltır. Birlikte olmanız "gereken" o özel insanın peşinden ayrılmazsınız, ama sizi her reddettiğinde, her yalnız gecenizde giderek daha fazla neyi yanlış yaptığınızı sorgulamaya başlarsınız.

Bu güvensizlik ve derin umutsuzluk zamanlarında sinsi bir hak görmenin pençesine düşeriz: *Hakkımız olanı* elde etmek için biraz hile yapabileceğimize; başkalarının cezalandırılmayı *hak ettiğine*; gerekirse şiddet yoluyla istediğimizi elde etmemizin *hakkımız olduğuna* inanırız.

Yine tersine-yasa işler: Bir şeyden emin olmak istedikçe kendinizi daha güvensiz, daha kuşkulu hissedersiniz.

Tersi de doğrudur: Emin olmamayı, bilmemeyi kabullendikçe bilmediğinizi bilmek konusunda kendinizi daha rahat hissedersiniz.

Emin olmamak başkaları hakkındaki yargılarımızı ortadan kaldırır. TV'de, ofiste ya da yolda gördüğümüz kişiler hakkındaki tek tipleştirici, yanlı hislerimizi yok eder. Kendimizi yargılamamıza engel olur. Sevimli ya da çekici veya potansiyel olarak ne kadar başarılı olup olmadığımızı bilmeyiz. Bunlara ulaşmanın tek yolu onlardan emin olmamak, açık olmak ve deneyimle keşfetmektir.

Kesinsizlik, emin olmamak tüm büyüme ve gelişme sürecinin temelini oluşturur. Eski deyişteki gibi, her şeyi bildiğini sanan hiçbir şey öğrenmez. Öğrenebilmek için öncelikle o şeyi bilmememiz lazımdır. Bilmediğimizi itiraf ettikçe öğrenme konusunda daha fazla fırsat sahibi oluruz.

Değer yargılarımız kusurlu ve eksiktir, kusursuz ve tam olduklarını sanmak bizi tehlikeli derecede dogmatik bir zihin yapısına sürükleyerek kendinde hak görmeyi besler ve sorumluluklardan kaçarız. Oysa sorunlarımızı çözebilmenin tek yolu, öncelikle eylemlerimizin ve inançlarımızın o zamana kadar yanlış olduğunu ve işe yaramadığını kabul etmektir.

Hata yapmaya böyle açık olmak her gerçek değişim ve büyüme için *olmazsa olmazdır.*

Değerlerimize ve önceliklerimize bakıp onları daha iyileri, daha sağlıklı olanlarıyla değiştirmeden önce halihazırdaki değerlerimizden *emin olmamalıyız.*

Akıl yoluyla onları kesip atmalı, hatalarını ve yanlılıklarını görmeli, dünyanın geri kalanıyla uyum sağlamadıklarını fark etmeli, kendi cehaletimizin yüzüne bakarak boyun eğmeliyiz, çünkü cehaletimiz bizlerden çok daha büyüktür.

Manson'ın Kaçınma Yasası

Muhtemelen Parkinson Yasası'nı duymuşsunuzdur: "İş tamamlanması için var olan tüm zamanı kaplayacak şekilde genişler."

Murphy Yasası'nı kuşkusuz bilirsiniz: "Yanlış gidebilecek her şey yanlış gider."

Bir daha bir partiye gidip de birini etkilemek istediğinizde, ona Manson'ın Kaçınma Yasası'ndan söz edin:

> "Bir şey ne kadar fazla kimliğinizi tehdit ediyorsa, o kadar fazla ondan kaçınırsınız."

Anlamı şudur: Bir şey kendinizi görme biçiminizi (ne kadar başarılı/başarısız olduğunuza inanıyorsunuz, ne kadar değerlerinize uygun yaşıyorsunuz...) değiştirmekle ne kadar fazla tehdit ediyorsa, ondan kaçmak ve bunu yapmamak için elinizden geleni ardınıza koymazsınız.

Dünyadaki yerinizin ne olduğunu bilmenin sağladığı bir konfor vardır. Bu konforu sarsan her şey, potansiyel olarak sizi iyiye doğru götürecekse de, doğası gereği korkutucudur.

Manson Yasası dünyadaki iyi şeylere de, kötü şeylere de uyarlanabilir. Bir milyon dolar kazanmak kimliğinizi tüm paranızı kaybetmek kadar tehdit eder; ünlü bir rock yıldızı olmak işinizi kaybetmek kadar ürkütücüdür. Bu nedenle insanlar bazen başarıdan çok korkarlar; nedeni başarısızlıktan korkmalarıyla aynıdır: Olduklarına inandıkları kişiyi tehdit eder.

O her zaman hayal ettiğiniz senaryoyu yazmazsınız çünkü bunu yapmak pratik bir sigortacı olan kimliğinizi sorgulatır. Kocanızla yatak odasında biraz daha maceracı olmak konusunda konuşmazsınız çünkü bu sizin iyi ve ahlaklı bir kadın olan kimliğinizi zorlar. Arkadaşınıza onu bir daha görmek istemediğinizi söylemezsiniz çünkü bu sizin iyi, bağışlayıcı insan kimliğinize uygun düşmez.

Bunlar sürekli kulak arkası ettiğimiz, aslında iyi ve önemli fırsatlardır çünkü kendimizi nasıl gördüğümüzü ve hissettiğimizi değiştirmekle bizi tehdit ederler. Seçtiğimiz ve birlikte yaşamayı öğrendiğimiz değerleri tehdit ederler.

Bir arkadaşım çok uzun süredir sanat çalışmalarını İnternet'e koymaktan ve profesyonel (en azından yarı profesyonel) bir sanatçı olarak başlangıç yapmaktan söz eder. Yıllarca bundan söz etti, para biriktirdi ve hatta portfolyosunu yüklediği bir kaç İnternet sitesi kurdu.

O başlangıcı hiç yapmadı. Her zaman bir neden buldu: Çalışmalarının çözünürlüğü iyi değildi, daha iyi bir resim yapmıştı, henüz bu işe yeterince zaman ayıracak durumda değildi.

Yıllar geçti ve asla "gerçek işinden" vazgeçmedi. Neden? Çünkü sanatıyla para kazanmanın hayallerini kurmasına rağmen "Kimsenin Sevmediği Sanatçı" olma ihtimali "Kimsenin Adını Bile Duymadığı Sanatçı"dan çok daha korkutucuydu. En azından içinde bulunduğu durumda rahatı yerindeydi ve Kimsenin Adını Bile Duymadığı Sanatçı olmaya alışmıştı.

Başka bir arkadaşım tam bir parti kuşudur. Sürekli dışarıdadır, içer, kızların peşinden koşar. Uzun yıllar bu "hareketli hayatı" yaşadıktan sonra kendini son derece yalnız, depresif ve sağlıksız buldu. Partici hayat tarzından vazgeçmeye karar verdi. Ondan daha oturmuş hayatları olan, ilişkileri süreklilik gösteren arkadaşlarından kıskançlıkla söz ediyordu. Ama asla değişmedi. Yıllarca böyle boş geceleri, içki şişelerini birbiri ardına dizerek devam etti. Her zaman bir bahanesi vardı. Her zaman yavaşlamasını engelleyen bir neden mevcuttu.

O yaşam tarzından vazgeçmek kimliğini fazlasıyla tehdit ediyordu. Tek bildiği şey Parti Kuşu olmaktı. Bundan vazgeçmek psikolojik harakiri gibi bir şeydi.

Hepimizin değerleri var. Onları koruruz. Onlara uygun yaşamayı ve onları sürdürmeyi deneriz. Böyle istemesek bile, beynimizin donanımı budur. Daha önce de söylediğim gibi haksızlık derecesinde zaten bildiğimize, doğru olduğuna inandığımıza meyilliyiz. İyi biri olduğuma inanıyorsam, bununla çelişme ihtimali olan tüm durumları bertaraf ederim. Muhteşem bir aşçı olduğuma inanıyorsam, bunu kendime defalarca kanıtlayacak fırsatlar yaratırım. İnançlar hep önde gelir. Kendimizi nasıl gördüğümüzü, neye inandığımızı ya da inanmadığımızı değiştirmeden kaçınmaktan ve kaygıdan kurtulamayız. Değişemeyiz.

Bu açıdan bakınca "kendini tanımak" ya da "kendini bulmak" tehlikeli olabilir. Sizi katı bir role mahkûm ederek gereksiz beklentilere yol açabilir. Kendinizi iç potansiyelinize ve dış imkânlarınıza kapatırsınız.

Kendinizi *bulmayın* diyorum. *Asla* kim olduğunuzu bilmeyin. Çünkü bunlar araştırmanızı ve keşfetmenizi sağlar. Yargılarınızda alçakgönüllü olur, başkalarının farklılıklarını kabul edersiniz.

Kendinizi Öldürün

Budizm "kim olduğunuz" düşüncenizin keyfî bir zihinsel yapı olduğunu, var olduğunuz fikrinden tümüyle vazgeçmenizi; kendinizi tanımladığınız keyfî ölçütlerin aslında sizi tuzağa düşürdüğünü, her şeyden vazgeçmenin daha iyi olduğunu söyler. Bir anlamda Budizm'in kafanıza takmamanızı öğütlediğini söyleyebiliriz.

Sarsıcı gelebilir, ama hayata böyle yaklaşmanın bazı psikolojik faydaları vardır. Kendimize ve kendimiz hakkında anlattığımız hikâyelerden kurtulunca gerçekten eyleme geçmek (başarısız olmak) ve büyümek imkânı sağlamış oluruz.

Kişi kendisine, "Belki de ilişkilerde başarılı değilim," diyebilirse, eyleme geçerek kötü bir evliliği bitirmek konusunda kendini özgür hisseder. Kendine bir şey ispatlamak için mutsuz, berbat bir evliliği sürdürerek bir kimliği korumasına da gerek kalmaz.

Öğrenci, "Belki de isyankâr değilim, belki sadece korkuyorum," diyebilirse yeniden bir şeyler isteyebilir. Akademik hayallerinin peşinden koşup belki de başarısız olmaktan korkmaz.

Sigortacı, "Belki hayallerim ya da işim konusunda çok özel bir şeye sahip değilim," diyebilirse, o zaman dürüstçe senaryosunu yazmayı deneyip neler olacağını görebilir.

Size iyi ve kötü haberlerim var: *Sorunlarınız arasında tekil ya da özel olan pek bir şey yoktur.* Bu nedenle ucunu bırakmak özgürleştiricidir.

Mantıksız bir şekilde her şeyden emin olursak kendi düşüncelerimizde kayboluruz. Düşecek uçağın sizinki olduğunu, projenizin aptalca olduğunu ve herkesin güleceğini, herkesin seçeceği, alay edeceği ya da yok sayacağı kişinin kendiniz olduğunu düşünürseniz, örtük biçimde kendinize, "Ben istisnayım, kimselere benzemiyorum, farklı ve özelim," demiş olursunuz.

Bu saf ve basit narsisizmdir. *Sorunlarınıza* farklı yaklaşılması gerektiğini, *sorunlarınızın* tekil bir matematiği olduğunu ve fiziksel evrenin yasalarına uymadıklarını düşünürsünüz.

Benim tavsiyem: Özel ve biricik olmayın. Ölçütlerinizi dünyevi ve geniş bir şekilde yeniden tanımlayın. Kendinizi yükselen yıldız ya da keşfedilmemiş dahi sanmayın. Kendinizi dünyevi kimliklerle tanımlayın: bir öğrenci, partner, arkadaş, yaratıcı.

Kendiniz için seçtiğiniz kimlik ne kadar dar ve nadirse, her şey sizi o kadar fazla tehdit eder. Bu nedenle kendinizi mümkün olan en basit ve olağan şekilde tanımlayın.

Bu sıklıkla kendiniz hakkındaki büyüklük taslayan fikirlerden vazgeçmeniz anlamına gelir: Son derece akıllı, özellikle yetenekli, tehditkâr biçimde çekici ya da kimsenin hayal bile edemeyeceği şekilde kurban olamazsınız. Kıymetiniz kendinden menkul, her şey sizin hakkınız ve bir şekilde bu dünya size borçlu da olamaz. Bunun bir anlamı da yıllardır tutunduğunuz duygusal esriklik tarzından vazgeçmek olacaktır. Bağımlının iğneden vazgeçmesi gibi, bunlardan vazgeçerken bir yoksunluk dönemi yaşayacaksınız. Ama sonrasında çok daha iyi olacaksınız.

Nasıl Kendinizden Biraz Daha Az Emin Olabilirsiniz?

Kendimizi sorgulamak, kendi düşüncelerimizden ve inançlarımızdan kuşku duymak geliştirmesi en zor becerilerden biridir. Ama yapılabilir. Kendinizden biraz daha az emin olmanıza yardım edecek birkaç soru:

1. Soru: Ya yanılıyorsam?

Bir arkadaşım kısa bir süre önce nişanlandı. Evlenme teklif eden sağlam bir adamdı. Ona vurmamış, hiç kötü davranmamıştı. Dost canlısıydı ve iyi bir işi vardı.

Nişandan sonra, arkadaşımın erkek kardeşi daha önceki yersiz seçimlerini hatırlatıp durarak ablasının başının etini yedi, bu adamla olursa kendini incitecekti, hata yapıyordu, sorumsuzdu... Arkadaşım kardeşine "Peki senin sorunun nedir? Neden bu seni bu kadar rahatsız ediyor?" diye sordukça, kardeşi bir sorun *yokmuş* gibi yaptı, nişanla ilgili onu rahatsız eden bir şey yoktu, o yardımcı olmaya çalışıyor ve küçük kardeşini koruyordu.

Ancak bir şeyden *rahatsız olduğu* apaçıktı. Belki de bunlar evlilik konusundaki kendi güvensizlikleriydi. Belki kardeş kıskançlığıydı. Belki kendini öylesine kurban hissediyordu ki, başkalarını mutsuz etmeyi denemeden onlar adına sevinmeyi bilemiyordu.

Genel bir kural olarak, iş kendimize gelince, hepimiz dünyanın en kötü gözlemcileriyiz. Öfkeli, kıskanç ya da üzgünsek genellikle bunun farkına en son kendimiz varırız. Bunu yapabilmenin tek yolu da, kendimiz hakkında ne kadar yanılabileceğimizi sürekli sorgulayarak kesinlik zırhımızı çatlatmaktır. "Kıskanıyor muyum? Öyleyse neden?"; "Öfkeli miyim?"; "Ablam haklı olmasın sakın, belki de sadece kendi egomu koruyorum?"

Bunun gibi sorular zihinsel birer alışkanlık olmalıdır. Kendimize bu soruları sormamız birçok sorunumuzu çözmemize yardım edecek alçakgönüllülüğe ve şefkate kavuşmamızı sağlar.

Şunu da unutmayın ki, kendinize yanılıp yanılmadığınızı sormanız illa da yanıldığınız anlamına gelmez. Kocanız ocaktaki eti yaktınız diye size dövdüyse, siz de kendinize size kötü davrandığını düşünmekte haklı olup olmadığınızı sorduysanız... bazen haklısınızdır! Burada amaç soruyu sormak ve farklı bir düşünceye de fırsat tanımaktır, kendinizden nefret etmek değildir.

Unutmayın ki *hayatınızda bir değişiklik olması için bir şey hakkında yanılmanız gerekmektedir.* Gün be gün mutsuzluk içinde yerinizde oturuyorsanız, zaten hayatınızdaki önemli bir şey hakkında yanılıyorsunuz demektir ve bunun ne olduğunu bulmak için kendinizi sorgulayana kadar da bir şey değişmeyecektir.

2. Soru: Yanılıyorsam bu ne anlama gelir?

Birçok kişi kendine yanılıp yanılmadığını sorabilir, ama pek az kişi bir adım daha ileri giderek yanılmasının *ne anlama geldiğini* itiraf eder. Çünkü yanılmamızın ardındaki potansiyel anlam genellikle acı verir. Sadece değer yargılarımızı sorgulamamız yetmez, farklı, çelişkili bir değer yargısının da potansiyel olarak nasıl göründüğünü dikkate almaya bizi zorlar.

Aristoteles şöyle demiştir: "Bir fikri kabul etmeden onunla oyalanmak eğitimli bir zihnin işaretidir." Farklı değerlere onları kabul etme zorunluluğu hissetmeden bakıp değerlendirmek belki de insanın yaşamını anlamlı bir şekilde değiştirmesi için *ana* beceridir.

Arkadaşımın kardeşine gelince, kendine soracağı soru, "Ya ablamın evliliği konusunda yanılıyorsam?" olmalıydı. Genellikle bu sorunun yanıtı kolaydır ("Ben bencil/güvensiz/narsisist bir serseriyim" çeşitlemelerinden biri olmalıdır). Yanılıyorsa, ablasının nişanı iyi, sağlıklı ve mutluysa, davranışının kendi güvensizliklerinden ve berbat değer yargılarından kaynaklandığını itiraf etmekten başka çaresi yoktur. Demek ki ablası için neyin iyi olduğunu kendisinin bildiğini ve kadının kendi hayatıyla ilgili önemli bir kararı alamayacağını; ablası için karar vermeye hakkı ve sorumluluğu olduğunu varsaymaktadır. O kesinlikle haklı ve geri kalan herkes haksızdır.

İster arkadaşımın kardeşinde, ister kendimizde, bu tür bir kendinde hak görmeyi itiraf etmek zordur. Acıtır. Bu nedenle az sayıda kişi zor soruları sorar. Bu tür araştırıcı sorular berbat davranmamıza neden olan sorunların merkezine inmek için önemlidir.

3. Soru: Yanılmak hem kendim hem de başkaları açısından halihazırdaki sorunumdan daha mı iyi, daha mı kötü bir sorun yaratır?

Sağlam değerlerle mi hareket ediyoruz, yoksa beş para etmez değer yargılarımızla kendimiz de dahil herkesi rahatsız eden nörotikler miyiz, işte bunu belirleyen sorudur.

Buradaki amaç hangi *sorunun* daha iyi olduğuna bakmaktır. Çünkü Hayal Kırıklığı Yaratan Panda yaşamda sorunların bitmediğini söyler.

Arkadaşımın kardeşi, seçenekleri nelerdir?

A. Sırf adamın ablası için kötü olduğuna kanaat getirdiği için (kimileri buna sezgi de diyebilir) ailede dram ve sürtüşme yaratmaya devam etmek, aslında mutlu olması gereken bir zamanı karmaşıklaştırmak, ablasıyla arasındaki güven ve saygıyı zedelemek.
B. Ablasının hayatı için neyin doğru neyin yanlış olduğunu belirleme kapasitesine güvenmemek ve alçakgönüllü davranmak; ablasının kendisi için en doğru kararı verebileceğine güvenmek, buna güvenmiyorsa bile ablasına olan sevgisi ve saygısı nedeniyle olası sonuçlarla birlikte yaşamayı kabullenmek.

Birçok kişi A seçeneğini seçer. A seçeneği kolay yoldur. Pek düşünmeye gerek yoktur, başkalarının verdikleri ve hoşlanmadığınız kararlara sıfır tolerans gösterirsiniz.

Herkes açısından en çok mutsuzluk yaratan yoldur.

Saygı ve güven üzerine kurulu sağlıklı ve mutlu bir ilişki için B seçeneği gereklidir. B seçeneği insanlara alçakgönüllü olmayı ve cahilliklerini kabul etmeyi öğretir. B seçeneğini seçenler güvensizliklerini aşarak güdüsel, haksız ya da bencil davrandıkları durumları kabul ederler.

B seçeneği zor ve ıstıraplıdır ve çoğu kişi onu seçmez.

Arkadaşımın kardeşi ablasının nişanını protesto ederek kendisiyle hayali bir savaşa girdi. Elbette ki ablasını koruduğuna inanıyordu, ama gördüğümüz gibi inançlar keyfîdir; daha da kötüsü, kendimiz için seçtiğimiz ölçütleri ve değer yargılarını korumaya yararlar. Bu kardeş kendine yanıldığını itiraf etmektense ablası ile olan ilişkisini bozmaya razıydı, oysa yanıldığını kabul ederek ilk başta onu yanıltmış olan güvensizliklerini aşabilirdi.

Ben az sayıda kurala bağlı kalarak yaşamaya çalışırım, ama yıllar içinde şunu benimsedim: Sorun gelip de ya benim ya da geri kalan herkesin yanılmış olmasına dayanıyorsa, benim yanılmış olmam çok, çok, çok daha olasıdır. Bunu tecrübeyle öğrendim. Ben de kendi güvensizliklerimle, sayamayacağım kadar çok yanılmama rağmen bir sürü şeyden emin olarak yaşardım ve hiç de hoş değildi.

Bunu birçok kişinin birden yanıldığı konular yoktur demek için yazmıyorum. Bazen bir sürü insandan daha fazla haklı olamazsınız demeye de uğraşmıyorum.

Basit gerçek şudur: Bütün dünya size karşıymış gibi hissediyorsanız, muhtemelen size karşı olan kendinizden başkası yoktur.

7

Bölüm

Başarısızlık İlerlemektir

Bunu gerçekten söylüyorum: Ben şanslıydım.

2007 yılında üniversiteden mezun oldum. Tam büyük buhran ve finansal çöküş zamanında ve son seksen yılın en kötü işsizlik döneminde iş aramaya başladım.

Aynı zamanda, kaldığım dairedeki odalardan birini kiraladığım kiracının üç aydır kira ödemediğini gördüm, bunu söyleyince ağladı ve kira borcunu diğer kiracıyla bana yıkarak ortadan yok oldu. Güle güle birikimlerim. Sonraki altı ayı bir arkadaşımın kanepesinde yatarak, "gerçek bir iş" ararken bulabildiğim ufak tefek işleri yaparak ve mümkün olduğu kadar az borç alarak geçirmeye çalıştım.

Yetişkin dünyasına geçerken çoktan başarısız biri olduğum için şanslıyım diyorum. En dibinden başladım. Bu hayattaki herkesin en büyük korkusudur, yeni işe girerken, kariyer değiştirirken, tatsız bir işten ayrılırken yaşanır, ben daha kapının eşiğinde yaşamıştım, bundan kötü ne olabilirdi ki? Artık işler sadece düzelebilirdi, öyle değil mi?

Yani evet şanslı. Pis kokulu bir kanepede uyuyup o hafta McDonald's yiyebilir misiniz diye kuruşlarınızı sayıp, hiçbir yanıt alamadığınız yirmi tane CV göndermişseniz, bir blog ve İnternet işine başlamak o kadar da korkutucu bir fikir gibi görünmez. Başladığım her projede başarısız olsam, yazdığım hiçbir yazı okunmasa ne olurdu ki, başladığım yere dönerdim. O zaman denemekte ne sakınca vardı?

Başarısızlık göreli bir kavramdır. Ölçütüm anarşist-komünist bir devrimci olmak olsaydı, 2007-2008 arasında para kazanmaktaki kesin başarısızlığım büyük bir başarı olurdu. Ama birçok kişi gibi benim ölçütüm de okuldan mezun olur olmaz faturalarımı ödeyeceğim ciddi bir iş bulmak olduğundan düpedüz başarısızdım.

Varlıklı bir ailede büyüdüm. Para hiçbir zaman sorun değildi. Tam tersine paranın çoğunlukla sorunları çözmektense onlardan kaçınmak için kullanıldığı varlıklı bir ailede büyüdüm. Yine şanslıydım çünkü erken yaşta sadece para kazanmanın benim için iyi bir ölçüt olmadığını öğrendim. Çok para kazanıp mutsuz, beş parasız ama mutlu olabilirsiniz. O zaman neden öz-değerimi ölçmek için parayı kullanayım?

Benim değerim başka bir şeydi: Özgürlük, özerklik. Girişimcilik her zaman ilgimi çekmişti çünkü bana ne yapacağımın söylenmesinden nefret ediyor, işleri kendi bildiğim gibi yapmak istiyordum. İnternet'te iş yapmak ilgimi çekiyordu çünkü her yerden yapabilir, canım ne zaman istiyorsa o zaman çalışabilirdim.

Kendime basit bir soru sordum: "Nefret ettiğim bir işte çalışarak makul miktarda para kazanmak mı, yoksa bir süre İnternet girişimcisi rolünü oynayarak beş parasız olmak mı?" Yanıtı hemen verdim, gayet açıktı: ikincisi. Sonra şunu sordum: "Bunu dener ve birkaç yıl içinde başarısız olursam, yine iş aramak zorunda kalırsam, gerçekten bir şey kaybetmiş olur muyum?" Yanıt hayırdı. Yirmi iki yaşında beş parasız, işsiz ve deneyimsiz olacağıma, yirmi beş yaşında beş parasız, işsiz ve deneyimsiz olacaktım. Kimin umurunda?

Değerimi böyle belirleyince, parasızlık, arkadaşlarımın ve aile üyelerinin kanepelerinde yatmak (iki yılın çoğunda bunu yaptım) ve CV'min boş kalması değil; kendi projemi gerçekleştirmeyi *denememek* başarısızlık haline geldi.

Başarısızlık / Başarı İkilemi

Pablo Picasso yaşlı bir adamken, İspanya'da bir kafede oturmuş kullanılmış bir peçeteye bir şeyler çiziktiriyormuş. Kayıtsızlıkla o anda onu ne eğlendiriyorsa onu çiziyormuş, ergen oğlanların tuvalet duvarlarına penisler çizmeleri gibi bir şey, ama o Picasso olduğu için tuvalet duvarına çizdiği penisler soluk kahve lekelerinin üzerinde kübist/empresyonist harikalarmış.

Neyse, yakında oturan bir kadın ona hayranlıkla bakıyormuş. Birkaç dakika sonra Picasso kahvesini bitirmiş, peçeteyi atmak için buruşturmuş ve gitmek için ayağa kalkmış.

Kadın onu durdurarak: "Bekle," demiş. "Çizdiğin peçeteyi alabilir miyim? Para da öderim sana."

"Elbette," demiş Picasso, "yirmi bin dolar."

Kadının başı bir tuğla çarpmış gibi geriye doğru savrulmuş, "Ne? İki dakikada çizdin!" demiş,

"Hayır hanımefendi," yanıtını vermiş Picasso. "Onu çizmek tam altmış yılımı aldı." Peçeteyi cebine tıkıp kahveden çıkmış.

Bir konuda ilerlemek binlerce küçük başarısızlık üzerine inşa edilir ve başarınızın cüssesi o şeyde ne kadar başarısız olduğunuza bağlıdır. Biri bir konuda sizden daha başarılıysa, muhtemelen sizden daha fazla başarısız olmuştur. Biri sizden daha kötüyse, muhtemelen sizin geçtiğiniz ıstıraplı öğrenim sürecinden geçmemiştir.

Yürümeyi öğrenen küçük bir çocuğu düşünürseniz, yüzlerce kere düşüp canını acıtacaktır. Ama çocuk durup da, "Bu yürümek bana göre değil sanırım, pek beceremiyorum," demez.

Başarısızlıktan kaçınmayı hayatımızın daha ileri bir aşamasında öğreniriz. Bunun epeycesi bir şeyi beceremediğimizde bizi cezalandıran ve katı bir tutumla bizi performansımızla değerlendiren eğitim sistemimizin ürünüdür. Bir bölümü de baskıcı, eleştirel ebeveynlerin marifetidir, çocuklarının kendi kendine bir şeyleri deneyip başarısız olmasına yeterince izin vermezler, onları yeni ve önceden saptanmamış bir şeyi denediklerinde cezalandırırlar. Ve kitle iletişim araçları var elbette, bizi sürekli çarpıcı başarı hikâyeleriyle bombardıman eder, o başarıya ulaşmak için çabalayarak, çalışarak, can sıkıntısı içinde geçen saatlerin sözünü bile etmezler.

Bir noktada, çoğumuz başarısızlıktan korkmaya başlar ve içgüdüsel olarak kaçınır, önümüze ne konmuşsa, zaten neyi iyi yapıyorsak onu yapmaya devam ederiz.

Bu sizi kısıtlar, boğar, ezer. Ancak gerçekten başarısız olmayı göze alabildiğimiz konularda gerçekten başarılı oluruz. Başarısız olmayı göze alamıyorsak başarılı da olamayız.

Başarısızlıktan bu kadar çok korkmamızın nedeni çoğunlukla boktan değer yargılarımızdan kaynaklanır. Örneğin, kendimi "karşılaştığın herkese kendini sevdir" standardıyla ölçersem son derece kaygılı olurum çünkü benim kendi eylemlerimle değil de, başkalarının eylemleriyle tanımlanan bu standart yüzde yüz başarısız olacaktır. Burada kontrol bende olmadığı için başkalarının merhametine ve yargısına kalırım.

Ancak "sosyal yaşamını iyileştir" ölçütünü benimsersem, aldığım tepkilerden bağımsız olarak kendi "başkalarıyla iyi ilişkiler kurma" değerime göre yaşarım. Öz-değerim kendi davranışlarıma ve mutluluğuma temellenir.

Dördüncü bölümde de gördüğümüz gibi boktan değerler kontrolümüzde olmayan dışsal amaçları hedeflemeyi kapsar. Bu amaçların peşinde koşmak büyük kaygı yaratır. Bu amaçlara ulaşmayı becerebilsek bile kendimizi boş, cansız hissederiz çünkü bir kere ulaştık mı, çözülecek sorun kalmaz.

Daha iyi değerler, gördüğümüz gibi, süreç yönelimlidir. "Kendimi başkalarına dürüstçe ifade edeceğim," gibi bir şey. "Dürüstlük" değeri bir ölçütse, hiçbir zaman tam olarak tamamlanmış sayılmaz; hep yeni baştan uğraştığımız bir sorundur. Her yeni konuşma, her yeni ilişki yeni mücadeleler ve fırsatlar yaratır. Değer tamamlanmaya karşı çıkan, süren, hayat boyu devam eden bir süreçtir.

Ölçütünüz "dünyevi standartlarla başarılı olmak" ise, "bir ev ve güzel bir araba al" ise, yirmi yıl deli gibi çalışırsınız, amacınıza ulaşınca da ölçütünüzün size verecek bir şeyi kalmaz. Orta yaş krizinize merhaba dersiniz çünkü tüm yetişkin yıllarınızı kaplayan sorun ortadan kalkmıştır. Gelişme, iyileşme fırsatınız kalmamıştır, ama mutluluğu gelişmek ve büyümek yaratır, geçici başarıların uzun bir listesi değil.

Böyle bakınca, geleneksel olarak tanımlanmış amaçların -okuldan mezun ol, göl kıyısında ev al, on beş kilo ver- yaratacakları mutluluk sınırlıdır. Hızlı, kısa süreli yararları vardır, ama yaşam rotamızın rehberleri olarak pek işe yaramazlar.

Picasso tüm hayatı boyunca üretti. Doksanlarının ortasına kadar yaşadı ve son yıllarına kadar sanat ürünleri verdi. Ölçütü "ünlü ol"; "sanat dünyasında zengin ol"; "bin tane resim yap" olsaydı, bir aşamada tutulur kalırdı. Kendinden kuşkuya düşer, kaygının pençesinde kıvranırdı. Onlarca yıl sürekli yaptığı gibi ne kendini geliştirebilirdi, ne de sanatında ilerlerdi.

Picasso'nun başarısının nedeni, yaşlı bir adamken tek başına bir kafede oturup peçeteye bir şeyler çiziktirerek mutlu olmasıyla aynıdır. Altta yatan değeri basit ve alçakgönüllüdür. Ve sonsuzdur: "Kendini dürüstlükle ifade et." O peçeteyi o kadar değerli yapan da budur.

Istırap Sürecin Parçasıdır

1950'lerde, Polonyalı psikolog Kazimierz Dabrowski, II. Dünya Savaşı'nda hayatta kalanlarla çalışarak savaşın travmatik deneyimleriyle nasıl başa çıktıklarını araştırdı. Polonya'dan söz ediyoruz, işlerin en berbat olduğu yerlerden birinden. Bu insanlar aç kalmış, bombaların kentlerini tarumar edişine, Soykırıma, savaş esirlerine işkence edilmesine, aile üyelerinin önce Nazilerin, birkaç yıl sonra da Sovyetlerin tecavüzlerine uğramalarına, katledilmelerine tanıklık etmişlerdi.

Dabrowski hayatta kalanlarla çalışırken hem şaşırtıcı, hem de muhteşem bir şey gördü. Bu insanların epeycesi savaş zamanı deneyimlerinin acı dolu ve travmatik olmasının yanı sıra, onların daha iyi, sorumlu ve evet... mutlu insanlar olmalarını sağladığını söylemişlerdi. Çoğu savaştan önceki kendilerinden farklı insanlarmış gibi söz etmişlerdi: Sevdiklerine karşı nankör, takdir etmesini bilmeyen, tembel, küçük sorunları büyüten, kendilerine verilen her şeyi hak gören insanlar. Savaştan sonra daha güvenli, kendilerinden emin, şükretmesini bilen, hayatın keyfîliklerine ve ufak tefek meselelerine prim vermeyen insanlar olmuşlardı.

Deneyimleri dehşet vericiydi ve elbette ki o deneyimleri yaşamış olmaktan mutluluk duymuyorlardı. Çoğu korkunç savaşın yaralarıyla mücadele ediyordu. Ama kimileri o yaraların kendilerini olumlu ve güçlü yollardan dönüştürmeye yardım etmesini sağlayabilmişti.

Kötü deneyimleri tersine dönüştürenler sadece onlar değildir. Çoğumuzun en gurur duyduğu başarıları en büyük tersliklerle, zorluklarla, mücadelelerle gelir. Istırabımız bizi daha güçlü, daha dayanıklı yapar, ayaklarımız yere daha sağlam basar. Kanser hastaları hayatta kalma savaşını kazandıktan sonra daha güçlü ve şükran dolu olduklarını bildirirler. Askerler savaş bölgesinin tehlikelerine meydan okuduktan sonra zihinsel olarak daha dayanıklı olduklarını söylerler.

Dabrowski korku, kaygı ve mutsuzluğun kesinlikle istenmeyen ve işe yaramayan zihin durumları olmadığını söyler. Aslında psikolojik büyüme için gerekli olan ıstırabın temsilcileridir. Bu ıstırabı inkâr etmek potansiyelimizi inkâr etmek anlamına gelir. Nasıl ki insan fiziksel acı çekerek daha kuvvetli kemiklere ve kaslara sahip olursa, duygusal acı çekerek de duygusal dayanıklılığa, daha güçlü bir kendilik duygusuna, daha fazla şefkate ve genel anlamda daha mutlu bir hayata sahip olur.

En radikal değişimlerimizi en kötü dönemlerimizin sonunda yaşarız. Ancak yoğun acı çekince değer yargılarımızı gözden geçirir ve neden bizi mutlu edemediklerini sorgularız.

Hayatımızda nasıl anlam bulacağımızı tarafsız olarak değerlendirebilmemiz ve rota değiştirebilmemiz için bir tür varoluşsal krize *ihtiyacımız vardır.*

Buna dibe vurmak ya da varoluşsal kriz diyebilirsiniz. Ben fırtınadan sağ çıkmak diyorum; istediğinizi seçin.

Belki şu anda böyle bir dönemdesiniz. Belki hayatınızın en anlamlı zorluğunu aşıyorsunuz ve şaşkınsınız çünkü önceden size doğru ve normal gelen her şey artık tam tersi.

Bu iyidir, bu başlangıçtır. Ne kadar vurgulasam da az gelir, ama *ıstırap sürecin parçasıdır.* Hissetmek önemlidir. Istırabı yok etmek için devamlı kafa yapan şeylerin peşinde koşuyorsanız, yanıltıcı pozitif düşünmek ve her şeyi kendinde hak görmekle kendinizi kayırıyorsanız, kimi maddeleri ve aktiviteleri gereğinden fazla tüketiyorsanız, gerçekten değişmek için gerekli motivasyona asla sahip olamazsınız.

Küçükken, ailem ne zaman yeni bir VCR ya da teyp alsa her düğmesine basar, her kabloyu söker, takar, her şeyin ne işe yaradığını anlamaya çalışırdım. Zamanla tüm sistemin nasıl çalıştığını kavrardım. Nasıl çalıştığını anlamış olduğum için de, genelde evde aleti kullanabilen tek kişi ben olurdum.

Milenyum kuşağı çocuklarına baktığımız gibi, ailem beni bir tür dahi sanardı. Onlara kalırsa el kitabına bakmadan VCR'ı programlayabildiğim için Tesla'nın ikinci kez dünyaya gelmiş haliydim.

Ebeveynlerimin nesline bakıp teknofobilerine gülmek kolaydır. Ama büyüdükçe hepimizin hayatlarımızda ailemin yeni VCR ile deneyimlediklerine benzer deneyimlerin olduğunu fark ettim: Oturup bakıyoruz ve başımızı sallayarak "*Nasıl?*" diye soruyoruz. Oysa yapmak öylesine basit ki!

Herkesten sürekli böyle e-postalar alıyorum ve yıllarca

onlara nasıl yanıt vereceğimi asla bilemedim.

Ebeveynleri göçmen olan bir kız vardı, hayatları boyunca onu tıp fakültesine göndermek için para biriktirmişlerdi. Kız tıptan nefret ediyordu, hayatını doktor olarak geçirmek istemiyordu ve okulu bırakmayı her şeyden çok istiyordu. Yine de kendini sıkışmış hissediyordu, o kadar sıkışmıştı ki, İnternet'te bir yabancıya (bana) e-posta göndererek "Tıp fakültesi nasıl bırakılır?" gibi yanıtı besbelli ve aptal bir soru sorabiliyordu.

Ya da öğretmenine aşık olan üniversite öğrencisi. Her işaret, her gülüş, her gülümseme, her önemsiz konuşma ıstıraba dönüşüyordu, bana sonunda "Ona nasıl çıkma teklif edebilirim?" diye sorduğu yirmi sekiz sayfalık bir yazı göndermişti. Ya da birer yetişkin olmuş çocukları vakitlerini onun divanında, onun yiyeceğini yiyerek, onun parasını harcayarak, alanına ve yalnız kalma arzusuna saygı göstermeyerek geçiren yalnız anne. Onların kendi hayatlarını kurmalarını istiyordu. Kendisi *kendi* hayatını istiyordu, ama çocuklarını uzaklaştırmaktan o kadar korkuyordu ki, bana "Onlardan nasıl taşınmalarını isteyebilirim?" diye öğüt istiyordu.

Bunlar VCR sorularıdır. Dışarıdan bakınca yanıt kolaydır: Çeneni kapat ve yap.

Ancak içeriden, bu insanların her birinin kendi bakış açılarından bu sorular son derece karmaşık ve bulanıktır.

VCR soruları komiktir çünkü yanıtları soruların sahipleri için çok zor, diğerleri içinse gayet basittir.

Buradaki sorun ıstıraptır. Tıp fakültesinden ayrılmak için gerekli formu doldurmak basit ve kolay bir eylemdir, ama insanın ebeveynlerinin kalbini kırması öyle değildir. İnsanın öğretmenini bir yere davet edeceği sözcükleri söylemesi çok kolaydır, ama ağır bir reddedilmeyi ve utancı göze almak zordur. Birine evden taşınmasını söylemek de kolaydır, ama kendi çocuklarını yüzüstü bırakıyor gibi hissetmek değildir.

Ergenliğimin ve yetişkinliğimin büyük çoğunluğunda sosyal kaygıyla uğraştım. Gündüzleri kendimi video oyunlarıyla oyalar, gecelerimin çoğunda huzursuzluğumu unutmak için içki ve sigara içerdim. Yıllarca bir yabancıyla konuşmak, hele de bu yabancı özellikle çekici/ilginç/popüler/akıllıysa, bana imkânsız gelirdi. Yıllarca sersem gibi dolaşıp kendime salak VCR soruları sordum:

"Nasıl? Nasıl gidip de durup dururken biriyle konuşabilirsin? İnsan bunu nasıl *yapabilir*?"

Bu konuda saçma sapan inançlarım vardı: "Pratik bir neden yoksa gidip de biriyle konuşmamam gerekir"; "Merhaba bile desem kadınlar beni korkunç bir tecavüzcü sanabilirler".

Sorunum duygularımın gerçekliğimi tanımlamasıydı. İnsanların benimle konuşmak istemediklerini *sandığım* için, insanların benimle konuşmak istemediklerine *inandım*. VCR sorum da şu oldu: "Nasıl gidip de durup dururken biriyle konuşabilirsin?"

Kendi duygumu gerçekte olandan ayıramadığım için kendimin dışına çıkıp dünyayı olduğu gibi göremedim: İki kişi herhangi bir anda birbirlerine doğru ilerleyip konuşabilirler.

Birçok kişi, bir nedenle acı, öfke ya da üzüntü hissettiklerinde her şeyi bırakarak kendilerini o duyguya karşı uyuşturmak isterler. Amaçları olabildiğince çabuk kendilerini "tekrar iyi hissetmektir"; bu madde kullanmak, kendilerini kandırmak ve kendi boktan değer yargılarına dönmek anlamına gelse de.

Seçtiğiniz ıstıraba dayanmasını öğrenin. Yeni bir değer benimseyince, hayatınıza yeni bir ıstırap formu katmış olursunuz. Ondan haz alın. Açık kollarla karşılayın, sonra da ona *rağmen* harekete geçin.

Yalan söylemeyeceğim: Bu başta imkânsız derecede zor gelecektir. Ama başlayın. Ne yapacağınızı bilmiyormuş gibi hissedeceksiniz. Ama bunu tartıştık: *Hiçbir şey* bilmiyorsunuz. Bildiğinizi düşündüğünüzde bile, ne halt ettiğinizi bilmiyorsunuz. Öyleyse gerçekten... kaybedecek ne var?

Zaten hayat bilmemek, ama yine de bir şey yapmak değil midir? Hayatın *tümü* böyledir. Hiç değişmez. Mutluyken bile, mutluluktan havalara uçarken bile. Piyangoyu kazanıp küçük bir jet ski filosu alsanız bile, hâlâ ne yaptığınızı bilmiyor olacaksınız. Bunu hiç unutmayın ve bundan hiç korkmayın.

"Bir Şeyler Yap" Prensibi

2008 yılında, altı hafta gündelik bir işte çalıştıktan sonra, bu iş arama meselesinden tümüyle vazgeçerek İnternet'te kendi işimi kurmaya karar verdim. O sırada ne yaptığım hakkında en küçük bir fikrim bile yoktu, ama parasız ve sefil olacaksam, en azından kendi istediğim gibi çalışarak da olabilirdim. O sıralarda gerçekten önem verdiğim tek şey kız peşinde koşmak gibi duruyordu. Ben de çılgın flört hayatım hakkında bir blog başlatmaya karar verdim.

Kendi işimin sahibi olarak uyandığım ilk sabah korku beni yedi bitirdi. Dizüstü bilgisayarımın başında otururken, hayatımda ilk kez *tüm* kararlarımdan ve bu kararların sonuçlarından kendimin sorumlu olduğunu fark ettim. Kendime web tasarımı, İnternet pazarlaması, arama motoru optimizasyonu ve diğer ezoterik şeyleri öğretmekten sorumluydum. Artık hepsi benim omuzlarımdaydı. Ben de yeni işinden istifa etmiş ve ne yapacağı hakkında fikri olmayan her yirmi dört yaşındaki gencin yapacağımı yaptım. Bilgisayar oyunları indirdim ve Ebola virüsünden kaçar gibi işten kaçtım.

Haftalar geçip de banka hesabım iyice eridikçe, günde on üç, on dört saat mesai vermem ve bunu yapmamı sağlayacak bir strateji geliştirmem gerektiğini anladım ve bu plan beklenmedik bir yerden geldi.

Okuldayken matematik öğretmenim Bay Packwood, "Bir probleme takılıp kalırsanız, oturup da düşünmeyin, üzerinde çalışmaya başlayın. Ne yaptığınızı bilmeseniz bile, sadece üzerinde çalıştığınız için zamanla doğru fikirler aklınıza gelecektir," derdi.

Kendi işime başladığım o ilk zamanlarda, her gün ne yaptığım hakkında hiçbir fikrim olmadan ve sonuçtan (ya da bir sonuç alamamaktan) korkarak mücadele ederken Bay Pacwood'un sözleri zihnimin gerilerinden yankılanmaya başladı. Bir mantra gibi onu duyuyordum:

> Yerine çakılıp kalma. Bir şeyler *yap*. Yanıtlar gelecektir.

Bay Packwood'un öğüdünü tutarken motivasyon hakkında önemli bir ders öğrendim. Bu dersin oturması sekiz yıl sürdü, ama pazara sunulan yeni ürünler, gülünesi tavsiye köşeleri, arkadaşların kanepelerinde rahatsız geceler, ekside banka hesapları, yazılan (çoğu okunmayan) binlerce sözcük ile geçen o karanlık, uzun, mücadele dolu aylarda keşfettiğim şey belki de hayatımda öğrendiğim en önemli şeydi:

> Eylem motivasyonun sadece sonucu değildir, aynı zamanda nedenidir de.

Çoğumuz belli derecede motiveysek eyleme geçeriz. Ve sadece yeterince duygusal esinimiz varsa motivasyon hissederiz. Bu aşamaların bir tür zincir tepkime içinde oluştuğunu varsayarız:

Duygusal Esin → Motivasyon → Arzulanan Sonuç

Bir şeyi başarmak istiyorsanız, ama kendinizi motive hissetmiyorsanız ya da esininiz yoksa mahvolduğunuzu düşünürsünüz. Yapabileceğiniz hiçbir şey yoktur. Hayatınızda önemli bir duygusal olay meydana gelmeden koltuktan kalkıp bir şey yapacak motivasyonu sağlayamazsınız.

Motivasyon üç parçalı bir zincir değil, sonsuz bir döngüdür:

> Duygusal Esin → Motivasyon → Eylem → Duygusal Esin → Motivasyon → Eylem → vs.

Eylemleriniz daha fazla duygusal tepki ve esin yaratır ve sizi daha sonraki eylemleriniz için motive eder. Bu bilgiden yararlanarak zihnimizi şu şekilde yeniden yönlendirebiliriz:

> Eylem → Esin → Motivasyon

Yaşamınızda önemli bir değişiklik meydana getirecek motivasyonunuz yoksa, *bir şey yapın* -herhangi bir şey, gerçekten- bu eyleme verdiğiniz tepkiyi de kendinizi motive etmeye başlayacak bir yol olarak kullanın.

Buna “bir şey yap” prensibi adını verdim. Kendim işimi kurmak için kullandıktan sonra, bana kendi VCR sorularıyla şaşkın bir halde başvuran okurlarıma öğretmeye başladım. "Nasıl bir iş başvurusu yapabilirim?" ya da "O delikanlıya sevgilisi olmak istediğimi nasıl söyleyebilirim?" bunun gibi şeyler.

Kendi işimi yaptığım ilk birkaç yılda, yapmam gereken şeyler hakkında kaygılı ve stresli olduğum için koca haftalar pek bir şey ortaya çıkmadan geçip giderdi. Her şeyi bir kenara bırakır, kolayına kaçardım. Sonra çabucak öğrendim ki, en sıradan ve el emeği gerektiren şeyler bile olsa, kendimi *bir şey* yapmaya zorlamak daha zor işlerin nispeten kolay görünmesini sağlıyordu. Koca bir web sitesini yeniden tasarlamam gerekse, oturup kendimi zorluyordum, "Tamam, şimdi başlığı tasarlayacağım." Başlığı bitirince, kendimi sitenin diğer yerleriyle uğraşırken buluyordum ve farkına bile varmadan enerjimi toplamış, kendimi projeye kaptırmış oluyordum.

Yazar Tim Ferriss, yetmişten fazla roman yazmış bir edebiyatçı hakkında duyduğu bir öyküyü anlatmıştı. Birisi edebiyatçıya bu kadar düzenli yazıp da nasıl esinini ve motivasyonunu kaybetmediğini sormuş. Yazar, "Her gün iki yüz berbat sözcük, hepsi bundan ibaret," yanıtını vermiş. İki yüz berbat sözcüğü yazınca, yazma eyleminin kendisi ona esin verdiği için farkına bile varmadan binlerce sözcüğü sayfaya aktarırmış.

"Bir şey yap" prensibini izlersek başarısızlık *önemsiz görünür.* Başarı standardı sadece eyleme geçmek olunca, -*her* sonuç ilerleme gibiyse ve önemliyse, esin önkoşuldan çok bir ödül gibi görünüyorsa- kendimizi ileri iteriz. Başarısız olma özgürlüğümüz olur ve başarısızlık bizi ileri götürür.

"Bir şey yap" prensibi sadece ertelemenin üstesinden gelmemize yardım etmekle kalmaz, yeni değerler edinmemizi de sağlar. Varoluşsal bir fırtınanın gözündeyseniz ve her şey anlamsız geliyorsa, kendinizi değerlendirdiğiniz yollar yetersiz kalıyorsa ve bir sonraki adım hakkında hiçbir fikriniz yoksa, işe yaramaz hayallerin peşinde kendinize zarar verdiğinizin farkındaysanız, kendinizi değerlendirmek için daha iyi ölçütler olması gerektiğinizi biliyor, ama bunu nasıl yapacağınızı bulamıyorsanız, yanıt aynıdır:

Bir şey yapın.

O "bir şey" başka bir şeye doğru giden en kısa yol olabilir. *Herhangi bir şey* olabilir.

Tüm ilişkilerinizde her şeyi kendine hak gören tatsız bir insan olduğunuzu fark ettiniz ve başkalarına daha fazla şefkat gösterebilmeyi mi arzuluyorsunuz? Bir şey yapın. Basitten başlayın. Birinin bir derdini dinlemeyi ve ona yardım etmek için zaman ayırmayı amaç edinin. Bunu bir kez yapın. Ya da bir daha üzüldüğünüzde, sorunlarınızın kökeninin *kendiniz* olduğunuzu kabul edeceğinize söz verin. Deneyin ve ne hissettiğinizi görün.

Genellikle kartopunun yuvarlanması için bu kadarı yeterlidir, ilerlemek için gerekli motivasyona esin veren eylem. Kendi ilham periniz olabilirsiniz. Kendi motivasyon kaynağınız olabilirsiniz. Eylem her zaman ulaşabileceğiniz bir mesafededir. Başarı ölçütünüz sadece *bir şey yapmak* olduğunda, başarısızlık bile sizi ileri iter.

8

Bölüm

Hayır Demenin Önemi

2009 yılında tüm eşyalarımı topladım, ya sattım ya da depoya koydum, dairemden çıktım ve Latin Amerika'ya doğru yola koyuldum. O sıralarda küçük arkadaşlık kurma sitemde biraz trafik vardı ve PDF'ler ile İnternet'te kurslar satarak bir miktar para kazanabiliyordum. Önümdeki birkaç yılı yurtdışında, yeni kültürler tanıyarak, yaşamın daha ucuz olduğu Asya ve Latin Amerika'daki gelişmekte olan ülkelerde yaşayarak işimi daha da geliştirmeyi planlıyordum. Yirmi beş yaşındaki bir serüvenseverin dijital göçebe hayatı tam anlamıyla yaşamda aradığım şeydi.

Planım kulağa ne kadar seksi ve kahramanca gelse de, beni bu göçebe hayata yönelten değerlerin hepsi sağlıklı sayılmazdı. Hayranlık uyandıracak kimi değerlerim vardı -dünyayı görme açlığı, insanlara ve kültürlere duyduğum merak, eski moda macera arayışı-. Ama her şeyin altında yatan belli belirsiz bir utanç da vardı. O zamanlar pek farkında değildim, ama kendime karşı tam anlamıyla dürüst olursam, orada, yüzeyin altında berbat bir değer olduğunu biliyordum. Onu göremiyordum, ama sessiz anlarımda, kendime karşı tamamen dürüstken onu hissedebiliyordum.

Yirmili yaşlarımın başlarındaki ukalalığımın yanı sıra, ergenliğimde yaşadığım "gerçekten travmatik bokluk" nedeniyle de, bağlılık sorunlarım vardı. Son birkaç yılı ergenlik yıllarımın yetersizliklerini ve sosyal kaygısını telafi etmeye adamıştım. İstediğimle konuşur, istediğimle arkadaş olur, istediğimi sever, istediğimle seks yaparım sanıyordum, neden bir tek kişiye, hatta bir sosyal gruba, kente, ülkeye, kültüre bağlı olaydım ki? Her şeyi eşit derecede *deneyimleyebiliyorsam*, eşit derecede *deneyimlemeliydim*, öyle değil mi?

Bu duyguyla beş yıl süresince küresel bir seksek oynarmış gibi okyanusların ve ülkelerin arasında gezindim. Elli beş ülkeye gittim, onlarca arkadaş edindim, bir sürü aşığım oldu, hepsinin yerini hemen bir başkasıyla doldurdum, hatta çoğunu bir sonraki ülkeye gitmek için uçağa bindiğimde unutmuştum bile.

Tuhaf bir hayattı, fantastik, ufukları zorlayan deneyimlerle doluydu ve altta yatan ıstırabımı uyuşturmak için tasarlanmış yüzeysel esrikliklerden geçilmiyordu. Her şey hem çok derin, hem de çok anlamsız geliyordu ve hâlâ da öyle. Hayatımdaki en önemli derslerin, kişiliğimi belirleyen anların çoğunu yoldayken gördüm, yaşadım. Ama hayatımdaki en büyük zaman ve enerji kaybını da bu döneme borçluyum.

Şimdi New York'ta yaşıyorum. Evim, eşyalarım, elektrik faturam ve bir karım var. Hiçbiri sıra dışı bir şekilde cazip ya da heyecan verici değil. Ama ben böyle istiyorum. Heyecan içinde geçen o yıllardan sonra maceralarımdan öğrendiğim en büyük ders şuydu: Mutlak özgürlük, kendi başına, hiçbir anlam ifade etmez.

Özgürlük daha büyük bir anlama ulaşma fırsatı yaratır, ama kendi başına pek de anlamlı bir şey olduğunu söylenemez. Son olarak da, insanın hayatında anlam bulmasının, önemi varmış duygusuna kavuşmasının tek yolu bu özgürlüğü *daraltmasıdır*, alternatifleri reddetmesidir, bir yere, inanca ve (gulp) kişiye bağlı olmayı seçmesidir.

Yolculuğum süresince yavaş yavaş bunu fark ettim. Hayatın aşırılıkları söz konusu olunca, sizi mutlu etmediklerini fark etmek için onlarda boğulmanız gerekir. Yolculuk benim için öyleydi. Elli üç, elli dört, elli beşinci ülkemde boğulurken, tüm bu deneyimlerin harika ve heyecan verici olduklarını, ancak çok azının kalıcı bir anlamı olduğunu anlamaya başladım. Arkadaşlarım evlenmeye, ev almaya, zamanlarını ilginç dostluklara, politik amaçlara harcamaya başlamışlardı, hayatları oturuyordu, bense bir yerde sarhoş olup hemen bir başkasına uçuyordum.

2011 yılında Rusya'ya, Saint Petersburg'a gittim. Yemekler berbattı. Hava berbattı (Mayıs'ta kar mı, dalga mı geçiyorsunuz?), dairem berbattı, hiçbir şey çalışmıyordu, her şey aşırı pahalıydı, insanlar kabaydı ve tuhaf kokuyorlardı. Kimse gülmüyordu ve herkes çok fazla içiyordu. Yine de bayıldım. En sevdiğim yolculuklarımdan biriydi.

Rus kültüründe Batılıların genellikle yanlış yorumladığı bir dobralık var. Sahte kibarlıklara, sözel nezaket ağlarına güle güle. Yabancılara gülümsemiyorsunuz ve sevmediğiniz hiçbir şeyi sevmiş gibi davranmıyorsunuz. Rusya'da, bir şey aptalsa, ona aptal diyorsunuz. Birisi boktan davranmaya başlarsa, boktan davranmaya başladığını söylüyorsunuz. Birini gerçekten sevdiyseniz ve çok iyi zaman geçiriyorsanız, onu sevdiğinizi ve çok iyi zaman geçirdiğinizi söylüyorsunuz. Bu kişinin arkadaşınız, bir yabancı ya da beş dakika önce sokakta rastladığınız biri olması fark etmiyor.

İlk hafta tüm bunları gerçekten rahatsız edici buldum. Rus bir kızla kahve içmek için buluştum, üç dakika sonra bana tuhaf tuhaf bakarak biraz önce söylediğimin aptalca olduğunu bildirdi. Kahve boğazıma kaçtığı için neredeyse boğuluyordum. Bunu söylemesinde meydan okuyan bir tavır yoktu; gündelik bir gerçekten -o gün havanın nasıl olduğundan ya da ayakkabı numarasından- söz eder gibi konuşmuştu, ama ben yine de şok olmuştum. Batıda bu tür açıksözlülük son derece hakaretamiz bulunur, hele de yeni tanıştığınız biri söylediyse. Herkes böyleydi. Karşılaştığım herkes sürekli kabaydı ve benim Batılı kafam her yandan saldırıya uğruyordu. Güvensizliklerim yıllardır ortayı çıkmadıkları durumlarda görünmeye başladılar.

Haftalar geçtikçe geceyarısı güneşine ve soğuk su gibi kana kana içilen votkaya alıştığım gibi Rusların bu açıklığına da alıştım. Ve aslında takdir etmeye başladım: saf ifade. Sözcüğün gerçek anlamında dürüstlük. Gizli niyetler, farklı ajandalar, kendini satma, sevilmek için umutsuzca çabalamalar olmadan koşulsuz iletişim.

Yıllarca yolculuk ettikten sonra, belki de Amerika'ya en zıt yerde ilk kez özgürlüğün özel bir çeşnisini tattım: Sonuçlarından, yan etkilerinden korkmadan ne düşündüğümü ya da hissettiğimi söyleme özgürlüğü. Bu reddedilmeyi *kabul etmekten gelen* tuhaf bir özgürleştirici durumdu. Önce duygusal olarak bastırılmış aile yaşantım, ardından da özenle inşa ettiğim sahte kendine güven gösterim nedeniyle, tüm hayatı boyunca böyle dobra dobra, sakınmasız ifadeye aç olan beni ilk içtiğim o kahrolası votka gibi sarhoş etti. Saint Petersburg'da geçirdiğim tüm ay bulanıktı ve sonunda oradan ayrılmak istemedim.

Yolculuk insanın kendini geliştirmesi için mükemmel bir araç çünkü sizi kendi kültürünüzün değerlerinden uzaklaştırarak çok farklı değerlerle yaşayan, işleyen ve kendilerinden nefret etmeyen insanların yaşadığı bir başka toplumu gösteriyor. Farklı kültürel değerlere ve ölçütlere maruz kalınca, kişi kendi hayatında olağan olan şeyleri gözden geçirerek belki de onun en iyi yaşam biçimi olmadığını fark ediyor. Böyle bakınca, Rusya beni, Anglosakson kültürde çok geçer akçe olan saçma, kibarlığı sahte iletişim biçimini yeniden değerlendirmeye zorladı ve kendime bunun bizi başkalarının yanında daha güvensiz ve yakınlaşma konusunda daha beceriksiz kılıp kılmadığını sordum.

Bu dinamiği Rusça öğretmenimle tartıştığımı hatırlıyorum, ilginç bir kuramı vardı. Nesillerce komünizm idaresiyle yaşadıktan sonra, ekonomik fırsatları ya çok az olduğu ya hiç olmadığı ve korku kültürünün pençesinde kıvrandıkları için, Rus toplumu güvenilirliğin en geçer akçe olduğuna karar vermişti. İnsanların size güvenmesi için dürüst olmak zorundaydınız. Bu da işler yolunda gitmediği zaman, bunu bahaneler bulmadan, özürler dilemeden, kıvırmadan, açıkça söylemek anlamına geliyordu. İnsanların sevimli olmasalar da dürüst olmaları, tatsız da olsa dürüst davranmaları hayatta kalmak için gerekli olduğu için değerliydi, kime güvenip kime güvenemeyeceğinizi anlıyordunuz ve bunu ne kadar çabuk öğrenirseniz o kadar hayırlıydı.

"Özgür" Batı'da, diye devam etti Rusça öğretmenim, birçok ekonomik fırsat var, ekonomik fırsat ne kadar fazlaysa kendinizi bir şekilde sunmanız da o kadar önem kazanır; hatta gerçekten öyle *olmasanız*, bu sahte bile olsa. Dürüstlüğün değeri yoktur. Görünüş, bir yol bulup kendini satma becerisi kendini ifade etmenin daha avantajlı formları haline gelmişlerdir. Bir sürü insan tanımak yüzeysel olarak birkaç kişiyi yakından tanımaktan daha yararlıdır.

Bu nedenle Batı kültüründe gülümsemek, öyle hissetmeseniz de kibar kibar konuşmak, küçük, beyaz yalanlar söylemek, aslında aynı fikirde olmadığınız biriyle bile aynı fikirdeymiş gibi görünmek norm haline gelmiştir. Bu nedenle insanlar pek de sevmedikleri kişilerle bile arkadaşmış gibi davranmayı, gerçekten istemedikleri şeyleri almayı öğrenirler. Ekonomik sistem bu tür hilelerin promosyonunu yapmaktadır.

Bunun kötü tarafı, Batı'da, konuştuğunuz kişiye tam olarak güvenip güvenemeyeceğinizi asla bilememenizdir. Bu bazen yakın arkadaşlarınız ve hatta aile üyeleri için bile geçerlidir. Batı'da sevilebilir olmak için öylesine baskı vardır ki, insanlar sık sık kimle görüştüklerine bağlı olarak tüm kişiliklerini baştan kurarlar.

Geri Çevrilmek Hayatınızı İyileştirir

Pozitif/tüketici olma kültürümüzün bir uzantısı olarak, çoğumuzun mümkün olabildiğince kabullenici ve olumlayıcı olmamız inancıyla "beyni yıkanmıştır". Bu sözde pozitif düşünce kitaplarının da mihenk taşıdır: Kendinizi fırsatlara açın, kabullenici olun, herkese ve her şeye evet deyin...

Bir şeyleri reddetmeye ihtiyacımız var. Yoksa hiçbir dayanağımız kalmaz. Bir şey başka bir şeyden daha iyi ya da arzulanabilir olamazsa, demek ki bizler de bomboşuz ve hayatlarımız anlamsız. Hiçbir değer yargımız yok ve hayatlarımızı bir amacımız olmadan yaşıyoruz.

(Hem vermek, hem de almak anlamında) geri çevirmekten kaçınmak bizlere çoğunlukla kendimizi daha iyi hissedeceğimiz bir yol olarak satılır. Reddetmekten kaçınmak kısa vadede hazlar verse de, uzun vadede bizleri rotasız ve dümensiz bırakır.

Bir şeyi gerçekten takdir edebilmek için kendinizi ona hasretmelisiniz. Yani ancak onlarca yılınızı tek bir ilişkiye, tek bir beceriye, tek bir zanaata, tek bir kariyere adarsanız hayatınızda belli seviyede sevince ve anlama ulaşabilirsiniz. Alternatifleri geri çevirmeden de bu onlarca yıl sürecek yatırımı yapamazsınız.

Kendinize bir değer seçmeniz alternatif değerleri reddetmeniz anlamına gelir. Evliliğimi hayatımın en önemli parçası yapmayı seçiyorsam, bu kokainin gaz verdiği grup seksleri (muhtemelen) hayatımın önemli bir parçası *yapmamayı* seçiyorum anlamına gelir. Kendimi arkadaşlarımla kurabildiğim açık ve herkesi olduğu gibi kabul edebildiğim ilişkilerle değerlendiriyorsam, bu arkadaşlarımın arkasından konuşmayı reddediyorum anlamına gelir. Bunlar sağlıklı kararlardır, ama her dönemeçte bir şeyleri geri çevirmeyi gerektirirler.

Mesele şudur: Bir şeye *değer verebilmek* için o *şeyi* kafaya takmış olmalıyız. Bir şeye değer vermek için de, o şey *olmayanı* reddetmek zorundayız. X'e değer veriyorsak, X olmayanı istemeyiz.

Bu red değerlerimizi ve kimliğimizi korumanın gerekli ve olmazsa olmaz bir parçasıdır. Bizi neyi geri çevirdiğimiz tanımlar. Hiçbir şeyi reddetmezsek (belki de bir şey tarafından reddedilmek korkusuyla), kimliğimiz yoktur anlamına gelir.

Her ne pahasına olursa olsun hiçbir şeyi reddetmemek, bunu çatışma ve karmaşadan kaçınmak için, her şeyi eşit derecede kabul etmek arzusuyla, her şeyi uyumlu hale ve bir araya getirme niyetiyle yaparsak, bu da kendinde hak görmenin derin ve incelikli bir biçimidir. Her şeyi kendilerine hak gören insanlar, sürekli kendilerini iyi hissetmeyi hak ettikleri için, bir şeyi reddetmekten kaçınırlar çünkü bunu yaparlarsa ya onlar ya da bir başkası kendini kötü hissedecektir. Hiçbir şeyi geri çevirmedikleri için de değersiz, haz-yönelimli, bencil bir hayat yaşarlar. Tek kafaya taktıkları biraz daha uzun süre sarhoş kalabilmek, hayatın kaçınılmaz başarısızlıklarını görmemek, ıstırabı kendilerinden uzak tutarmış gibi yapabilmektir.

Reddetmek önemli ve hayati bir beceridir. Kimse kendisini mutlu etmeyen bir ilişkiye saplanıp kalmak istemez. Kimse nefret ettiği ve inanmadığı bir işi yapmak istemez. Kimse aslında söylemek istediğini söyleyemediğini hissetmek istemez.

İnsanlar yine de bunları yapmayı seçerler. Sürekli.

Dürüstlük insanın doğal ihtiyacıdır. Ama dürüst olabilmek için "hayır" sözcüğünü rahatça söyleyebilmeli ve işitebilmeliyiz. Böylelikle reddetmek ilişkilerimizi daha iyi ve duygusal hayatlarımızı daha sağlıklı yapar.

Sınırlar

Bir zamanlar iki genç varmış, bir kız ile bir oğlan. Aileleri birbirlerinden nefret ederlermiş. Ama oğlan kızın ailesinin verdiği bir partiye gizlice katılmış çünkü kalın kafalının biriymiş. Kız oğlanı görmüş, melekler dişi uzuvlarına öyle tatlı şarkılar söylemiş olmalılar ki, anında aşık olmuş. Birdenbire! Oğlan da gizlice kızın bahçesine girmiş ve *hemen ertesi gün* evlenmeye karar vermişler, çünkü bilirsiniz, bu çok pratik bir karardır, hele de aileleriniz birbirini öldürmek isterken. Birkaç gün ileri saralım. Aileler evliliği öğrenmişler ve öldüresiye kavgaya tutuşmuşlar. Mercutio ölmüş. Kız o kadar üzülmüş ki, onu iki gün deliksiz uyutacak bir şurup içmiş. Ne yazık ki genç çift iyi bir evlilikte iletişimin nasıl olması gerektiğini henüz öğrenemediklerinden, genç kız şurup hakkında kocasını bilgilendirmeyi tamamen unutmuş. Genç adam karısının kendini bilerek soktuğu bu komayı intihar sanmış. Tamamen kafayı yiyerek tutup intihar etmiş ki, öteki dünyada ya da artık her neredeyse onunla birlikte olabilsin. Kız iki günlük komasından uyanınca kocasının intihar ettiğini öğrenmiş, o da kesinlikle aynı fikirde olduğu için hemen kendini öldürmüş. Son.

Romeo ve Juliet bizim kültürümüzde "romans" ile eş anlamlıdır. İngilizce konuşulan kültürde en önemli aşk hikâyesidir ve duygusal bir idealdir. Ancak bu hikâyede olup bitenleri gerçekten öğrendiğiniz zaman o çocukların tamamen akıllarını kaçırmış olduklarını görürsünüz. Yetmezmiş gibi de bunu kanıtlamak için kendilerini öldürürler!

Birçok akademisyen Shakespeare'in Romeo ve Juliet'i aşkı yüceltmek değil, onunla alay etmek, mutlak biçimde kaçık bir şey olduğunu göstermek için yazdığından kuşkulanır. Oyunun aşkı taçlandırmasını amaçlamamıştı belli ki. Tam tersini amaçlamıştı: Üzerinde yanıp sönen neon ışıklarıyla UZAK DURUN yazılı bir tabela, çevresinde de GİRİLMEZ yazılı polis bandı.

İnsanlık tarihinin çoğunda romantik aşk şimdiki gibi nimetten sayılmadı. Aslında on dokuzuncu yüzyılın ortalarına kadar gereksiz ve potansiyel olarak da hayattaki daha önemli şeylere -bilirsiniz işte, iyi çift sürmek ve/veya çok koyun sahibi bir adamla evlenmek gibi- engel teşkil edebilecek psikolojik bir tehlikeydi. Gençler sık sık romantik tutkularından hem ailelerine, hem de kendilerine stabilite sağlayacak pratik ekonomik evliliklere doğru zorla dümen kırmak zorunda bırakılırlardı.

Bugün bu çılgın aşk fikri hepimizin beynini yiyor. Kültürümüzü ele geçirmiş durumda. Ne kadar dramatik olursa da o kadar iyi. Ben Affleck sevdiği kızı kurtarabilmek için bir astroidi yok edebilir; Mel Gibson yüzlerce İngiliz öldürüp ölesiye işkence görürken tecavüz edilip öldürülmüş karısı hakkında fanteziler kurar; *Yüzüklerin Efendisi*'nde, Elven Aragorn ile olabilmek için ölümsüzlüğünden vazgeçer ya da aptal romantik komedilerde Jimmy Fallon Red Sox playoff biletlerini yakar çünkü Drew Barrymore'un ne bileyim... bir şeye *ihtiyacı* vardır ya da öyle bir şey işte!

Bu tür romantik aşk kokain olsaydı, kültür olarak *Yaralı Yüz*'deki Tony Montana gibi olurduk: Yüzümüzü bir kokain dağına gömerek bağırırdık: "Küçük dostuma merhaba de!"

Sorun romantik aşkın bir tür kokain gibi olduğunu keşfetmemizdir. Kokainle benzerliği ürkütücüdür. Kokainin beyninizde uyardığı aynı noktaları uyarır. Kafa bulur ve bir süre kendinizi iyi hissedersiniz, ama etkisi azaldıkça kokain kadar sorun yaratır.

Romantik aşkın peşine düştüğümüz öğeleri; dramatik ve baş döndürücü sevgi gösterileri, fırtınalı iniş-çıkışlar, aşkın sağlıklı ve saf ifadesi değildir. Aslında insanların ilişkilerinde sergilenen bir başka kendinde hak görme biçiminden başkası değildir.

Beni keyif kaçıran biri gibi gördüğünüzü biliyorum, romantik aşk hakkında böyle ileri geri konuşan biri nasıl bir insandır diyorsunuz. Ama duymaya çalışın:

Gerçek şu ki, sağlıklı ve sağlıksız aşk formları vardır. Sağlıksız aşk iki kişinin birbirleri için hissettikleri aracılığıyla sorunlarından kaçmaya çalışmalarıdır. Başka bir deyişle, birbirlerini kaçış olarak kullanırlar. Sağlıklı aşksa bireylerin sorunlarını kabul etmesi ve birbirlerine verdikleri destekle onların üstesinden gelmesidir.

Sağlıklı ve sağlıksız ilişki arasındaki fark iki şeyle özetlenir: 1) İlişki içindeki her birey sorumluluğunu ne kadar kabul eder; 2) iki tarafın da partnerini reddetme ve onun tarafından reddedilmeyi kabul etmesi.

Nerede sağlıksız ve zararlı bir ilişki varsa, her iki tarafta da yetersiz ve delik deşik bir sorumluluk duygusu ve reddetmeyi becerememe/reddedilmeyi kabul edememe durumu vardır. Nerede sağlıklı ve sevgi dolu bir ilişki varsa, iki kişi ve değerleri arasında tanımlı sınırlar ve gerektiği zaman reddedip reddedilecek açık bir bulvar vardır.

"Sınırlar" ile kendi sorunlarının sorumluluğunu üstlenmede iki kişi arasındaki ana hatlardan söz ediyorum. Sağlam sınırları olan sağlıklı ilişkilerde kişiler kendi değerlerinin ve sorunlarının sorumluluğunu alırlar, partnerlerinin değerlerinin ve sorunlarının sorumluluğunu almazlar. Kötü ilişkilerdeyse bu sınırlar ya yoktur ya da zayıftır, taraflar kendi sorunlarının sorumluluğundan kaçar ve/veya partnerlerinin sorunlarının sorumluluğunu üstlenirler.

Zayıf sınırlar nasıl görünür. İşte birkaç örnek:

"Bensiz arkadaşlarınla çıkamazsın. Ne kadar kıskandığımı biliyorsun. Benimle evde kalman gerek."

"Çalışma arkadaşlarım birer salak, onlara işlerini nasıl yapacaklarını öğrettiğim için sürekli toplantılara geç kalıyorum."

"Kendi kardeşimin önünde beni o kadar küçük düşürdüğüne inanamıyorum! Bir daha sakın onun önünde bana karşı çıkma!"
"Milwaukee'deki o işi kabul etmek çok isterdim, ama o kadar uzağa taşınırsam annem beni asla affetmez!"
"Seninle çıkarım, ama arkadaşım Cindy'ye söyleme olur mu? Benim erkek arkadaşım olup da onun yoksa kendini çok güvensiz hisseder."

Her senaryoda kişi ya kendisinin olmayan sorunların/duyguların sorumluluğunu üsleniyor ya da bir başkasından kendi sorunlarının/duygularının sorumluluğunu almasını istiyor.

Genellikle her şeyi kendilerine hak gören insanlar ilişkilerinde şu iki tuzaktan birine düşerler. Ya *sorunları* için başkalarının sorumluluk almasını beklerler: *"Evde huzurlu ve rahat bir haftasonu istiyordum. Bunu bilmen ve planlarını iptal etmen gerekirdi."* Ya da başkalarının sorunlarının sorumluluğunu fazlasıyla üslenirler: *"Yine işini kaybetti, ama bu benim suçum, ona verebileceğim kadar destek vermedim herhalde. Yarın CV'sini tekrar yazmasına yardım edeceğim."*

Bu kişiler, diğer her şey gibi, ilişkilerinde bu stratejileri de kendi sorunlarının sorumluluğunu almaktan kaçmak için kurarlar. Bunun sonucu olarak ilişkileri kırılgan ve sahtedir, partnerlerine katıksız takdir ve hayranlık duymalarının değil, kendi iç ıstıraplarından kaçınmalarının ürünüdür.

Bu sadece romantik ilişkiler için değil, aile ilişkileri ve arkadaşlıklar açısından da geçerlidir. Fazla koruyucu bir anne çocuklarının yaşamlarındaki her sorunun sorumluluğunu alabilir. Onun bunu hakkı görmesi çocuklarında da bu tür bir talebi cesaretlendirir ve sorunlarından sürekli başkalarının sorumlu olması gerektiğini düşünerek büyürler.

(Bu nedenle sizin romantik ilişkinizdeki sorunlar uğursuz bir şekilde ebeveynlerinizin ilişkilerindeki sorunlarına benzer.)

Duygularınız ve eylemleriniz için sorumluluk alanlarınız bulanıksa -kimin neden sorumlu olduğu, neyin kimin suçu olduğu, yaptığınız şeyi neden yapmakta olduğunuzun açık olmadığı alanlar- asla kendiniz için güçlü değerler geliştiremezsiniz. Tek değeriniz partnerinizi mutlu etmek ya da partnerinizin sizi mutlu etmesi *haline gelir.*

Bu moral bozucudur elbette. Özelliği böyle bir bulanıklık olan ilişkiler de, genellikle tüm dramaları ve havai fişekleriyle *Hinderburg Zeplini* gibi tepe taklak giderler.

Sizin sorunlarınızı başkaları çözemez. Bunu denememeleri gerekir çünkü bu sizi mutlu etmeyecektir. Siz de başkalarının sorunlarını çözemezsiniz çünkü bu da onları mutlu etmeyecektir. Sağlıksız bir ilişkinin ilk işareti iki kişinin kendilerini iyi hissetmek için birbirlerinin sorunlarını çözmeye çalışmasıdır. Sağlıklı bir ilişkideyse, iki kişi birbirleri hakkında kendilerini iyi hissetmek için kendi sorunlarını çözerler.

Uygun sınırları çizmek partnerinize yardım etmeyeceğiniz, destek vermeyeceğiniz ya da onun sizin için bunları yapmayacağı anlamına gelmez. Birbirinizi desteklemeniz gerekir, ama sadece desteklemeyi ve desteklenmeyi *seçmiş* olduğunuz için. Buna hakkınız olduğu ya da kendinizi bunu yapmak zorunda hissettiğiniz için değil.

Her şeyi kendine hak gören insanlar kendi duyguları ve eylemleri için başkalarını suçlarlar çünkü kendilerini sürekli kurban gibi resmederlerse sonunda birinin gelip onları kurtaracağına ve hep istedikleri aşka kavuşacaklarına inanırlar.

Başkalarının duygu ve eylemlerinin suçunu ve sorumluluğunu üstlenen hak sahipleri de partnerlerini "tamir ederek" onu kurtarırlarsa, her zaman açlığını çektikleri sevgiye ve takdire kavuşacaklarını sanarlar.

Bunlar her zararlı ilişkinin yin ve yang'ıdır: Kurban ve kurtarıcı; kendini önemli hissettirdiği için yangını çıkartanla, kendini önemli hissettirdiği için yangını söndüren.

Bu iki insan tipi güçlü bir şekilde birbirlerine çekilir ve sonunda da genellikle birlikte olurlar. Patolojileri birbirine kusursuz uyar. Genellikle bu özelliklerden birini sergileyen ebeveynlerle büyümüşlerdir. "Mutlu" ilişki modelleri kendinde hak görmeye ve zayıf sınırlara temellenir.

Ne yazık ki, ikisi de birbirlerinin gerçek ihtiyaçlarını karşılamayı beceremezler. Aslında, gereğinden fazla suçlamak ve suçu gereğinden fazla üzerine almak üzerine kurulu bu model, her ikisinin de duygusal ihtiyaçlarını karşılamalarına engel olan hak görmeyi ve boktan öz-değerleri sürekli hale getirir. Kurban (başka gerçek sorunlar olduğu için değil, açlığını çektiği ilgi ve sevgiyi elde edebilmek için) giderek daha fazla çözülmesi gereken sorun çıkartır. Kurtarıcı (gerçekten bu sorunlara aldırdığı için değil, ilgi ve sevgiyi hak etmek için başkalarının sorunlarını çözmek zorunda hissettiği için) bu sorunları çözer de çözer. Her ikisinin niyeti de bencil ve koşulludur, bu nedenle kendilerini sabote ederler ve saf aşkı yaşayamazlar.

Kurban, kurtarıcıyı gerçekten sevmiş olsa, "Bak bu benim sorunum. Sen bunu benim için çözemezsin. Ben çözmeye çalışırken bana destek ver yeter," derdi. Bu gerçekten aşkın *ortaya konması* olurdu: Kendi sorunların için sorumluluk almak, partnerini onlardan sorumlu tutmamak.

Kurtarıcı da kurbanı gerçekten kurtarmak istese, "Bak, kendi sorunların nedeniyle başkalarını suçluyorsun, otur da kendin hallet," derdi. Ve rahatsız edici olsa da, bu da gerçekten aşkın *ortaya konması* olurdu: Birine sorunlarını çözmesinde yardım etmek.

Bunu yapacaklarına, hem kurban, hem de kurtarıcı duygusal kafa yapmak için birbirlerini kullanırlar. Birbirleriyle tatmin ettikleri bir bağımlılık gibidir. Duygusal olarak sağlıklı biriyle bir araya geldiklerinde de, ironiktir ama ya sıkılırlar ya da "kimyaları tutmamıştır". Duygusal olarak sağlıklı ve güvenli insanları pas geçerler çünkü kendine güvenli tarafın sağlam sınırları her şeyi kendine hak gören tarafın kafa yapacağı "heyecanı" sağlayamaz.

Kurbanlar açısından dünyadaki en zor iş sorunlarının sorumluluğunu almaktır. Tüm yaşamlarını kaderlerinden bir başkasının ya da başkalarının sorumlu olduğuna inanarak geçirirler. Sorumluluk almaları gereken ilk adımı atmak bile onları dehşete düşürür.

Kurtarıcı açısından da en zor şey başkalarının sorunlarının sorumluluğunu üstelemekten vazgeçmektir. Tüm yaşamları boyunca ancak bir başkasını kurtardıklarında kendilerini değerli ve seviliyor hissetmişlerdir. Bu ihtiyaca bir son vermek de onları dehşete düşürür.

Sevdiğiniz birisi için bir fedakârlık yapacaksanız, bunu istediğiniz için yapmalısınız, kendinizi yapmak zorunda hissettiğiniz ya da yapmamanın sonuçlarından korktuğunuz için değil. Partneriniz sizin için bir fedakârlık yapacaksa, o da bunu gerçekten istemelidir, siz onu öfke ya da suçlulukla manipüle ettiğiniz için yapmamalıdır. Aşk eylemleri ancak koşulsuz ve beklentisiz gerçekleştirildiklerinde geçerlidirler.

Bir şeyi zorunluluktan ve isteyerek yapmak arasındaki farkı ayırt etmek zor olabilir. Test şöyledir: Kendinize, "Bunu yapmazsam bu ilişkiyi nasıl değiştirir?" diye sorun. Aynı şekilde, "Partnerim istediğim bir şeyi reddederse, ilişki nasıl değişir?" diye sorun.

Bu geri çevirme bir drama, tabakların havada uçuşmasına yol açacaksa ilişkiniz açısından kötü bir işarettir. Bana kalırsa ilişkiniz koşulludur, birbirinizden aldığınız yüzeysel yararlara bağlıdır, birbirinizi (diğerinin sorunlarıyla birlikte) koşulsuz kabul etmenizle alakası yoktur.

Sağlam sınırları olan kişiler sinirden, öfke nöbetlerinden, tartışmadan ve kırılmaktan korkmazlar. Sınırları zayıf olanlar bunlardan dehşete düşerler ve ilişkinin dağ treninin iniş ve çıkışlarına uyacak biçimde, durmadan davranışlarını yeniden şekillendirirler.

Sağlam sınırları olanlar, iki kişinin birbirlerinin her ihtiyacına yüzde yüz yanıt vermesini ve sürekli ağırlamasını beklemenin mantıksız olduğunu bilirler. Arada bir karşılarındakinin duygularını incitebileceklerini de bilirler, ama neticede başkalarının nasıl hissedeceğini belirleyemeyeceklerinin farkındadırlar. Sağlam sınırları olanlar sağlıklı bir ilişkinin diğerinin duygularını kontrol etmekle ilgili olmadığını bilirler, yapılması gereken her partnerin diğerinin gelişmesine ve kendi sorunlarını çözmesine yardım etmesidir.

Mesele partnerinizin kafaya taktığı her şeyi sizin de kafayı takmanız meselesi değildir; mesele onun neyi kafayı taktığından bağımsız olarak sizin ona önem vermenizdir. Koşulsuz sevgi budur.

Güven Nasıl İnşa Edilir?

Karım ayna karşısında çok zaman geçiren kadınlardandır. Harika görünmeye bayılır, ben de (tabii ki) onun harika görünmesine bayılırım.

Dışarı çıkacağımız gecelerde, bir saat banyoda makyaj/saç/elbise, kadınlar bu seansta ne yapıyorlarsa onları yaptıktan sonra çıkar ve bana nasıl göründüğünü sorar. Genellikle şahane görünür, ama arada bir de pek iyi görünmez. Belki saçına yeni bir şekil vermeyi denemiştir ya da Milano'daki o parlak tasarımcının avantgarde olduğunu düşündüğü botları giymiştir ve yakışmamıştır. Nedeni neyse, bir şey ters gitmiştir.

Onu buna söylediğimde bozulur. Her şeyi sil baştan yapmak için banyoya girer, yarım saat geç kalmamıza neden olur, ağzından arada bir bana doğru da yönelen bir alay tatsız sözcük çıkar.

Erkekler bu durumlarda karılarını/sevgililerini mutlu etmek için tipik olarak yalan söyler. Ben söylemem. Neden mi? İlişkimde dürüst davranmak kendimi sürekli iyi hissetmekten daha önemlidir. Kendime sansür uygulayacağım son kişi de sevdiğim kadındır.

Neyse ki benimle aynı fikirde olan ve sansürlemediğim düşüncelerimi duymaya hevesli bir kadınla evlendim. Saçmaladığım ve büyüklendiğim zamanlarda beni kendime getirmesini de bilir ayrıca; bana bir partner olarak sunduğu en önemli şeylerden biridir bu. Evet, egom yaralanır, sızlanır, şikayet ederim, tartışmaya niyetlenirim, ama birkaç saat sonra gidip haklı olduğunu itiraf ederim. Bunları her duyduğumda nefret etsem de, karım daha iyi biri olmamı sağlar.

En büyük önceliğimiz sürekli kendimizi iyi hissetmek ya da partnerimize kendisini iyi hissettirmek olursa, neticede kimse kendini iyi hissetmez. Biz farkına bile varmadan ilişki dağılır.

Fikir ayrılığı olmadan güven olmaz. Fikir ayrılığı kimin

koşulsuz olarak, kimin kendi çıkarları için yanımızda olduğunu göstermek için vardır. Kimse sürekli evet diyen birine güvenemez. Hayal Kırıklığı Yaratan Panda burada olsaydı, ilişkimizdeki ıstırabın güvenimizi sağlamlaştırmak ve daha fazla yakınlaşmamızı sağlamak için var olduğunu söylerdi.

Bir ilişkinin sağlıklı olması için her iki taraf da hayır demeye ve hayır dendiğini duymaya istekli olmalıdır. Hayır denmeden, arada bir bazı şeyleri geri çevirmeden sınırlar kırılır ve bir kişinin sorunları ve değerleri diğerininkilere baskın çıkar. Demek ki fikir ayrılığı sadece normal değil, sağlıklı bir ilişkiyi sürdürmek için *kesinlikle gereklidir.* Birbirine yakın iki kişi farklılıklarını açıkça ve yüksek sesle dile getirmezlerse, ilişki manipülasyon ve yanlış yorumlama üzerine temellenir ve giderek zararlı hale gelir.

Her ilişkinin en gerekli bileşeni güvendir, çünkü güven yoksa ilişkinin bir *anlamı da yoktur.* Birisi size, sizi sevdiğini, sizinle olmak istediğini, sizin için her şeyden vazgeçeceğini söyleyebilir, ama ona güvenmiyorsanız, bu sözlerin hiçbir anlamı yoktur. Size ifade edilen aşkın hiçbir özel koşulu ve bagajları olmadan ifade edildiğine güvenmedikçe kendinizi seviliyor hissedemezsiniz.

Aldatmanın son derece yıkıcı olmasının nedeni de budur. Konu seks değildir. Seksin neticesinden güvenin kırılmış olmasıdır. Güven olmadan da ilişki işlemez. Ya bu güveni yeniden tesis etmek ya da veda etmek gerekir.

Aldatılan, ama partnerlerinden ayrılmak istemeyen, ona yeniden nasıl güvenebileceğini soran kişilerden sık sık e-postalar alırım. Güven kalmayınca ilişkinin bir yük haline geldiğini, zevk almak yerine sürekli gözlenmesi ve sorgulanması gereken bir sorun olduğunu söylerler.

Sorun aldatırken yakalanan birçok kişinin özür dileyip, "bir daha asla olmayacak" nakaratını yinelemesidir, sanki penisler tamamen kazayla farklı deliklere girebilirlermiş gibi. Aldatılanların çoğu da bunu kabul eder, partnerlerinin değerlerini, neye aldırıp neye aldırmadıklarını sorgulamazlar; acaba o değerlere sahip olan partnerleri birlikte yaşanacak kadar iyi insanlar mıdır? İlişkiyi sürdürmeye o kadar odaklanmışlardır ki, öz-saygılarını yok eden bir kara deliğe dönüştüğünün farkına bile varmazlar.

İnsanlar aldatıyorsa, demek ki onlar için ilişkilerinden daha önemli bir şey vardır. Bu başkalarının üzerindeki egemenlikleri olabilir. Seks aracılığıyla işlerlik kazanıyordur. Kendilerini güdülerine kaptıran insanlar olabilirler. Nedeni her neyse, aldatanın değer yargıları sağlıklı bir ilişkiyi desteklemekle aynı çizgide değildir. Aldatan bunu kabul etmez, bununla uzlaşmazsa ve o bildik "ne düşündüğümü bilmiyordum; stresliydim, sarhoştum, birden oluverdi işte" yanıtını verirse, ilişkisiyle ilgili herhangi bir sorunu çözecek kadar ciddiyetle öz-farkındalığa sahip değildir demektir.

Aldatanlar öz-farkındalık soğanlarını soymaya başlayarak hangi berbat değerlerinin ilişkilerindeki güveni yıktığını fark etmek zorundadırlar (ve elbette hâlâ o ilişkiye değer verip vermediklerini). Şunu diyebilmeleri gerekir: "Biliyor musun: Ben bencilim. Kendime bu ilişkiden daha fazla kıymet veriyorum. Doğrusunu istersen bu ilişkiye hiç saygım yok." Aldatanlar işe yaramaz değerlerini ifade edemiyorlarsa ve o değerlerin üstünü çizmişlerse, onlar yokmuş gibi davranıyorlarsa, güvenilir olduklarına inanmanın nedeni kalmaz. Onlar güvenilmez olmaya devam ettikçe de, ne ilişki düzelecektir, ne de değişecektir.

Bir kez güven kırıldıktan sonra, onu yeniden kazanma

sürecinde pratik bir öğe vardır: izleme kaydı. Biri güveninizi kırıp güzel sözler ederse, davranışlarını düzelttiğinin tutarlı bir kaydını tutabilmelisiniz. Ancak o zaman aldatanın değerlerinin düzgün şekilde hizalandığına ve kişinin gerçekten değiştiğine inanmaya başlayabilirsiniz.

Ne yazık ki güveni yeniden kazanmak için izleme kaydı tutmak zaman alır, kesinlikle güveni kırmaktan çok daha fazla zaman alır. Bu güveni tazeleme döneminde işler çok da yolunda gitmez. İlişkinin her iki tarafı da vermeyi kabul ettikleri mücadelenin zorlu olacağının farkında olmalıdır.

Ben romantik ilişkideki aldatmayı örnek olarak seçtim, ama bu her ilişki için geçerlidir. Güven bir kez kırıldı mı, ancak şu iki aşama gerçekleşirse tazelenir: 1) Güveni zedeleyen, buna neden olan gerçek değerleri kabul eder ve yanlış bir şey yaptığını itiraf eder. 2) Güveni kıran zaman içinde davranışlarının değiştiğini gösteren sağlam bir kayıt sunar. Birinci aşama olmadan uzlaşma konusunda bir girişim de yapılmamalıdır.

Güven Çin porseleni gibidir. Bir kez kırıldı mı, biraz dikkat ve özenle yapıştırabilirsiniz, ama bir daha kırarsanız, daha da fazla parçalanır ve parçaları birleştirmek çok daha uzun zaman alır. Kerelerce kırmaya devam ederseniz, artık tamir etmenin mümkün olmayacağı bir hal alır, un ufak olmuştur.

Bağlanarak Özgürlük

Tüketici kültürü bize daha fazlasını istetmekte çok başarılıdır, daha fazla, hep daha fazla. Tüm bu çabanın ve pazarlamanın altındaki ima fazlanın daha iyi olduğudur. Bu fikri yıllarca benimsedim. Daha fazla para kazan, daha fazla ülkeye git, daha fazla deneyim sahibi ol, daha fazla kadınla ol.

Ama fazla her zaman iyi değildir, aslında doğru olan bunun tam tersidir. Genellikle azla daha mutlu oluruz. Fırsatlar ve seçenekler üzerimize yağdığı zaman psikologların seçim paradoksu adını verdikleri sıkıntıyı çekeriz. Temel olarak, ne kadar fazla seçenek verilirse, seçtiğimizle o kadar az tatmin oluruz çünkü dikkatimizi tüm diğer seçmediğimiz seçeneklere odaklarız.

Yaşamak için iki yerden birini seçmeniz gerekirse ve birini seçerseniz, büyük bir ihtimalle doğru seçimi yaptığınız konusunda içiniz huzurludur ve güven duyarsınız. Kararınız sizi tatmin eder.

Yaşayacak yirmi sekiz yer arasından birini seçerseniz, seçim paradoksu "doğru" seçimi yaparak mutluluğunuzu azamiye çıkartıp çıkartmadığınızı sorguladığınız ıstıraplar, kuşkular, tahmin yürütmelerle yıllar geçireceğinizi söyler. Bu kaygı, emin olmak, başarı ve kusursuzluk için duyulan bu arzu sizi mutsuz eder.

Peki ne yapmalıyız? Siz de benim eskiden olduğum gibiyseniz, hiçbir şey seçmezsiniz. Seçeneklerinizi olabildiğince açık tutarsınız, bir söz vermekten, kendinizi bir şeye bağlamaktan kaçarsınız.

Bir kişiye, bir yere, bir işe kendinizi derinden adamak daha geniş deneyimler yaşamaktan sizi alıkoyar, ama daha geniş deneyimler de bir deneyimi derinlemesine, enine boyuna yaşama fırsatına engel olur. Öyle deneyimler vardır ki, *sadece* aynı yerde beş yıl yaşadığınızda, aynı kişiyle onlarca yıl birlikte olduğunuzda, yaşamınızın yarısından fazlasını aynı beceriyi, aynı ustalığı kazanmak için harcadığınızda sahip olabilirsiniz. Otuzlarıma geldim, nihayet taahhütün, kendini adamanın önemini kavradım, bana nasıl fırsatlar ve deneyimler zenginliği sunduğunu gördüm, bağlanamasaydım, nereye gidersem gideyim, ne yaparsam yapayım bunların hiçbirini bilmeyecektim.

Durmadan deneyimden deneyime koşarsanız, her yeni maceranın, her yeni kişinin ya da şeyin getirisi giderek azalır. Ülkenizden hiç çıkmamışsanız, gittiğiniz ilk ülke bakış açınızı müthiş değiştirir çünkü deneyiminiz çok azdır. Ama yirmi ülke gördüyseniz, yirmi birinci çok az şey katar. Elli ülkeye gittiyseniz, elli birincinin katacağı şey daha da azdır.

Maddi şeyler için de durum böyledir, para, hobiler, meslekler, arkadaşlar, romantik/cinsel partnerler -insanlar kendileri için hep aynı yüzeysel, sakat değerleri seçerler. Yaşlandıkça, tecrübe kazandıkça her yeni deneyim sizi daha az etkileyecektir. Bir partide ilk kez içki içmek heyecanlıydı. Yüzüncü keresi eğlenceliydi. Beş yüzüncü sıradan bir hafta sonuydu. Binincisi sıkıcı ve önemsizdi.

Kişisel olarak benim açımdan son beş yılın en büyük hikâyesi kendimi bağlanmaya hazır hissetmemdi. En iyi kişiler ve değerler hariç hayatımdaki her şeyi reddetmeye karar verdim. Tüm iş projelerimi kapatarak tam zamanlı yazmaya odaklandım. O zamandan beri Internet sitem hayal bile edemeyeceğim kadar popüler oldu. Tek bir kadına bağlandım ve şaşkınlıkla bunun tüm çıkmalardan, flörtlerden, tek gecelik ilişkilerden çok daha tatmin edici olduğunu fark ettim. Tek bir coğrafyaya bağlandım ve değerli, saf, sağlıklı arkadaşlıklar kurdum.

Keşfettiğim tam olarak sezgilere aykırıydı: Bağlanmada özgürlük ve kurtuluş vardı. Benim için gerçekten önemli olanı seçtiğim zaman, alternatifleri ve akıl oyalayan seçenekleri geri çevirmekle olanaklarımın arttığını gördüm.

Bağlanmak size özgürlük kazandırır çünkü önemsiz ve gelip geçici olan şeyler artık aklınızı çelmez. Bağlanmak size özgürlük verir ve dikkatinizi, odaklanma yeteneklerinizi bilir, sizi sağlıklı ve mutlu yapacak olan en verimli şeylere yönelmenizi sağlar. Bağlanmak bir şeyleri kaçırıyor olma korkularını dışlayarak karar vermeyi kolaylaştırır; elinizde olanın sizin için yeterince iyi olduğunu biliyorsanız, neden daha ve daha fazlasını kovalayarak stres içinde kalacaksınız? Bağlanmak bilerek az sayıda önemli amaca odaklanmanızı sağlar, böylece daha başarılı olursunuz.

Bu açıdan bakılınca alternatifleri reddetmek bizi özgürleştirir, en önemli değerlerimizle, seçtiğimiz ölçütlerimizle aynı çizgide birleşmeyeni geri çeviririz; sürekli hiçbir derinliği olmayan genişliğin peşinde koşmayı reddederiz.

Evet, geniş deneyimler gençken arzulanır ve gereklidir de, dışarı çıkıp kendiniz için neyin değerli olduğunu ve neye yatırım yapacağınızı keşfetmeniz gerekir. Ama altın derinlerde gömülüdür. Bir şeye bağlanmanız ve onu kazıp çıkarmak için derinlere inmeniz gereklidir. Bu ilişkiler için de, kariyerde de, müthiş bir hayat tarzı oluşturmak için de; her konuda geçerlidir.

9
Bölüm

... Ve Ölürsünüz

"Hakikati kendin için ara, seninle orada buluşuruz."

Josh'un bana söylediği son şeydi. Alayla, bir yandan anlamlı şeyler söylemeye çalışanlarla alay ederken, bir yandan da anlamlı bir şey söylemeye çalışarak konuşmuştu. Sarhoştu ve kafası iyiydi. İyi bir dosttu.

Hayatımın en dönüştürücü anını on dokuz yaşındayken yaşadım. Arkadaşım Josh beni Teksas'ta, Dallas'ın kuzeyinde bir göl kıyısına partiye davet etmişti. Bir tepenin üzerinde apartmanlar, eteğinde havuz ve havuzun altında da göle bakan bir yar vardı. Küçük bir yardı, belki on metre kadar; atlamayı iki kere düşüneceğiniz kadar yüksekti, ama doğru alkol ve akran bileşimiyle insan ikinci kere düşünmekten kolayca vazgeçebilirdi.

Partiye geldikten kısa bir süre sonra Josh ile havuzda oturmuş bira içiyor, genç , huzursuz erkeklerin yapacağı gibi sohbet ediyorduk. İçkiden, kızlardan, Josh'un o yaz müzik okulundan ayrıldıktan sonra yaptığı tüm "cool" şeylerden söz ettik. Birlikte aynı grupta çalmaktan ve New York'a taşınmaktan söz ettik, o sırada gerçekleşmesi imkânsız bir hayaldi. Çocuktuk.

"Buradan atlanır mı?" diye sordum bir süre sonra, başımla gölün üzerindeki yarı gösterdim.

"Evet," dedi Josh, "insanlar burada bunu hep yapar."

"Sen de yapacak mısın?"

Omuzlarını silkti. "Belki, bakalım."

Gecenin geri kalanında Josh ile ayrıldık. Güzel bir Asyalı kız vardı ve video oyunlarından hoşlanıyordu, bu benim gibi bir ergen için piyangoyu kazanmak gibi bir şeydi. Benimle ilgilenmemişti, ama arkadaşça davranmıştı ve konuşmamdan memnundu, ben de konuştum. Birkaç bira daha içtikten sonra, eve dönüp benimle birlikte bir şeyler yemesini teklif edecek kadar cesaretimi topladım, o da kabul etti.

Biz yokuşu çıkarken Josh da aşağı iniyordu. Yemek yemek isteyip istemediğini sordum, istemediğini söyledi. Onu daha sonra nerede bulabileceğimi sordum. Gülümsedi, "Hakikati kendin için ara, seninle orada buluşuruz," dedi.

Başımı salladım ve ciddi bir yüz ifadesi takındım. "Tamam, orada görüşürüz," yanıtını verdim, herkes hakikatin nerede olduğunu ve oraya nasıl gideceğini tam olarak bilirmiş gibi.

Josh güldü ve yokuştan yara doğru ilerledi. Ben de güldüm ve eve doğru yokuşu çıkmaya devam ettim.

İçeride ne kadar kaldığımı hatırlamıyorum. Kızla birlikte yeniden dışarı çıktığımızda herkes gitmişti ve siren sesleri duyuluyordu. Havuz boştu. Herkes yokuştan aşağı, yarın altındaki kıyı çizgisine koşuyordu. Suda insanlar vardı. Çevrede yüzen birkaç erkek gördüm. Karanlıktı ve zor görünüyordu. Müzik devam ediyordu, ama dinleyen yoktu.

Hâlâ ikiyle ikiyi toplayamayarak kıyıya koştum, sandviçimi ısırarak herkesin neye baktığını anlamaya çalışıyordum. Asyalı güzel kız, yolun yarısında, "Sanırım korkunç bir şey olmuş," dedi.

Tepenin altında birine Josh'un nerede olduğunu sordum. Kimse bana bakmadı, kimse farkımda değildi, herkes suya bakıyordu. Yine sordum ve bir kız deli gibi ağlamaya başladı.

İşte o zaman ikiyle ikiyi toplayabildim.

Dalgıçların Josh'un cesedini gölün dibinde bulmaları üç saat sürdü. Otopside bacaklarının alkolün neden olduğu dehidrasyon ve suya çarpmanın şiddeti yüzünden kramp yaptığı sonucuna varıldı. Yardan atlamış. Suya girdiğinde karanlıkmış, suyun yüzeyi, gece, siyah üzerine siyah. Kimse yardım çığlıklarının nereden geldiğini anlayamamış. Sadece çırpınma sesleri. Sadece sesler. Daha sonra, annesiyle babası bana çok kötü bir yüzücü olduğunu söylediler. Hiçbir fikrim yoktu.

Ancak on iki saat sonra ağlayabildim. Ertesi gün arabamda, Austin'deki evime dönüyordum. Babamı aradım, hâlâ Dallas civarında olduğumu ve işe gidemeyeceğimi bildirdim (o yaz babamla çalışıyordum). "Neden? Ne oldu? Her şey yolunda mı?" diye sordu. Ancak o zaman her şey dile geldi: Göldeki araştırmalar. Hüngür hüngür boşanma, çığlıklar ve sümükler. Arabayı kenara çektim ve telefonda babasına ağlayan küçük bir oğlan çocuğu gibi ağladım.

O yaz derin depresyona girdim. Daha önce de depresyona girdiğimi düşünüyordum, ama bu anlamsızlığın yepyeni bir boyutuydu, o kadar derin bir hüzündü ki, fiziksel olarak canımı yakıyordu. İnsanlar beni neşelendirmeye geldiler, oturup en doğru şeyleri söyleyip yapmalarını izledim, teşekkür ettim, gelmekle incelik gösterdiklerini söyledim, sahte sahte gülümsedim, iyileştiğimi söyleyerek yalan söyledim, ama aslında hiçbir şey hissetmiyordum.

Birkaç ay sonra rüyamda Josh'u gördüm. Hayat ve ölüm hakkında uzun uzun konuştuk, gelişigüzel, önemsiz şeylerden de söz ettik. O zamana kadar tipik orta sınıf bir çocuktum: tembel, sorumsuz. Sosyal kaygı sahibi ve son derece güvensiz. Josh birçok yönden beğendiğim biriydi. Benden daha büyüktü, daha güvenli, daha deneyimliydi, çevresindeki dünyaya daha açık, daha kabulleniciydi. Josh hakkındaki son rüyalarımdan birinde, onunla bir jakuzide oturuyorduk (biliyorum, tuhaf), "Öldüğüne gerçekten çok üzüldüm," gibi bir şey söyledim. Güldü. Tam olarak ne söyledi hatırlamıyorum, ama "Sen yaşamaktan hâlâ bu kadar çok korkarken benim ölmüş olmama niye aldırıyorsun?" gibi bir laf etti. Ağlayarak uyandım.

O yazı annemin koltuğunda oturup sözde uçuruma bakarak, Josh'un dostluğunun olduğu yerde sonsuz ve anlaşılmaz bir hiçlik görerek geçirdim, sonra fark ettim ki bir şey yapmak için gerçekten hiçbir neden yoksa, bir şey *yapmamak* için de gerçekten hiçbir neden yok. Ölümün kaçınılmazlığı karşısında, insanın kendisini korkusuna, utancına, çekingenliğine teslim etmesinin de nedeni yok, çünkü bunlar da hiçbir şey; kısa ömrümün büyük bölümünü bana ıstırap ve rahatsızlık veren her şeyden kaçınmaya çalışarak geçirdiğime göre, aslında canlı olmaktan kaçınmaya çalışıyorum.

O yaz ot ve sigara içmeyi, video oyunu oynamayı bıraktım. Aptal rock yıldızı fantezilerimden vazgeçtim, konservatuarı bırakarak üniversiteye yazıldım. Spor salonuna gitmeye başladım ve epey kilo verdim. Yeni arkadaşlar edindim. İlk kez bir sevgilim oldu. Hayatımda ilk kez gerçekten ders çalıştım ve çalışırsam iyi notlar alabildiğimi gördüm. Ertesi yaz, elli günde elli kurgu dışı kitap okumaya karar verdim ve başardım. Bir sonraki yıl ülkenin diğer ucundaki çok iyi bir üniversiteye transfer oldum ve hayatımda ilk kez akademik ve sosyal olarak başarılıydım.

Josh'un ölümü hayatımda en açıkça belirleyebildiğim öncesi/sonrası dönüm noktası oldu. Trajediden önce engelliydim, hiçbir amacım yoktu, dünyanın benim hakkımda düşündüğünü hayal ettiğim şeylere takıntılıydım ve onlara sıkışıp kalmıştım. Trajediden sonra yeni bir insana dönüşmüştüm: Meraklı, sorumlu, çalışkan. Hâlâ güvensizliklerim ve bagajlarım vardı -hepimizin var- ama artık güvensizliklerimden ve bagajlarımdan daha önemli bir şeyi kafaya takıyordum. Farkı yaratan da buydu. Tuhaftır, ama bana sonunda yaşama izni veren birinin ölümüydü ve belki de hayatımın en kötü ânı aynı zamanda en dönüştürücü olandı.

Ölüm bizi korkutur. Bizi korkuttuğu için de onu düşünmekten, hakkında konuşmaktan ve hatta bir yakınımız ölse bile, varlığını kabul etmekten kaçınırız.

Yine de, tuhaf, tersine bir yoldan, hayatın tüm anlamının gölgesinin ölçüldüğü ışık ölümdür. Ölüm olmasa, her şey sonuçsuz, tüm deneyim keyfî, tüm ölçütler ve değerler aniden sıfır olur.

Benliğimizin Ötesinde Bir Şey

Ernest Becker akademinin dışına itilmiştir. 1960 yılında, antropoloji dalında doktorasını almıştır. Doktora araştırması Zen Budizm'inin alışılmadık, kuşkulu uygulamalarını psikoanalizle kıyaslıyordu. O zamanlar Zen hippilere ve uyuşturucu bağımlılarına göre bir şey ve Freudian psikoanaliz de Taş Devri'nden kalma psikolojinin düzmece bir formu olarak görülüyordu.

Yardımcı öğretmen olarak ilk görevinde, Becker kendini hemen psikiyatri uygulamalarını faşizmin bir formu olarak reddeden bir grubun içinde buldu. Uygulamayı zayıflara ve çaresizlere karşı bilim dışı bir baskı aracı olarak görüyorlardı.

Sorun Becker'in patronunun psikiyatr olmasıydı. Bir anlamda ilk işine gitmek ve patronunu gururla Hitler'le kıyaslamak gibi bir şeydi.

Tahmin edebileceğiniz gibi kovuldu.

Becker de radikal fikirlerini kabul görebilecekleri bir yere götürdü: California, Berkeley. Ama bu da fazla uzun sürmedi.

Becker'ın başına dert açan sadece kurumlara karşıt eğilimleri değildi; tuhaf eğitim yöntemleriydi de. Psikoloji öğretmek için Shakespeare'i kullanıyordu, antropoloji öğretmek için psikoloji kitaplarını, sosyoloji öğretmek için de antropolojik verileri kullanıyordu. Müfredatla pek ilgisi olmayan bir şekilde Kral Lear kılığına giriyor, sınıfta kılıçlı dövüşler taklit ediyor, uzun politik söylevlere girişiyordu. Öğrencileri ona tapıyorlar, fakültenin diğer üyeleri de nefret ediyorlardı. Bir yıldan kısa bir süre sonra tekrar kovuldu.

Becker San Francisco Devlet Üniversitesi'ne girdi ve orada bir yıldan uzun süre tutundu. Öğrenciler Vietnam Savaşı'nı protesto etmek için ayaklandıklarında üniversite polis çağırdı ve şiddet uygulandı. Becker öğrencilerden taraf olup açıkça dekanın tutumumu lanetleyince (yine patron Hitler gibiydi vs), bir kez daha anında kovuldu.

Becker altı yılda dört kez iş değiştirdi. Beşinciden kovulmadan önce kolon kanseri oldu. Teşhis kötüydü. Sonraki birkaç yılı yatakta geçirdi ve yaşamak için fazla umudu yoktu. Bunun üzerine bir kitap yazmaya karar verdi. Bu kitap ölüm hakkında olacaktı.

Becker 1974 yılında öldü. Kitabı *Ölümün İnkârı (The Denial of Death)* Pulitzer Ödülü kazandı ve yirminci yüzyılın en önemli entelektüel çalışmalarından biri sayılmaktadır, psikoloji ve antropoloji alanlarını sarstı, bugün bile önemini sürdüren derin felsefi iddiaları vardır.

Ölümün İnkârı iki nokta üzerinde durur:

1. İnsanlar soyut bir biçimde kendilerini kavramsallaştıran ve düşünen yegâne hayvanlardır. Köpekler oturup da kariyerleri konusunda endişelenmezler. Kediler geçmiş hatalarını düşünüp bir şeyi farklı yapsalardı ne olacağını merak etmezler. Maymunlar gelecek olasılıklar hakkında tartışmazlar, tıpkı balıkların daha uzun solungaçları olsaydı başka balıklar onları daha çok severler miydi, diye düşünmedikleri gibi.

İnsanlar olarak, kendimizi varsayımsal durumlarda hayal edebilme yetisiyle kutsanmışız, geçmişi ve geleceği düşünebiliyoruz, işlerin farklı gidebileceği başka gerçeklikler ve durumlar hayal edebiliyoruz. Bu tekil zihinsel beceri nedeniyle, diyor Becker, hepimiz bir noktada kendi ölümümüzün kaçılmaz olduğunu fark ediyoruz. Gerçekliğin farklı çeşitlemelerini kavramsallaştırabilen bir hayvan olduğumuz için de, içinde kendimizin olmadığı bir gerçekliği hayal edebilen tek hayvanız.

Bu farkındalık Becker'in "ölüm dehşeti" adını verdiği, yaptığımız veya düşündüğümüz *her şeyin* altında yatan derin varoluşsal kaygıya neden olur.

2. Becker'ın ikinci noktası bizlerin iki "benliği" olduğu iddiasıyla başlar. İlki fiziksel benliğimizdir, yiyen, uyuyan, horlayan, kaka yapan. İkinci benliğimiz kavramsal benliği-

mizdir; kimliğimiz, kendimizi nasıl gördüğümüz.

Becker'in savı şudur: Hepimiz fiziksel varlığımızın öleceğini az çok biliriz, bu kaçınılmazdır ve bilinçdışında bizi fena halde korkutur. Fiziksel benliğimizin kaçınılmaz olarak yok olmasından duyduğumuz korkuyu telafi etmek için ebediyyen yaşayacak kavramsal bir benlik inşa etmeye uğraşırız. Bu nedenle insanlar adlarını binalara, heykellere, kitap sırtlarına koyabilmek için çok uğraşırlar. Bu nedenle bir sürü şeyimizi başkalarına, özellikle de çocuklara veririz, etkimizin -kavramsal benliğimizin- fiziksel benliğimizin çok ötesine uzanmasını arzu ederiz. Fiziksel benliğimiz ortadan yok olduktan sonra da hatırlanmak, saygı görmek ve idolleştirilmek isteriz.

Becker bu çabalara "ölümsüzlük projeleri" adını vermişti, bunlar kavramsal benliğimizin fiziksel ölümümüzden çok sonra bile yaşamasına olanak veriyorlardı. Ona kalırsa, insan uygarlığının tamamı temelde ölümsüzlük projelerinin sonucuydu: Bugün gördüğümüz tüm kentler, hükümetler, yapılar, otoriteler bizden önceki kadın ve erkeklerin ölümsüzlük projeleriydi. Ölmeyen kavramsal benliklerden kalanlardı. Hz. İsa, Hz. Muhammed, Napoleon, Shakespeare günümüzde bile yaşadıkları dönemki kadar, hatta çok daha güçlüdürler. Tüm meselede budur. Bir sanat formunda ustalık kazanarak, yeni bir toprak fethederek, çok zengin olarak ya da sadece nesillerce yaşayacak geniş ve sevgi dolu bir aile kurarak; ne yaparsak yapalım, *hayatlarımızdaki anlamın tümü içimizdeki bu asla gerçekten ölmeme arzusuyla şekillenir.*

Din, politika, spor, sanat, teknolojik yenilikler insanların ölümsüzlük projelerinin neticesidir. Becker'a kalırsa savaşlar, devrimler, kitle katliamları bir grubun ölümsüzlük projeleri ötekininkilerle çatıştığında olur. Yüzyıllar süren baskılar, milyonların katledilmesi hep bir grubun ölümsüzlük projesinin bir diğerininki karşısındaki savunması olarak haklı gösterilir.

Ölümsüzlük projemiz başarısız olursa, anlam kaybolursa, kavramsal benliğimizin fiziksel benliğimizden sonraya kalma ihtimali ortadan kalkar ya da bu ihtimal azalırsa, ölüm dehşeti, o korkunç, depresif kaygı zihnimizi ele geçirir. Travmalar, utanç, toplum önünde gülünç düşmek gibi şeyler buna neden olabilir. Becker'in işaret ettiği gibi, zihinsel hastalık.

Hâlâ anlayamadıysanız, ölümsüzlük projelerimiz bizim değerlerimizdir. Hayatlarımızdaki anlamın ve zenginliğin barometreleridir. Değerlerimiz göçerse, psikolojik anlamda biz de göçeriz. Becker'in özünde söylediği şudur: Hepimiz korkunun güdümündeyiz ve bir şeyi gereğinden çok fazla kafaya takarız çünkü bir şeyi kafaya takmak aklımızı gerçeklikten ve kendi ölümümüzün kaçınılmazlığından uzaklaştırabilen tek şeydir. Ve gerçekten hiçbir şeye aldırmamak kendi varlığımızın süreksizliğini bir anlamda spiritüel olarak kucaklamak anlamına gelir. Bu durumda, kişinin, kendinde hak görmenin ve küstahlığın farklı formlarına tutsak olma ihtimali çok daha azdır.

Becker kendi ölüm yatağında çarpıcı bir şeyin daha farkına vardı: İnsanların ölümsüzlük projeleri aslında çözüm değil, sorunun ta kendisiydi. İnsanlar ölümcül güçler kullanarak kendi kavramsal benliklerini tüm dünyaya dayatmaktansa, kavramsal benliklerini sorgulayıp kendilerini ölümleri konusunda biraz daha rahat hissetmeliydiler. Becker buna "acı panzehir" adını vermişti ve kendi ölümüyle uzlaşmaya çabalarken bir yandan da kendi çöküşünü izliyordu. Ölüm yatağında kaçınılmazdı bu. Bu nedenle bu farkındalığı yok sayamayız, onunla yapabildiğimizce uzlaşabiliriz. Kendi ölümlülüğümüzle uzlaştıktan sonra -dehşetin kökü, hayatın tüm gelip geçici hırslarının nedeni olan, o altta yatan kaygı-, değerlerimizi daha özgürce seçebiliriz, mantıksız ölümsüzlük arayışları bizi engellemez ve tehlikeli dogmatik görüşlerin tuzağına düşmeyiz.

Ölümün Aydınlık Tarafı

Kayadan kayaya atlıyorum, sürekli tırmanıyorum, bacak kaslarım esniyor ve acıyor. Yavaş, tekrarlanan fiziksel çabanın neden olduğu trans benzeri bir durumda tepeye yaklaşıyorum. Gökyüzü engin ve derin. Şimdi yalnızım. Arkadaşlarım çok aşağıda kaldılar, okyanusun fotoğrafını çekiyorlar.

Sonunda küçük bir tümseği aşıyorum ve manzara önüme seriliyor. Buradan sonsuz ufku görebiliyorum. Sanki dünyanın sonuna bakıyorum gibi hissediyorum, su gökle buluşuyor; mavi üzerine mavi. Rüzgâr tenimde çığlıklar atıyor. Yukarı bakıyorum. Parlak. Güzel.

Güney Afrika'nın Ümit Burnu'ndayım, bir zamanlar Afrika'nın en güney ucu ve dünyanın en güneyi olduğu sanılırdı. Curcunalı bir yer, fırtınaların, tehlikeli suların buluşma noktası. Yüzyıllardır ticarete ve alışverişe ve insan çabasına tanık olmuş bir yer. Alay eder gibi, umutların yitirildiği bir yer.

Portekizce'de bir deyiş vardır: *Ele dobra o Cabo da Boa Esperança.* Anlamı, "Ümit Burnu'nu dönüyor". İronik, ama bir insanın ömrünün son aşaması anlamına gelir, artık yapacak bir şeyi kalmadığını ifade eder.

Kayaların üzerinde maviye doğru duruyorum, enginliğinin tüm görüş alanımı doldurmasını bekliyorum. Soğuk soğuk terliyorum. Heyecanlı ve gerginim. *Hepsi bu mu?*

Rüzgâr kulaklarımda uğulduyor. Hiçbir şey duymuyorum, ama uçurumun kıyısını görebiliyorum: Kayaların hiçlikle buluştuğu yeri. Durup birkaç metre uzaktan bakıyorum. Her iki yanda da kilometrelerce uzanan yarları döven okyanusu görebiliyorum. Dalgalar geçit vermeyen duvarlara öfkeyle saldırıyorlar. Tam önümdeki yar suyun içine en az kırk metre dimdik iniyor.

Sağımda, altımdaki manzarada fotoğraf çeken turistler karıncalar gibi görünüyorlar. Solum Asya. Önümde gökyüzü var ve arkamda o ana kadar umut ettiğim ve yanımda getirdiğim her şey duruyor.

Ya hepsi bu kadarsa. Ya bundan başka bir şey yoksa?

Çevreme bakıyorum. Yalnızım. Yarın kıyısına doğru ilk adımımı atıyorum.

İnsan bedeni ölüm tehlikesi yaratan durumlara karşı doğal bir radarla donatılmış gibi. Örneğin korkuluğu olmayan bir uçurum kıyısına üç metre yaklaşırsanız bedeniniz geriliyor. Sırtınız kasılıyor. Ürperiyorsunuz. Gözleriniz çevrenizdeki her ayrıntıya hiper odaklanıyor. Ayaklarınız kaya gibi ağırlaşıyor, sanki devasa, görünmez bir mıknatıs bedeninizi yavaşça güvenliğe itiyor.

Mıknatısla mücadele ediyorum. Bir kaya gibi ağır ayağımı kenara doğru yaklaştırıyorum.

Aşağıya düşmeye bir buçuk metre kala zihniniz de partiye katılıyor. Artık sadece yarın kıyısını değil, *aşağı kadar inen* cephesini de görebiliyorsunuz, aklınıza ayağınızın kayabileceğine, düşebileceğinize, ıslak bir ölüme yuvarlanabileceğinize ilişkin bir sürü istenmedik imge doluşuyor. Bu gerçekten fazla, diye hatırlatıyor zihniniz. *Gerçekten* fazla. *Aklını mı kaçırdın? Hareket etme. Dur!*

Zihnime susmasını söyleyerek santim santim kıyıya yaklaşıyorum.

Bir metre kala bedeniniz tam anlamıyla kırmızı alarma geçiyor. Şimdi hayatınızın sonuna ayakkabı bağcığına takılıp düşmek kadar uzaksınız. Okkalı bir rüzgâr kaçağı o mavi sonsuzluğa doğru size yelken açtırabilir. Bacaklarınız titrer. Elleriniz de. Kendinize ölümünüze atlamayacağınızı hatırlatmanız gerekirse, sesiniz de titrer.

Bir metre mesafe çoğu kişinin mutlak sınırıdır. Öne doğru eğilip dibe bir göz atacak kadar yakındır, ama hâlâ gerçek bir kendini öldürme riskinden uzaktır. Bir uçurumun kıyısına o kadar yakın durmak, yer Ümit Burnu kadar güzel ve baştan çıkartıcı olsa da, insanın başını döndürür ve yakın zamanda yemek yemişseniz, sizi kusturmakla tehdit eder.

Bu kadar mı? Hepsi bu mu? Bilebileceğim şeylerin hepsini öğrendim mi?

Minicik bir adım daha atıyorum. Sonra bir tane daha. Bir metreden de az. Öndeki bacağım bedenimin tüm ağırlığını ona vermişim gibi titriyor. Güçlükle ilerliyorum. Yine mıknatıs. Zihnime karşı. Bir kez daha yaşama içgüdülerim.

Otuz santim. Şimdi dosdoğru yarın cephesine bakıyorum. İçimden ağlamak geliyor. Bedenim içgüdüsel olarak kendini hayali ve açıklanamaz bir şeye karşı korumak için çömeliyor. Rüzgâr fırtınalarla esiyor. Düşünceler kancalar sanki.

Otuz santimde kendinizi havada yüzüyor gibi hissediyorsunuz. Sadece aşağı bakmak kendinizi göğün bir parçası gibi hissetmenize yetiyor. Aslında bu noktada düşmeyi bekliyorsunuz.

Orada bir an çömeliyorum, nefesimi düzenliyor, düşüncelerimi topluyorum. Kendimi altımdaki kayalara çarpan suya bakmaya zorluyorum. Sonra tekrar sağıma altımdaki tabelaları izleyen, fotoğraflar çeken, tur otobüslerinin peşinde koşan karıncalara bakıyorum, birinin herhangi bir şekilde beni görme şansı yok. Bu dikkat çekme isteği tümüyle mantıksız. Ama tüm bunlar zaten mantıksız. Beni burada görmelerine olanak yok. Olsaydı bile, uzaktaki o insanların söyleyebilecekleri ya da yapabilecekleri hiçbir şey yok.

Tek duyabildiğim rüzgâr.

Hepsi bu mu?

Bedenim titriyor, korku keyif verici ve kör edici hale geliyor. Zihnimi odaklıyorum ve bir tür meditasyon gibi düşüncelerimi açıyorum. Hiçbir şey sizi ölümünüzün birkaç santim ötesinde olmak kadar içinde bulunduğunuz anda ve açık zihinli yapamaz. Sırtımı dikleştiriyorum, tekrar karşıya bakıyorum ve gülümsediğimi hissediyorum. Kendime ölmekte kötü bir şey olmadığını söylüyorum.

İnsanın kendi ölümlülüğüyle karşılaşmaya böyle istekli, hatta coşkulu olmasının kökleri çok eskilere dayanır. Antik Yunan'ın ve Roma'nın stoacıları, hayatı daha fazla takdir etmek ve zorlukları karşısında alçakgönüllü davranmak için insanları ölümü sürekli akıllarında tutmaya davet ederlerdi. Budizmin farklı formlarında, meditasyon pratiği sık sık kişiyi hayattayken kendi ölümüne hazırlama aracı olarak kullanılır. İnsanın egosunu genişleyen bir hiçlikte eritmesi -nirvana aydınlanmasına ulaşmak- insanın öbür tarafa geçişi için bir deneme sürüşü olarak görülür. Mark Twain, bu dünyaya gelip sonra da Halley kuyruklu yıldızına binerek terk eden o kıllı kaçık bile, "Ölüm korkusu yaşama korkusundan kaynaklanır. Hayatını dolu dolu yaşayan biri her an ölmeye hazırdır," demiştir.

Uçuruma geri dönecek olursak, hafifçe geriye kaykılarak oturuyorum. Ellerimi arkama doğru yere koyup kendimi yavaşça popomun üzerine bırakıyorum. Sonra yavaşça bir bacağımı yardan aşağı sarkıtıyorum. Denize bakan yamaçta dışarı fırlamış küçük bir kaya var. Ayağımı onun üzerine koyuyorum. Öbür bacağımı da aşağı sarkıtarak ayağımı aynı küçük kayanın üzerine koyuyorum. Orada, ağırlığımı avuçlarıma vererek rüzgâr saçlarımı karıştırırken oturuyorum. Dikkatimi ufka verince kaygı dayanılır hale geliyor.

Sonra dimdik oturuyorum ve yeniden yardan denize bakıyorum. Korku omurgamdan aşağı iniyor, organlarım elektrik akımına tutuluyor sanki, zihnim bedenimin her bir santimetrekaresinin tam olarak koordinatlarına odaklanmış durumda. Korku bazen boğucu oluyor. Ama ne zaman beni boğacak gibi olsa zihnimi boşaltıyorum, dikkatimi altımdaki uçurumun dibine odaklıyorum, kendimi potansiyel kara yazgıma bakmaya zorluyorum, sonra basitçe onun varlığını kabulleniyorum.

Şimdi dünyanın ucunda oturuyorum, umudun en güneyinde, doğuya geçiş kapısında. Heyecan verici bir duygu. Bedenime pompalanan adrenalini duyuyorum. O kadar hareketsizim, bilincim o kadar açık ki, kendimi hiç bu kadar coşkulu hissetmemiştim. Rüzgârı dinliyorum, okyanusu izliyorum ve dünyanın sonuna bakıyorum -ve ışıkla birlikte gülüyorum, dokunduğu her şey iyi.

Kendi ölümlülüğümüzle yüzleşmek önemlidir çünkü hayattaki tüm o işe yaramaz, kırılgan, yüzeysel değerlerimizi yok eder. Çoğu insan günlerini biraz daha para ya da ün ve dikkat kazanmak, sevildiklerinden ve haklı olduklarından biraz daha emin olmak uğruna heba ederken, ölüm bizi çok daha ıstıraplı ve önemli bir soruyla karşı karşıya bırakır: Mirasımız nedir?

Siz gittiğiniz zaman dünya nasıl farklı ve daha iyi bir yer olacak? Nasıl bir iz bıraktınız? Etkiniz ne oldu? Afrika'da kanat çırpan bir kelebek Florida'da kasırgaya neden olur denir; giderken siz ardınızda hangi kasırgaları bırakacaksınız?

Becker'in gösterdiği gibi, bu hayattaki *tek* gerçek önemli sorudur. Yine de hakkında düşünmekten kaçınırız. Bir, çünkü zordur; iki, çünkü korkutucudur. Üç, çünkü ne yaptığımız hakkında hiçbir fikrimiz yoktur.

Bu sorudan kaçındığımız zaman, önemsiz, nefret dolu değerlerin beynimizi ele geçirip arzu ve hırslarımızı yönetmesine izin veririz. Kesinlikle bildiğimiz tek şey ölümdür. Bu nedenle de, diğer değerlerimizi ve kararlarımızı ayarladığımız pusula olmalıdır. Sormamız gereken, ama hiçbir zaman sormadığımız tüm soruların doğru yanıtıdır. Ölümden rahatsız olmamanın tek yolu kendinizi olduğunuzdan daha büyük bir şey gibi görmeniz ve anlamanızdır; kendinize hizmet etmenin ötesine uzanan değerler seçmeniz gerekir; çevrenizdeki kaotik dünyaya toleranslı, basit, her an geçerli ve kontrol edilebilir değerler. Tüm mutlulukların temel kökü budur. Aristotales'i, Harvard'dan bir psikoloğu, Hz. İsa'yı ya da kahrolası Beatles'ı da dinleseniz, hepsi mutluluğun aynı şeyden kaynaklandığını söyleyecektir: Kendinizden daha büyük bir şeyi sevmek, daha yüce bir bütüne katkı sağlayan bileşenlerden biri olduğunuza inanmak, hayatınızın idrak etmesi mümkün olmayan büyük bir sürecin küçük bir parçası olduğunu kavramak. Bu duygu nedeniyle insanlar kiliseye giderler; savaşlarda mücadele ederler; aile yetiştirir, emeklilik için para biriktirir, köprüler inşa eder ve cep telefonunu icat ederler: Sadece kendilerinden daha yüce ve daha kavranamaz şeyin parçası olduklarını hissedebilmek için.

Kendinde hak görmek ise bunu bizden kopartıp alır. Hak görmenin yerçekimi tüm dikkatimizi içimize yöneltir. Sadece kendimize bakarız, dünyadaki tüm sorunların merkezi *bizmişiz* gibi hissederiz, sanki bütün haksızlıklar sadece *bize* ıstırap verir, yüceliği herkesten çok *biz* hak ederiz.

Hak görmek baştan çıkartıcı olduğu kadar yalıtır da. Dünya için duymamız gereken merak ve heyecan kendimize döner ve yanlılıklarımızı, niyetlerimizi karşılaştığımız her insana, deneyimlediğimiz her olaya yansıtırız. Bu bir süre seksi, heyecan verici gelebilir, kendini iyi hissettirir, bir sürü bilet sattırır, ama aslında spiritüel zehirdir.

Hepimizi hasta eden salgının dinamiği de budur. Maddi olarak gayet iyi durumdayız, ama psikolojik olarak bir alay düşük seviyeli, sığ yoldan işkence çekiyoruz. İnsanlar tüm sorumluluklardan kaçarak toplumun *onların* duygularına ve duyarlılıklarına hizmet etmesini istemekteler. Gelişigüzel şeylerden emin olup bunları genellikle şiddet yoluyla, sözde sarhoş oluyorlar, değerli bir şeyi deneyip başaramamak korkusuyla hareketsizlik, tembellik tuzağına düşüyorlar.

Modern zihnin pohpohlanması bir şeyi kazanmadan hak ettiğini düşünen, fedakârlık yapmadan sahip olmaya hakkı var sanan bir toplum yarattı. Hiçbir gerçek yaşam deneyimi olmayan insanlar kendilerini uzman, girişimci, kâşif, yenilikçi, öncü ve koç ilan edebiliyorlar. Yapıyorlar çünkü herkesten daha büyük olduklarına *inanıyorlar*; sadece olağanüstü olanın yayınlandığı bir dünyada kabul görmek için büyük olmaya *ihtiyaç duyuyorlar.*

Kültürümüz büyük ilgi çekmeyle büyük başarıyı karıştırarak aynı şey olarak kabul ediyor. Ama aynı şey değiller.

Zaten büyüksünüz. Halihazırda. Farkında olsanız da olmasanız da. Herhangi biri farkında olsa da, olmasa da. Nedeni yeni bir iPhone uygulaması indirmiş olmanız, okulu bir yıl erken bitirmeniz ya da kendinize bir tekne almanız değil. Bunlar büyüklüğü tanımlamazlar.

Zaten büyüksünüz çünkü sonsuz bir karmaşanın ve kesin bir ölümün karşısında neyi kafaya takıp neyi takmayacağınızı seçmeye devam ediyorsunuz. Sadece bu gerçek, hayatta kendi değerlerinizi seçiyor olmanız sizi zaten güzel, başarılı ve sevilen biri yapıyor. Farkında olmasanız da. Bir lağımda uyuyup açlıktan ölseniz de.

Siz de öleceksiniz, bu nedenle siz de yaşamakta olduğunuz için şanslısınız. Bunu hissedemeyebilirsiniz, ama bir ara gidip bir uçurumun kenarında durun, belki o zaman hissedeceksiniz.

Bukowski bir ara şunu yazmış: "Hepimiz öleceğiz, hepimiz. Amma sirk! Sadece bu bile birbirimizi sevmemizi sağlamalı, ama sağlamıyor. Hayatın önemsiz meseleleri bizi eziyor, korkutuyor; bir hiç bizi yiyip bitiriyor."

O göl kıyısındaki geceyi düşününce, arkadaşım Josh'un cesedinin sağlık teknisyenleri tarafından gölden çıkarılışını izlediğimi, siyah Teksas gecesine baktığımı ve egomun yavaşça gecenin içinde eriyip yok oluşunu izlediğimi hatırlıyorum. Josh'uh ölümü bana başta fark ettiğimden çok daha fazlasını öğretmişti. Evet, günü kaçırmamayı, seçimlerimin sorumluluğunu almayı, hayallerimi daha az utanç ve engelle izlemeyi öğretti.

Bunların hepsi daha derin ve öncelikli bir dersin yan etkileridir. O öncelikli ders şudur: Korkacak hiçbir şey yok.

Asla. Yıllar boyunca, meditasyonla, felsefe okuyarak, Güney Afrika'da bir uçurumun kenarında çılgın şeyler yaparak kendime sürekli kendi ölümümü hatırlatmak bu farkındalığı zihnimin merkezinde ve önünde tutmama yardımcı oluyor. Kendi ölümümü, kendi kırılganlığımı kabul etmek her şeyi kolaylaştırıyor, bağımlılıklarımı çözüyor, küstahlığımı, kendime hak gördüğüm şeyleri tanımlayıp onlarla yüzleşebiliyorum, kendi sorunlarımın sorumluluğunu alıyorum -korkularım, emin olamadığım şeyler yüzünden acı çektiğimi bilip başarısızlıklarımı kabul ediyorum ve redleri kucaklıyorum- hepsi kendi ölümümü düşündüğüm zaman hafifliyor. Ne kadar karanlığa bakarsam hayat o kadar aydınlanıyor, dünya daha huzurlu bir yer oluyor, herhangi bir konuda daha az bilinçdışı direnç gösterdiğimi hissediyorum.

Orada, burunda biraz daha oturuyorum ve her şeyi içime alıyorum. Sonunda ayağa kalkmaya karar verdiğimde ellerimi arkama koyup kendimi geri çekiyorum. Sonra yavaşça doğruluyorum. Çevremdeki toprağa bakarak beni sabote edecek başıboş bir kaya olmadığından emin oluyorum. Güvende olduğumu anlayınca gerçekliğe doğru yürüyorum, iki metre, üç metre, bedenim her adımımla kendini toparlıyor, adımlarım hafifliyor. Hayat mıknatısının beni içine çekmesine izin veriyorum.

Kayaların üzerinden ana yola geri dönerken bakışlarını bana dikmiş bir adam görüyorum. Durup göz teması kuruyorum.

"Orada, yarın kenarında oturduğunu gördüm," diyor. Avustralyalı vurgusuyla konuşuyor. "Orada" sözcüğü ağzından tuhaf bir şekilde yuvarlanarak çıkıyor. Antarktika'yı işaret ediyor.

"Evet. Manzara muhteşem, değil mi?" Ben gülümsüyorum. O gülümsemiyor, yüzünde ciddi bir ifade var.

Ellerimi şortuma sürterek temizliyorum, bedenim hâlâ teslimiyetim nedeniyle titriyor. Aramızda tuhaf bir sessizlik var.

Avustralyalı duruyor, aklı karışmış gibi, hâlâ bana bakıyor, ne söyleyeceğini düşündüğü belli. Bir saniye sonra sözlerini dikkatle bir araya getiriyor.

"Her şey yolunda mı? Kendini nasıl hissediyorsun?"

Bir saniye duraklıyorum. Hâlâ gülümsüyorum, "Canlı. Çok canlı."

Kuşkusu dağılıyor ve yerini bir gülümseme alıyor. Hafifçe başını eğerek patikadan aşağı inmeye başlıyor. Yukarıda durup manzaraya bakıyorum, arkadaşlarımın tepeye varmasını bekliyorum.

TEŞEKKÜRLER

Bu kitap iri, karmaşık bir şey olarak başladı, içinden anlam ifade eden bir şey yontmak için benim ellerimden fazlasına ihtiyaç vardı.

Herkesten önce akıllı ve güzel karım Fernanda'ya teşekkür ederim, duymaya en ihtiyacım olan zamanlarda bana "hayır" demekten asla çekinmemiştir. Beni sadece daha iyi bir insana dönüştürmekle kalmadın, koşulsuz sevgin ve yazma süreci boyunca verdiğin destek olmasa yapamazdım.

Yıllardır bana katlanan ve yine de beni sevmeye devam eden aileme teşekkür ederim. Bir çok açıdan, bu kitaptaki kavramların çoğunu anlamadan tam olarak olgunlaştığımı hissedemedim. Bu anlamda, geçtiğimiz bir kaç yıl süresince sizi bir yetişkin olarak tanımak beni mutlu etti, aynı şekilde kardeşimi de: Mesajlarıma yanıt vermediğin için arada bir duygularım incinse bile aramızda karşılıklı sevgi ve saygının varlığından hiç kuşku duymadım.

Philip Kemper ve Drew Birnie, benim beynimin olduğundan daha büyük görünmesi için işbirliği yapan iki büyük beyin. Aklınız ve yoğun çabalarınız beni desteklemeye devam ediyor.

Entelektüel stres testim olan Michael Covell, özellikle de psikolojik araştırmaları anlamama yardım ettiğin ve her zaman varsayımlarıma meydan okuduğu için. Editörüm Luke

Dempsey'e yazılarımın vidalarını acımasızca sıktığı ve ağzı benden bile bozuk olduğu için. Temsilcim Mollie Glick'e kitap hakkındaki vizyonumu tanımlamama yardım ettiği ve kitabımı dünyada benim umduğumdan çok daha uzaklara ittiği için. Süreç boyunca destekleri için Taylor Pearson, Dan Andrews ve Jodi Ettenburg'a; üçünüz anlaşılır ve sağlıklı olmamı sağladınız, her yazarın en çok ihtiyaç duyduğu iki şey.

Ve son olarak, Bostonlu ağzı bozuk bir serserinin hayatı hakkında bir bloğa yazdıklarını herhangi bir nedenle okumaya karar veren milyonlarca kişiye. Hayatlarınızın en mahrem yönlerini bana, tam anlamıyla bir yabancıya açmaya istekli olduğunuz e-posta sağanağı beni hem alçakgönüllü biri haline getirdi, hem de esin verdi. Hayatımın bu noktasında binlerce saati bu konuları okuyarak ve çalışarak geçirmekteyim. Hepiniz benim gerçek eğitimim olmaya devam ediyorsunuz. Teşekkür ederim.